KB115781

길을 걸으면 내가 보인다

길을 걸으면 내가 보인다

초판 1쇄 인쇄 2012년 07월 09일
초판 1쇄 발행 2012년 07월 16일

지은이 | 정경석
펴낸이 | 손형국
펴낸곳 | (주)에세이퍼블리싱
출판등록 | 2004. 12. 1(제2011-77호)
주소 | 서울시 금천구 가산동 371-28 우림라이온스밸리 C동 101호
홈페이지 | www.book.co.kr
전화번호 | (02)2026-5777
팩스 | (02)2026-5747

ISBN 978-89-6023-931-9 03810

음을 이끄는 도보여행 길잡이

길을 걸으면
내가 보인다

정경석 지음

ESSAY

이 책을 들고 있는 당신에게

길을 걸으면…

흙과 돌과 꽃과 나무와 하늘과 바다와 강물 그리고 바람같이 말 없는 것들이 나와 같이 길을 걷게 됩니다. 나비와 새와 작은 곤충같이 움직이는 것들이 친구가 됩니다. 산을 오를 때는 고개를 숙이고 좁은 산길을 걸어야 하지만, 숲길을 걸으면 앞을 보며 가슴을 펴고 걸을 수 있습니다. 솔 냄새와 갯벌 내음이 코를 강하게 자극하여 신선한 느낌을 가지게 됩니다. 낙엽을 밟고 눈 쌓인 길을 걸을 때, 비를 맞으며 걸을 때 살아 있음을 깨닫습니다. 길을 걷다 보면 흙에서 태어나 흙으로 돌아가는 나 자신을 보게 됩니다.

길가의 오래된 집들과 마을을 보며 그 속에서 살던 나 자신을 봅니다. 어린 시절과 어머니와 친구들이 그립습니다. 욕심 없이 살자고 했는데 세상에 시달리며 살다 보니 나도 모르는 욕심들이 내 속에 가득 찼습니다. 숲길을 걷는 시간만큼은 그 욕심들을 다 내려놓게 됩니다. 아름다운 자연을 창조한 하나님의 큰 능력을 봅니다. 그 앞에서 한없이 겸손해지고 감사한 마음으로 길을 걷습니다. 지나치는 곳마다 사라져 가는 옛 모습들을 안타깝게 보기도 하고, 유적지에서는 역사의 숨결을 느끼며, 흔적이 엷게 남은 곳에서 이런저런 모습으로 삶과 부딪히고 적과 싸우던 사람들의 모습을 추측해 봅니다.

오래 전부터 길을 걸은 후 글을 쓰기 시작했습니다. 특별히 누구에게 보여주려고 쓴 글이 아닌데, 사람들이 내 글을 읽으면 나와 같이 걷는 느낌을 갖게 된다고 말합니다. 내 글이 그들의 마음을 움직여서, 내가 갔던 길을 그들도 떠나기 시작했습니다.

제주도의 올레길을 시작으로 걷기 열풍이 각 도시와 지방으로 들풀과 같이 번졌습니다. 지방자치 단체들이 국유지와 개인 사유지의 지원을 받아 만든 지리산의 둘레길, 강화도의 나들길, 동해의 해파랑길, 변산의 마실길, 북한산의 둘레길 등, 지금 이 시간에도 멋진 길들이 계속 만들어지고 있습니다. 그 멋진 길들을 그리 어렵지 않게 다닐 수 있어서, 자연을 사랑하고 길 걷기를 좋아하는 사람들에게는 삶의 좋은 휴식처가 되고, 답답한 도시를 떠날 수 있는 계기가 되었습니다. 저 또한 그런 사람들 중 한 명입니다.

농부들과 어부들이 삶을 위해 한숨 쉬며 걷던 길들이 이젠 알록달록한 등산복을 입은 도시 사람들이 감탄하며 걷는 길이 되었습니다. 강화도의 나들길같이 억지로 꾸미지 않고 주민들의 발길에 의해 저절로 만들어진 길들 속에서 우리는 모두 나이나 살아온 환경을 잊고 오로지 걷는 즐거움만으로 서로를 만나게 되었습니다. 자동차로 잘 닦인 도로를 다니면 결코 볼 수 없었던 제주도 올레길의 풍광은 두고두고 가슴에 남을 것입니다.

길을 걸으며 발로, 눈으로, 가슴으로 느낀 감정들을 그대로 적으려고 노력했습니다. 가능한 한 걷기 후 집에 돌아오는 즉시 길을 걸으며 느낀 감정들의 색깔이 사라지기 전에 적어 놓아 먼 훗날에도 그 글을 읽으며 그때의 순간들을 추억하고 싶었습니다. 비록 어떤 물건이나 자연의 모습들을 보고 내가 잘못 알거나 생각하고 적었던 내용이 있더라도, 그것이 완전하지 못한 내 모습이었습니다. 자연은 나의 부족한 모든 것들을 감싸 안아 주기에 그 안에 있는 것만으로도 행복합니다.

노래 부르기를 좋아했습니다. 어릴 때부터 청년 시절까지 배우고 즐겨 불렀던 자연과 사랑의 많은 노래들을 흥얼거리며 다니고, 가는 곳마다 지방의 맛있는 음식들을 먹는 즐거움을 누리고, 혼자 다니며 내 안에 있는 자유로운 영혼을 자연 앞에 마음껏 내보이는 것도 좋지만, 때론 같이 어울려 다니는 길벗들과의 대화도 이젠 빼놓을 수 없는 즐거움이 되었습니다. 길을 걸을 때마다 내 마음과 모습을 다시 생각하게 되고, 길 가운데서 내 모습이 보입니다.

제 여행기는 일반 인터넷에서 쉽게 찾을 수 있는 여행 안내서라기보다는 떠나고 싶은 마음을 이끄는 안내서가 되기를 소망합니다. 늘 홀로 떠나는 나를 응원해 주는 아내와 제 블로그나 카페에 올린 글들을 읽고 좋은 댓글로 응원, 격려해 주시는 모든 분들께 이 책을 통해 감사의 인사를 드립니다.

2012년 여름 정경석

추천서

도보 여행자들의 따뜻한 길잡이가 되어 줄
에세이집 발간을 축하드리며…

　최근 건강에 대한 관심이 높아지면서 걷기여행의 붐이 일고 있습니다. 집근처의 마을길과 나지막한 앞산의 숲길로부터 올레길, 둘레길, 나들길까지 많은 사람들이 '길'을 걸으면서 보고 배우고 느끼며 자연의 향기에 취하기도 합니다. 또한 인터넷 포털에는 도보여행 카페 수백여 개가 왕성하게 활동하고 있으며, 정부 차원에서도 친환경 관광자원 개발의 일환으로 걷기 중심의 길을 조성하면서 문광부의 '스토리가 있는 문화생태 탐방로', 행안부의 '찾아가고 싶은 명품 녹색길', 국토부의 '해안누리길'등 지방자치 단체와 손잡고 다양한 테마로의 '도보여행 길'을 조성하여 관광객들을 초대하고 있습니다.

　'나들이 가듯 걷는 길'이라는 뜻의 '강화 나들길'은 바다가 있고 산이 있으며 세계 5대 갯벌을 품고 있습니다. 또한 선사시대의 지석묘, 고려시대의 왕릉과 사찰, 조선시대의 산성과 돈대 등 선사시대부터 근세에 이르기까지, 한반도의 중앙에서 반만 년 역사를 지켜온 수많은 문화 유적을 간직한 역사의 보고로서, 아름다운 자연과 오랜 역사 유적을 테마로 강화 나들길이 만들어져 수도권 시민들의 도보 여행지로 각광을 받고 있습니다.

　이러한 시기에 맞춰 도보여행 전문가로서 강화 나들길을 완주한 정경석 작가님이 직접 걸으며 느낀 감상과 코스 별 풍경과 특징을 기록한 도보여행 에세이집 『길을 걸으면 내가 보인다』, 자세한 설명과 함께 작가가 홀로 또는 여러 길벗들과 함께 걸었던 즐거운 추억들을 담은 이 책은 처음 이 길을 찾는 분들에게 따뜻한 길잡이가 되어 줄 것입니다. 강화 나들길에 대한 느낌이 담긴 에세이집이 처음 출판되게 된 것을 진심으로 축하드리며, 좋은 책이 만들어지기까지 도와주신 모든 분들께 감사를 드립니다.

2012. 7. 2.

강화군청 관광개발 담당 고근정

한 사람의 진정성을 알아보려면 그가 평생 일관되게 해 온 일이 무엇인가를 보면 될 것이다. 정경석 씨는 평생 열심히 일하고, 성실하게 음악을 사랑했고, 그리고 또 성실하게 여행했다. 삶을 사랑하는 방법으로 음악과 여행을 택했고, 그 모습에 흔들림이 없었다. 마치 순례자처럼 세상 곳곳을 걸었고, 그가 닿는 곳에서는 노래가 울려 퍼졌다.

대개의 사람들이 스쳐가는 곳에서 그는 발걸음을 멈추고 작은 풀꽃들이며 그곳을 스쳐가는 바람을 보았고, 길 위의 사람들을 애정 어린 시선으로 보았다. 어떤 성자가 그토록 오랜 시간을 일관되게 자연과 음악과 사람에게 사랑을 보낼 수 있을까!

어쩌다보니 정경석 씨의 삶을 15년 넘게 지켜보게 되었다. 그 사이 나는 정경석 씨가 봉사활동을 하는 어느 정신병동에서 뭉클한 경험을 하기도 했고, 그가 소개한 아름다운 갤러리에 가서 마음을 풀어 놓고 위로 받을 수도 있었다. 여행을 다녀온 뒤에 꼼꼼한 기록들을 올려놓으면 마치 내가 다녀온 듯 한 장면 한 장면 섬세하게 그 풍경과 마음을 읽을 수 있었다. 그의 여행기는 일종의 자서전이다. 그의 삶이 철저하게 일과 가족, 그리고 여행과 음악으로 구성되어 있기 때문이다. 서울부부합창단에서 열심히 활동하는 정경석 부부의 아름다운 화음은 주변 사람들까지 아름답게 물들인다. 저녁 노을처럼….

〈길을 걸으면 내가 보인다〉이 여행기는 몇 가지를 생각하게 한다. 아!

우리 땅에 올레길과 둘레길 말고도 참 많은 길들이 있구나. 아! 우리가 가보지 못한 곳이 이렇게 많구나. 아! 한 사람이 일생동안 사랑할 수 있는 것이 이렇게 많구나. 심드렁하게 살아가는 사람들에게 이 삶의 기록은 조용하게, 그리고 따뜻하게 어떤 파문을 만들 것이다. 그의 자상한 기록에, 착하고도 고집 센 삶에 부디 물들어 보시기를….

방송작가 김미라

C O N T E N T S

길을 걸으면 내가 보인다

강화도 나들길

1 코스 심도 역사문화의 길 (2011. 4)

지난해 강화대교에서 초지대교까지 걷는, 강화도 둑길로 이어지는 강화 나들길 2코스를 아내와 함께 걸었다. 그 길은 가히 환상적이었다. 올해는 다른 길을 걸어 보자. 그렇다고 한 해 한 번만 걷는 것으로는 부족하다. 지금이 걷기 딱 좋은 계절 아닌가?

1코스는 '심도 역사문화 길'로 타이틀이 붙어 있다. 강화도는 우리나라 역사가 가장 많이 살아 있는 곳이다. 고려시대와 조선시대에 왕들의 피난처로도 유명하지만, 특히 외세에 의해 가장 많이 침범당한 곳인 데다, 그 침범을 막기 위해 무척이나 노력을 많이 한 곳이다.

오늘 안내 지도에 나와 있는 공식적인 거리는 18km이고, 시간은 6시간 정도로 표시되어 있다. 출발점인 강화 시외버스 터미널은 부천에서 무척 먼 길이라 아침 일찍 출발했다. 아침 시간이라 썰렁한 강화 버스 터미널엔 주민보다 머리를 짧게 깎은 군인이 더 많아 보였다. 자, 출발. 나름대로 혼자 시작을 알리고 큰 건물 옆을 지나는데, 강화에 언제 이런 건물이 생겼는지 풍물시장이라는 커다란 글씨가 눈에 가득 들어찬다. 강화의 5일장은 전국에서도 알아주는 상당히 큰 장터이다. 그 5일장으로 부족했던지, 이젠 매일매일 서는 장터를 만들었나 보다. 많이 갖고싶다는 인간의 욕심이 쉽게 전통을 파괴해 버린다.

도심에서 시작된 나들길의 첫 번째 이정표는 남문을 찾아가라 한다. 큰 도로를 횡단해 주택가로 접어들어 무심코 걸어가다 보니, 그만 다음이정표인 남문을 지나쳐 버렸다. 나들길 이정표를 따라가다가 횡단보도를 지나 화살표의 끝을 따라가는데, 여러 갈래 길에서 표시판을 찾지 못한다. 그렇게 우왕좌왕할 때 '강화 기둥교회'라는 눈에 익은 간판이 보인다. 내가 부천에서 십 몇 년을 다닌 기둥교회의 지교회가 이곳에 있다니 반갑다. 그런데 그 팻말의 화살표가 이상하게 교회라고는 전혀 없을것 같은 골목길을 가리키고 있다. 옆에 큰 건물, 경찰서. 아무래도 길을잘못 든 것 같아 경찰서 입구 초소에 들어가 물었다.

"여기 동문이 어딥니까?"

"동문이요? 동문이 어디지?"

이런! 경찰이 이 근처에 있는 동문을 몰라? 이러고도 강화도가 야심차게 기획한 나들길이라고 할 수 있나? 내가 가지고 있는 지도를 보여주며, 동문이 이 근처에 있는데 못 찾겠다고 하는데도 그는 머리를 갸우뚱한다. "놔두쇼, 내가 찾아보겠수다." 하고 왔던 길을 되돌아간다. 가다보니 내가 화살표 방향을 따라 언덕을 내려오다가 그만 오른쪽을 못 봐서 지나친 동문을 찾기 어렵지 않았다. 동문은 단지 동문일 뿐이다. 역사로서의 성벽의 흔적만 조금 남겨 놓고 이야기는 모두 땅속에 숨겨 두었다. 동문에 올라가 보고 싶었지만 문이 큰 자물쇠로 잠겨 있다. 그곳에서 동문을 끼고 바로 주택가로 가는 표시를 따라 겨우 한 사람이 통과할 정도의 좁은 골목을 간다. 어느 낡은 집 앞에서 커다란 솥에다 무언가를 끓이고 있다. 어릴 적 많이 보았던 풍경, 그리고 대문 오른편에 붙어 있는 문패. 가문의 상징이었던 문패가 도심의 아파트나 주택에서는 모두 이름 없는 숫자로 바뀌었지만 여기에는 아직 존재한다. 아무리 정보화 시대에 살고 있어도 내 집을 찾아오는 이에게 적어도 이 집은 누구의 집이라고 밝히는 것이 좋지 않을까? 가장으로서의 위신은 바로 그 문패에서 나왔다. 그러므로 설령 자식에게 모든 재산을 상속하더라도, 집안의 가장 이름으로 문패는 지켜져야 한다. 그러나 요즘 세상은 그렇게 알려진 실명을 이용하여 사기 치는 사람들이 너무 많다.

집 뒤 텃밭을 지나자 커다란 느티나무가 보인다. 600년이란 오랜 세월을 버틴 나무는 겨울이 지난 뒤라 나뭇잎 하나 없지만 자태가 훌륭하다. 그러나 이런 자연이 만든 훌륭함에 대한 감탄은 인간이 만든 건축물에 대한 감탄으로 금방 사라져 버렸다. 성공회 강화 성당의 옆문으로 올라가는 돌계단을 조심스레 밟고 문을 열자 삐걱거리는 소리가 들릴 듯하고, 문지방을 밟으면 무너질 것 같아, 밟지 않고 살짝 넘어 들어갔다. 성당 구석에 영국의 알마 수녀를 기린다는 비문이 오래된 고어체로 새겨져 있다. 더 많은 세월이 지나가면 글씨가 흐릿해져서 기억마저 사라질 것 같다. 이 성당은 우리의 전통가옥 형식으로 지어졌으며 초기 선교사로 온 신부들은 갓도 쓰고 두루마기도 입었었다. 지금 보편적으로 생각하는 신부의 옷차림을 염두에 둔다면 우스꽝스러운 모습이겠지만, 당시 그렇게 입지 않았다면 정말 서양 귀신이라고 더 배척 받았을 것이다. 성당 건물도 사람들이 거부감을 느끼지 않도록 기존 기와집에 십자가만 세워 놓았다. 또 성당 기둥에 각종 성경 구절이 한문 형식으로 쓰여 있다.

그런데 문간에 절에서나 볼 수 있는 범종이 하나 있다. 당시 성당의 종탑을 세울 수 없으니까, 불교 문화에 뿌리 깊은 한국 사람들의 배타적 감정을 상하지 않게 하려고 이런 형식의 범종을 설치하지 않았나 생각된다. 성당이 기념물로만 보관되는 줄 알았는데, 들어갈 수 없게끔 만들어 놓은 문틈으로 내부를 들여다보니 난로가 있다. 그것으로 보아 아

직도 미사를 드리고 있음을 확인한다. 성당으로 올라가는 정문 계단에
는 일본인들이 한국인 교인들을 죽인 죄에 대한 보상으로 이 계단을 기
부한다고 기록되어 있다. 바닥에 엎드렸으니 자신들을 밟고 지나가 아
픔을 씻으라는 뜻인가? 성당 앞 넓은 공터에서는 공연도 열리는지, 다음
주 공연 안내 현수막이 걸려 있다.

성당을 나와서 큰길을 지나 언덕을 조금 올라가니 고려궁지가 나온
다. 이곳은 입장료를 내야 들어갈 수 있다. 내부에는 건축물만 있을 것
같아 겉에서만 보고 지나치기로 한다. 설명에 의하면 이곳은 역사적으
로 상당히 기념될 만한 곳이라고 한다. 고려 고종시대 때 몽골에 항전하
기 위해 세운 강화도로 천도하면서 만든 궁궐터로서, 그 뒤로도 여러 외
세에 맞섰던 기록이 있다. 최근에 문제 되고 있는, 소유권은 프랑스 정부
에 둔 채 한국에 영원히 대여하기로 한 외규장각 도서도 바로 이곳에 있
던 자료였다. 역사는 그렇게 전쟁이 있을 때마다 나라의 보물들을 떠나
보내야만 했다. 세월이 흘러 내 것을 다시 찾아오고 싶지만, 한 번 빼앗
긴 유물을 되찾아 오는 것은 국가 간에 허용하지 않는다. 유럽의 대국들
이 침략한 나라에서 가지고 온 보물들은 지금 커다란 관광 자산이 되고
있지 않은가? 그런 세월의 아픔을 한 곳에 서서 빠짐없이 보고 있는 이
가 있으니 고려궁지 옆의 커다란 은행나무. 수령 700살 정도의 은행나무
가 언덕 아래서 역사를 보고 있다.

강화는 역사의 도시이긴 하지만, 경주처럼 당시의 모습들을 잘 보존해
놓지 않아 곳곳에 숨어 있는 역사적 물건들이 제대로 간직되어 있지 않
다. 아쉽기 그지없는 일이다. 나들길 이정표가 안내하는 대로 주택가로
들어가니 한옥마을이 있다. 역시 보존을 제대로 해놓지 않아 집 주위에
쓰레기가 많고, 고풍스러워 보이는 대문에도 각종 배달용 스티커들이 붙
어 있다. 보기에 마음이 불편하다. 정부에서는 보존하라고 하지만, 제대
로 재정 지원이 안 되는 듯하다. 한옥마을 골목을 지나 나오니 넓은 공

간에 강화 향교가 마치 촬영이 없는 날의 영화 세트장처럼 조용히 잠자고 있다. 그 옆에서는 향교에서 축문을 읽는 양반의 소리를 방해하려는 듯, 심한 공사용 중장비 소리와 함께 먼지가 풀풀 날린다. 어서 빨리 이 자리를 피하고 싶어 이정표가 안내하는 산길로 올라간다.

아직 겨울잠에서 깨어나지 않은 나무숲 사이로 약 5부 능선에 길게 뻗은 길을 걸어가니 기분이 좋다. 군데군데 진달래의 환한 빛깔이 나그네의 걸음을 기분 좋게 한다. 누군가 그 산책길에 의자를 만들어 놓았다. 숲 사이에 편히 앉아 쉬는 기분이 걷는 즐거움보다 좋다. 가지고 온 오렌지를 하나 까먹으며 보니 나무들 중에는 이상하게 생긴 소나무들이 있다. 다른 소나무들은 잘 깎은 수염처럼 곧은데, 어떤 녀석은 수염을 깎지 않는 나무처럼 중간중간에 무언가 주렁주렁 매달고 있다. 그 안에 말갛고 투명하게 고인 송진이 있다. 갑자기 그 송진 끝에 혀를 대보고 싶은 강한 충동을 느낀다. 긴 오솔길의 끝을 벗어나니 또 하나의 유적지가 나타난다. 강화 북문이다. 진송루라고 현판이 붙어 있다. 그 성 너머에 무엇이 있을까? 길게 아래로 뻗은 길. 가지고 있는 지도를 보니 북문을 통과하면 바로 다음 목적지인 오읍 약수로 넘어가는 길이다. 오읍 약수로 가는 길은 북장대를 넘어 멀리 돌아가는 길도 있다. 그런데 내가 굳이 서둘러 갈 필요가 있을까?

한창 무너진 성곽을 보수중인 공사 현장을 지나 북장대로 올라간다. 저 위에 무엇이 있을까? 성곽 위를 걷는데 저 아래 마을이 흐린 하늘 때문인지 아니면 황사 때문인지, 희미하고 또 까마득히 멀게 보인다. 아주 아주 오래 전 저 언덕 아래를 향해 활을 쏘아 대고, 바위를 굴리고, 총을 쏘고, 때론 적의 화살이나 총에 맞아 몸이 굴러 떨어졌겠지? 성곽 위에는 오래 전에 사용한 참호가 군데군데 패여 있다. 저 참호 속으로 얼마나 많은 젊은이들이 사라져 갔을까? 지금이라도 파보면 유골이 나올 것만 같다.

지난해 곤파스 태풍에 쓰러진 듯한 나무들이 잘 정리되어 군데군데 쌓여 있다. 북장대에는 무엇이 있는가? 아무것도 없다. '북장대(北將臺)'라는 안내표시만 있을 뿐이다. 그냥 흙더미만 쌓여 있다. 훼손된 유적을 다시 만드는 것인가? 아니면 원래 이런 것인가? 북쪽의 성곽에서 장군이 호령하던 곳이었을 텐데, 장군의 유골같이 흙이 바람에 날려 조금씩 무너지고 있다. 그리고 안내표시에 쓰여 있는 시 한 편.

높다란 석축 위에 북장대가 있는데
산 가득 숲 우거졌고 산들바람 불어오네.
누가 먼저 차지하여 무예 위엄 보이는가
분명한 군령 후엔 몇 잔 술이 있었겠지.

산 위에서 시원한 바람을 즐기다가 산길을 내려간다. 중간쯤 길을 가는 사람들이 휴식할 수 있도록 작은 통나무를 몇 개 커다란 나무 밑으로 가져다 놓았다. 그 어느 휴식처보다 더 정겹게 보인다. 그리고 이어지는 멋진 산책길. 부드러운 흙에 편해 보이는 나무들이 듬성듬성 나 있어 홀로 '좋다'는 말이 절로 나온다. 일부러 천천히 걸어 내려와 산 아래로 내려오니 오읍 약수터가 있다. 거기서 나이 든 어른들이 쉬고 있다. 몇 개의 운동 기구들도 있다. 사람들이 많이 찾아오는 듯 약수터 주위가 잘 정비되어 있다. 그 옆의 어느 집에는 장독을 몇 개 엎어 탑을 쌓아 놓았다. 이런 모습도 산 속에 있으니 자연미가 있어서 보기 좋다. 나들길을 디자인하는 사람들이 많이 애쓴 흔적을 여기저기 붙어 있는 이정표를 통해서 확인한다. 일부러 걷고 싶은 길을 자연의 지형지물을 이용하여 따로 만들고, 자연 친화적인 예쁜 팻말도 붙여 놓았다.

어느 산책길에서 볼 수 없는 코스 하나. 송학골 빨래터다. 산에서 흘러내려오는 물을 이용하여 작은 빨래터를 만들었다. 아줌마들이 쪼그리고 앉아 온갖 동네 소문들을 비누로 삼아 얼마나 많은 빨래들을 두들겨 패면서, 남편과 시어머니에게 당한 서러움을 씻어 냈을까? 6개의 빨래대 중 5개는 사용한 지 오래된 듯 이끼가 끼어 있다. 그 중 하나는 최근에도 빨래를 한 듯 깨끗하다. 누군가 빨래터 위에 숫대 몇 개와 불에 탄 나무를 이용하여 재미있는 나무 의자를 만들어 놓았다. 송학골 샘물터에 쓰여 있는 시 한 편.

나는 태초 이래로 물이었나니
숱한 가뭄에도 송학골 대산리 들판의 목마름을 채워
땅을 풍요롭게 했노라.
세월 흘러 쉼터로 때론 마을 아낙네들의 수다 공간으로, 빨래터로
내 몸 내어 맞이했노라
이제 새로 단장하고 강화 나들길 도류를 맞이하노니
부디 눈길 주고 따스한 몸 한 번 더 만져 주기 바라노라
그리하여 그대들의 지친 몸뚱이 한결 가벼워진다면
내 다시 몸 내어준 '드림'의 미학이 크게 길할 것이다.

그렇게 산길을 빠져 나와 대월초등학교에 도착한다. 오늘은 '놀토'인지 교정이 조용하다. 요즘은 학교에도 담이 없다. 누구나 들어설 수 있고, 누구나 학교 내의 약수터에서 물을 떠갈 수 있다. 눈길을 끄는 커다란 씨름장. 강화 씨름터란다. 이런 것들이 잘 정돈되어 있어 보기 좋다. 초등학교 옆길로 나와 작은 언덕 밑으로 내려온다. 도로 밑으로 뚫린 커다란 굴을 지나면서 소리를 질러 보니 공명이 좋다. 신나게 가곡을 불러 보는데 내 목소리가 마치 성능 좋은 마이크를 대고 노래하는 것처럼 잘 울린다. 아직도 이곳은 연탄을 때는 집들이 많은 듯, 어느 집 마당에 산더미 같은 연탄재가 쌓여 있다. 혹시 저 연탄재를 이용해 퇴비를 만들

때 쓸 예정인가?

 갑자기 눈앞에서 커다란 동물 하나가 후다닥 산을 오른다. 고라니다. 내 발걸음에 놀란 듯 산속 나무 숲 사이로 화살처럼 날아간다. 감탄만 하고 있다가 사진 찍는 기회를 놓쳐 버렸다. 고라니가 껑충껑충 뛰어간 길로 천천히 올라간다. 싱싱한 잣나무가 양옆으로 죽죽 뻗어 있다. 아직 겨울빛 속에 푸른 숲 사이를 걸어가는 기분이 너무 좋다. 낙엽을 밟으며 길을 간다. 푸른 잣나무가 지난해 땅에 떨귀 놓은 솔방울을 주워 손으로 만져 본다. 딱딱한 잣알이 흙과 같이 떨어져 나온다.

 숲속 길을 가는데 여기저기서 새소리가 들린다. 마치 오뉴월 개구리 울듯이 지저귀는 새소리가 기분 좋아 하늘을 향해 손을 벌린다. 이제 숲속 길 여행은 끝난 것인가? 숲길 끝의 이정표가 연미정으로 가는 길과 박진화 미술관으로 가는 길을 알려준다. 이 깊은 마을에 미술관이 있다니 호기심이 당긴다. 표시로는 거의 1km 거리인데 지척에 있다. 아마 차 다니는 도로로만 계산한 것 같다. 한적한 미술관에 들어서니 입체 그림이 전시되어 있다. 요즘은 그림도 변한다. 그림이 화폭에서 자꾸 벗어나고픈지 새로운 시도들이 많다.

 얼마나 걸었을까? 배가 출출하다. 인적 없는 길가의 낡은 집 툇마루가 비어 있다. 그곳에 앉아 갖고 온 보온병 물로 컵라면을 끓여 먹고 있는데, 동네 아주머니가 지나가며 다정하게 말을 건넨다. 처음엔 김치를 주려 했으나, 이미 라면을 다 먹은 뒤라 사양했다. 그러자 커피를 주겠다고 해서 또 사양했다. 그냥 그 고마운 마음만 가지고 지나가고팠다.

 연미정으로 가는 길로 접어드는데, 독특한 집 한 채가 눈길을 끈다. 집의 벽을 이용해 축구 그림을 그려 놓았다. 그린 지 얼마 안 된 듯 화폭이 깨끗하다. 작가가 누구인지 몰라도 전문 만화가의 솜씨다. 지난번 지리산 둘레길을 걸을 때도 이런 그림을 자주 보았었는데, 그럴 때마다 우리 같은 나그네의 힘든 다리와 어깨를 주물러 주는 느낌을 받는다. 밋밋한 공간에 생명을 그린다. 연미정에는 단체로 버스 타고 여행 온 학생들이 몰려 있다가 어느 순간 썰물처럼 버스를 타고 떠나 버린다. 그들이 떠나고 나니 조용하다. 연미정은 정자의 위치가 지도상으로 제비꼬리 같다고 해서 연미정으로 이름 붙여졌다. 그 제비꼬리 정자에 올라가 보니 바다가 보인다. 여기는 군사 지역이라 정자의 축대 앞에서 사진 촬영이 금지되어 있다. 축대 앞에 가까이 가서 밑을 내려다보니 군대 초소가 있다. 막 교대가 끝났는지 완전 군장한 두 명의 병사들이 언덕을 내려간다. 고생이 많다고 인사를 하고 연미정을 내려왔다.

목적지로 가는 길에 바다를 향해 높은 철조망 담이 끝없이 둘러 있다. 가까이 오지 말라고 경고판이 세워져 있지만, 어차피 담 넘어가는 길이 아니니 그 담을 끼고 계속 걸었다. 나이 든 할머니가 엄중한 철조망 담 밑에서 봄나물을 캐고 있다. 전쟁과 평화는 이렇게 늘 공존한다. 철조망 건너편 바닷가 갯벌 끝에는 수없이 많은 갈매기들이 거의 일렬로 줄지어 있고, 그 사이로 청둥오리가 가끔 보인다. 어느 순간 하늘로 동시에 날 것 같아 계속 바라본다. 그런데 내 바람을 저버리고 갯벌에서 계속 오수를 즐기고 있기에 바라보는 것을 포기했다. 철조망을 따라 걷는다. 차가 씽씽 날리는 도로를 끼고 걷게 되어 있어서 '이러면 안 되는데.' 하고 의문이 들 때쯤, 아니나 다를까? 도로 바닥에 그려진 화살표가 길을 건너 하천 둑길로 안내한다. 끝없이 이어진 옥개방죽이 흙길이면 좋으련만 모두 시멘트 길이라 걷기에 불편하다.

봄 농사를 위해 끝없이 넓은 논이 갈아 엎어져 있다. 방죽의 잡초들은 모두 불에 타 그을리고, 지난해 농사 후 끝부분만 남은 벼 밑동이 진흙탕 속에 섞여 새로운 탄생을 기다리고 있다. 이런 길을 얼마나 더 가야 하나. 이런 무미건조한 길 옆에서 낚시꾼들은 월척을 기다리고, 나 같은 길 걷는 이들은 방죽 밑에서 바람을 피해 점심을 즐기고 있다. 이런 내 불평이 들렸던가? 시멘트 길이 끝나는 지점에서 다시 이정표는 산 위로 방향을 안내한다. 곧은 나무들이 빼곡히 들어찬 길을 따라 걷는다. 그러다가 다시 또 도로가 나오고, 또 산길로 올라가 숲 사이를 걷고, 어느 지역에선 개인의 땅을 표시해 놓은 듯 뾰족한 가시가 돋은 탱자나무를 심어 놓아 접근하지 못하게 했다. 그러나 이런 길이라도 개인 소유지를 나그네에게 터준 것이 고마울 따름이다.

이제 길의 끝이 보인다. 다시 철조망 옆을 걷다 보니 멀리 강화대교가 보인다. 목적지의 마지막 단계를 걷는 기분을 그대는 아는가? 옆으로 씽씽 스쳐 지나가는 자동차의 조급함 대신, 한 발 두 발 천천히 걸어 목적지를 향하는 '느림'의 인생에서 얻는 즐거움을 그대는 아는가? 목적지 끝에는 갑곶 순교 성지가 있다. 천주교 신자들의 순교가 이루어진 곳. 그곳에 기도하는 장소를 만들어 놓았다. 조용히 기도하는 마음으로 그 길을 걷는다. 오늘의 일정을 마치고 갑곶돈대 관광안내소에 들러 도보여행 여권에 스탬프를 받는다. 오늘 걸은 길 1코스와 지난번 걸은 2코스를 한꺼번에 받아 가방에 쿡 찔러 넣는다. 스탬프 찍어야 할 페이지가 많다. 따라서 아직 갈 길이 많다. 오늘 내가 스스로 정한 임무 끝.

2코스 호국 돈대길 (2010. 6)

제주도 올레길, 지리산 둘레길에 이어 서울의 성곽길, DMZ을 걷는 평화의 길, 변산반도의 마실길, 군산의 구불길, 거기에 강화도의 나들길까지…. 각 지방 단체마다 걷기에 상품을 내걸고 있다. 상품이라기보다 문화 경쟁이라고 봐야 할까? 온통 걷기 열풍이다.

지난달 지리산 둘레길 완주를 하고 나서 새로운 목표를 위해 또 한 번 여기저기 인터넷을 검색한다. 그러자 부천에서 가까운 강화의 나들길이 제일 먼저 떠오른다. 교통을 검색해 봐도 집 가까운 곳에서 버스 한 번이면 갈 수 있고, 당일로 충분히 한 코스 정도는 즐길 수 있는 곳. 늘 자가용으로 스쳐 지나가던 곳이지만, 그간 보아온 것은 잘 닦인 시골길. 차를 타고 가면 운전석에서는 바다도 제대로 보이지 않는다. 그래서 바다를 제일 잘 볼 수 있는 2코스를 잡았다. 날짜는 6월 2일 선거일. 아침 일찍 투표를 하고 나서 8시 차를 타기로 계획하고 아내에게 통보하니, 요즘 내 불편한 심기를 아는 아내가 따라 나선다. 혼자면 물병 하나 들고 가면 되는데, 둘이 가자니 시간 맞추기가 여의치 않다. 소풍 가듯 계란도 삶고, 이것 저것 먹을 것을 챙기고, 옷도 신경 쓴다. 그러다 보니 8시 차를 놓쳐 버렸다.

11시경 강화 도착. 운동화를 질끈 동여맨 후 모자를 눌러 쓰고 출발. 내가 탄 버스가 강화대교를 지나자마자 내려 주어야 바로 2코스 출발점인 갑곶돈대로 가는데, 버스는 한참 지나서 정차했다. 강화역사관 앞에는 휴일인데도 관광객이 많다. 하지만 나같이 트레킹 복장으로 나온 사람은 보이시 않는다.

강화역사관에서 코스에 대해 알아본 뒤 나들길 안내 전단지를 하나 구했다. 승용차를 타고 시속 70~80km로 쏜살같이 몇 번이나 지나곤 했던 길을 이젠 튼튼한 두 발로 시속 4~5km의 속도로 걷는다. 철저한 느림의 미학을 실천한다. 주위의 많은 이들이 내 취향을 쓸데없는 취미라고 비웃는다. 하지만 난 그 멋에 산다. 그들이 빨리 가고 빨리 실천하는 일들을 나는 천천히 실천하고 싶다. 어차피 끝은 같을 테니까.

지리산 둘레길도 그렇지만, 이 길은 걷는 이들로 하여금 가능한 한 자연을 느끼도록 디자인되었다. 아스팔트가 아닌 흙길로 가게 하고, 인공적으로 심긴 보기 좋은 가로수보다는 자연적으로 낮게 자란 풀숲과 야생화가 피어 있는 둑길로 가게 한다. 신발을 벗고 걸어도 감촉이 좋은 풀숲길. 낮은 잔디가 좋고, 진하게 풍겨오는 길 옆 바다 개흙 냄새도 좋다. 잠시 쉬고 있는 작은 배의 모습도 좋고, 찰랑거리는 작은 파도도 좋다. 갈매기들이 바다 위를 낮게 날아다니고, 왜가리가 한없이 먼 곳을 응시하며 서 있는 풍경들. 이미 수십 차례나 어부들에게 물고기를 선물했을 것 같은 낡은 그물들이 어선 옆에 가지런히 챙겨져 있는 모습도 보기 좋다. 아직 날아가지 못한 민들레의 소담스러움도 좋고, 늦게 핀 아카시아의 순백색도 좋다. 눈에 수없이 보이는 붓꽃에 처음에는 카메라를 계속 들이대다가, 너무 자주 보여 포커스를 다른 곳으로 보낸다.

2코스는 외세의 침입에 대한 투쟁의 역사가 있는 곳이다. 2코스뿐만 아니라 강화는 섬 주위가 대부분 침범하는 서양 배들을 향해 대포를 쏘아 대던 곳이다. '돈대'라는 의미도 적을 감시하기 위해 쌓아 놓은 축조물을 말한다. 2코스에는 갑곶돈대, 용당돈대, 화도돈대, 오두돈대, 덕진진, 초지진들이 줄지어 있다. 처음에 이 코스를 선택할 때, 혹시 바닷가를 따라 걷는 아스팔트 길만으로 되어 있으면 어떻게 하나 걱정했었는데, 돈대 주위로는 모두 산길 숲길로 가도록 해놓아 기분이 좋았다. 바람에 날려가지 말라고 모자를 깊게 눌러 써서 미처 발견하지 못했는데, 아내가 숲길로 들어가는 나들길 이정표를 찾아서는 알려준다. 혹 휴일이라 나들길 가는 사람들이 많을지도 모르겠다고 했는데, 이상하게 이 날의 나들길은 완전히 우리 부부를 위해서만 준비해 놓은 듯 아무도 걷는이가 없다. 바닷가 숲이라 많이 우거지진 않았지만, 사람이 많이 안 다녀서 그런지 풀들이 발길로 뭉개지지 않아 풀을 밟는 감촉이 더욱 좋다.

아무도 없는 돈대 위로 올라가니 청명한 바람이 분다. 가슴이 시원하다. 바닷바람과 숲바람이 한꺼번에 밀려온다. 포를 거치해 놓고 병사들이 죽을 각오로 싸우던 참호가 어둠 속에서 역사를 말해 준다. 2코스 돈대들의 지형을 보면 이해할 수 없는 것이 있다. 이곳 돈대에서 김포 땅까지는 겨우 700미터 다리로 연결될 만큼 지척에 불과한데, 외국 상선이나 해군함이 이곳까지 들어오고, 그들이 들어오지 못하게 하기 위해 포를 쏠 정도였다면 얼마나 결사적인 항전이었을까 하는 궁금증이 인다. 또 외국 배들이 여기까지 왔다면, 이미 김포 땅에 상륙한 뒤가 아닐까 하는 생각이 든다. 차라리 이러한 돈대들은 강화가 아닌 경기도나 충청도 쪽에 많아야 할 것 같다. 지역상 외국에서 들어오는 배들은 강화로 오는 것이 가장 수월한가? 어쨌든 강화는 섬 전체 바닷가에 돈대들이 줄지어 있다. 강화를 차로 다니다 보면 유난히 역사가 오래된 교회들이 많이 보인다. 외국 상선들과 함께 온 선교사들이 제일 먼저 강화에 선교의 씨앗을 뿌리고 차츰 내륙으로 들어온 것이다.

50분 정도 걸었을까? 길을 가다 처음 만난 곳은 용진진이다. 이곳은 돈대라기보다 병사들이 거주하는 진지 같은 성곽처럼 보인다. 들어가지 못하게 막아 놓아 앞 공터에서 휴식을 취한다. 삶아 온 계란도 먹고, 과일도 먹고, 커피도 마시고…. 혼자 다니면 물만 마실 텐데….

나들길 표식을 따라가다 다시 산길을 걷는다. 산길이라기보다는 숲길이라고 해야 하나? 그다지 높은 곳이 아니다. 조금 더 가다 보니 용당돈대. 석축을 쌓은 지 얼마 안 되는 듯 석축에 이끼가 끼어 있지 않다. 아마 수시로 보수를 하는 모양이다. 돈대를 끼고 돌아 또 숲길. 이거 재미있네. 길을 가다 잠시잠시 만나는 역사의 흔적들. 비록 후세 사람들에겐 모두 같은 역사겠지만, 그 시대를 살았던 사람들에겐 모두가 다른 역사였겠지. 돈대를 돌고 나서 다시 평지로 내려온다. 모내기 철이라 그런지 이제 막 심어 놓은 모들이 마치 봄철 새싹 돋듯 질서정연하게 심겨져 있다. 모를 심느라 논에 던져 놓은 모판 중 남은 모판 하나가 자리를 찾지 못하고 햇빛에 말라 간다.

길을 간다. 둑길을 간다. 김민기가 작곡하고 송창식이 불렀던 '강변에 서'라는 노래가 생각난다. 저 건너 강둑을 따라 순이가 걸어올 것 같다.

"아이야, 불 밝혀라, 뱃전에 불 밝혀라. 저 강 건너 오솔길 따라 우리 순이가 돌아온다."라고 끝나는 노래. 이 둑길은 유독 정이 간다. 유난히 많이 보이는 붓꽃 무리들, 둑을 넘어오려 애쓰는 칡뿌리들, 자주 빨갛게 머리만 보이는 산딸기의 아름다움, 머리에 포마드를 바르고 가르마를 타서 잘 빗은 도시 신사 같은 풀들…. 오래 전 아버님과 시골길을 걸을 때, 이런 길옆의 풀을 서로 묶어 놓아 뒤에 오는 아이가 풀에 걸려 넘어지도록 하는 놀이를 했었다고 말씀하신 기억이 난다. 한 걸음 한 걸음 옮길 때마다 터져 나오는 감탄사가 나를 기분 좋게 한다. 노래가 절로 나온다.

그러나 딸기 하나에도 손대지 않았다. 내가 따가면 다른 사람도 딸 테고, 그러다 보면 그 다음 사람은 딸기가 있었는지조차 모를 테니…. 그렇게 길을 가다 알 수 없는 넝쿨들이 가득 덮여 있기에 혹시 가시박이인가 했는데, 낫을 들고 지나가는 동네 저씨에게 물어보니 모두 칡이란다. 칡이 이 둑을 단단하게 지키고 있다.

그렇게 멋진 길 끝에쯤에 화도돈대. 포를 거치해 놓은 자리는 없고 진지만 구축되어 있다. 다시 차도로 내려오니 바다랑 이어진 조그만 개울에서 낚시꾼들이 세월을 낚고 있다. 도로에서 다시 길옆으로 나그네를 인도하는 나들길 표시. 작은 바람개비를 많이 세워 놓았다. 일부러 나그네에게 포인트를 주고 좋은 느낌을 주기 위해 세워 놓은 표식들로 보인다. 그래, 그것도 좋다. 바람 부는 바닷가에서 신나게 돌아가는 바람개비를 보면 누구나 기분 좋겠지. 화도돈대 인근에 자동차 캠핑장이 있어 몇몇 가족들이 소풍을 즐기고 있다. 고기를 구우며 가족들이 바리바리 싸온 음식들을 풀어 놓고 초 여름의 행복을 열고 있다. 길옆 작은 정자 밑에서는 아낙 3명이 열심히 돌미나리를 다듬고 있다. 신기한 듯 바라보는 우리에게 맛있으니 사가라고 한다. 차가 없다고 하자 배낭에 넣어가면 된다나. 길 한 켠에 서너 명이 한꺼번에 올라타서 페달을 굴려 나아가는 네발 자전거가 손님을 기다리고 있다. 도로에 보행자용 작은 도로가 있어 이 네발 자전거로 도로 저 끝까지 오간다.

배가 고프다. 아내가 좋아하는 해물 칼국수를 찾았으나 여의치 않고 더 가면 식당도 없을 것 같아 눈앞에 보이는 식당으로 들어갔다. 메뉴를 보니 내가 좋아하는 회덮밥이다. 강화에서만 먹을 수 있는 밴댕이 회덮밥, 아내는 숭어 회덮밥. 회덮밥을 고추장으로 비비지 않고 양념된 김치로 비벼 맛을 낸다. 고추장은 아예 안 넣는다. 이것도 별미네… 역시 강화는 순무가 맛있다. 나들길 오가는 이들 때문에 장사가 잘되느냐고 물으니, 때론 너무 많은 사람들이 한꺼번에 밀려 들어와 손님을 못 받을 때도 있단다. 하긴 이곳에 오다 보니, 보이는 음식점은 하나같이 장어구이 집이다. 나들길 꾼들이 간단히 점심 먹기에는 불편한 메뉴. 이곳에 토속 음식점이나 하나 차릴까? 이것도 틈새시장일 텐데.

먹었으니 이제 가야지. 길가에 쌓아 놓은 노적가리. 이게 뭐지? 볏단도 아닌데 가을 추수 후의 볏짚같이 높게 쌓여 있다. 억새인가? 둑방 건너에 굵은 파줄기. 아직은 여물지 않은 양파가 몸을 만들고 있다. 아카시아가 너무 싱싱해 보인다. 자동차의 매연으로부터 거리가 있기에 안심하고 굵은 아카시아 잎을 따 먹어 본다. 상큼한 맛. 맞아, 이 맛이야. 어릴 때 인천의 자유공원에서 먹던 아카시아 잎. 군 시절에 어쩔 수 없는 환경에서 졸병들을 내 손으로 '빳다' 친 일이 있었다. 그날 저녁 회식 때 졸병들이 내게로 오더니, 할 수 없이 매를 든 것에 대해 내가 마음 아파하는 것을 안다면서, 아카시아주를 마구 권하는 바람에 대취하고는 그 다음날 점호에 불참. 절대 사고 안 칠 것 같은 정상병이 점호를 빠진다? 그날 소대장이 나를 불렀다. 그래서 '혼나겠구나.' 생각했는데, '어제 힘들었지?' 하고 오히려 위로해 주던 기억이 난다.

길을 따라 하염없이 걷는다. 오두돈대를 지나니 규모가 큰 광성보. 아이들이 역사 탐방을 나왔는지 무리지어 걸어 다닌다. 우리도 입장료 1100원을 내고 들어가니 잘 다듬어 놓은 유적지. 열심히 무언가를 적고 있는 애들 사이로 데이트하는 연인들과 유모차를 끌고 다니는 가족들의 모습이 보기 좋다. 이때부터 아내는 서서히 힘들어 한다. 작은 계단조차 올라가기 힘거운 듯하다. 그래도 가야 할 길. 돈대 위의 작은 언덕이 보이면 겁부터 낸다. 또 올라가야 하느냐고…. 그러나 가야 할 길. 올라가면 내려가는 길이 있으니 걱정 말라고 하고 내려가니 용두돈대. 용의 머리에 있는 돈대인가? 하긴 이곳의 육지가 툭 튀어나와 있다. 용두돈대를 휘돌아 나와 다시 갯가로 걷는다. 질퍽질퍽한 길. 왜 나들길은 이런 곳으로 가게 했을까? 비가 조금이라도 오거나 바다물이 들어오면 가지 못할 길인데…. 일반 신발을 신으면 물에 빠질 것 같은 길도 있다. 이럴 경우를 위해 다른 대체 루트도 표시해 놓아야 하는 것 아닌가? 개흙으로 가득 찬 곳을 보이니 아내는 진흙 머드팩을 생각한다. 아마 보령 머드팩을 생각하는 것 같다. 누군가 저 개흙을 맨발로 들어갔다 나왔는지, 둑에 개흙 말라 붙은 것이 가득하다.

조그만 산길을 걷는데 밭 사이로 보이는 작은 원두막 하나. 아내가 힘든 듯 신발을 벗고 큰 대자로 누워 버린다. 원두막에 밤을 지낼 수 있는 물건들이 준비되어 있다. 작은 목침과, 발과 돗자리와 모기향까지 있다. 잠시 쉬다가 원두막 아래를 보니 구절초가 가득하다. 원두막을 내려오면 어느 집 마당으로 내려오게 되어 있다. 철망 안에 갇힌 개. 집안의 개 두 마리가 마구 짖는다. 개가 짖는 소리에 어린 아이가 나온다. 나들길을 물으니 답이 없다. 어디론가 나들길 리본이 사라지고 없다. 마당길을 따라가니 작은 폭스바겐 모양의 펜션이 언덕 위에 예쁘게 자리 잡고 있다. 이름하여 카펜션. 저곳의 내부는 어떨까? 인터넷으로 검색해 보니 방 하나하나가 모두 동화나라에 온 것 같다.

나들길 표식을 잃어 무작정 길을 가다 보니 덕진진 입구. 한적한 매표소에서 독서삼매경에 빠져 있던 매표원이 나를 보고 깜짝 놀란다. 입장권을 사야 한단다. 알고 보니 이곳 나들길의 돈대 코스를 지나기 위해 출발점인 강화역사관에서 할인 입장권을 사서 왔어야 했다. 그걸 모르고 그냥 떠났으니…. 하긴 군이 표를 안 사도 뒤로 돌아가면 입장권 없이도 모든 돈대에 입장이 가능하다. 그냥 지나치면 안 되느냐고 하자, 입구로 온 이상 어쩔 수 없단다. 한장에 700원인데 1,300원밖에 없다고 하니 단체 표를 적용해 600원으로 깎아 준다.

덕진진을 지날 때쯤 멀리 초지대교가 보인다. 저곳을 걸어서 건너고 싶다. 길은 두 갈래로 갈라진다. 하나는 초지진으로 가고, 다른 길은 온수리로 향한다. 오늘의 목표는 초지진으로 하자. 화살표가 편한 도로보다는 곁길로 가라 한다. 멀리 초지진까지 쭉 뻗은 농로 시멘트 길, 그 옆으로 낚시터들. 낚시터를 지날 때면 늘 느끼는 것이지만, 참으로 많은 낚시꾼들이 자연을 오염시키고 있다. 낚시꾼들은 대개 낚시 후 쓰레기를 집으로 가져가지 않는다. 그냥 물에 던져 버리거나 낚시하던 자리에 놓아 둔 채 도구만 챙겨 나온다. 특히 아무도 관리하지 않는 자연 낚시터는 더욱 그렇다. 일회용 라면그릇은 물론 부탄가스통, 낚시하다 남은 미끼, 부러진 찌들. 도무지 이해 못 할 취미가 낚시다. 산을 다니는 사람은 서로 돕고 지나치면서 인사를 나누지만, 낚시꾼들은 서로 좋은 목을 차지하기 위해 경계한다고 한다. 게다가 남에게 피해 주지 않도록 조용히 해야 하고…. 나는 배필을 구하는 젊은 아가씨들에게 꼭 충고를 한다. 절대 낚시 좋아하는 사람 만나지 말라고, 주말 과부 되기 딱 좋으니까. .

초지대교를 넘어가고 싶다고 했더니 아내가 펄쩍 뛴다. 100만 원을 주면 넘어가겠단다. 그럼 100만 원 안 주고 나 혼자 넘어가도 되느냐고 했다. 목적지인 초지진 앞에 작은 개인 사택이 있다. 바다를 향해 지어진 작은 집. 담도 철 구조물로 해놓아 안전을 기했다. 이것도 좋은 아이디어네. 바닷가라 땅값도 별로 비싸지 않을 텐데, 아담하게 지었다. 오늘 나들길 산책은 여기서 끝내자. 힘들어하는 아내와 맛있는 농어회, 인삼 막걸리로 기분 좋게 마무리하고 다시 대중교통 수단을 이용해 집으로 왔다. 오는 동안 힘들었지만 좋았던지 아내는 다음부터 대중교통을 이용하잔다. 자, 이제 슬슬 다음 코스를 생각해 볼까?

3코스 능묘 가는 길 (2011. 8)

지난 50일간 비 안 온 날이 겨우 7일에 불과했던 올 여름. 지난 2주간 걸었던 설악산 길도, 지리산 둘레길도 모두 빗속에서 걸어야 했다. 그랬기에 매번 포기하고 싶은 마음이 들었으나 '이젠 나도 걷기 마니아인데…' 하는 작은 자존심에 비가 200mm정도 온다는 예보에도 불구하고 토요일 걷기 코스를 잡았다. 금요일 저녁부터 비가 온다. 토요일은 당연히 오겠지. 어느 정도 오느냐가 문제다. 지난번 강화 나들길 때 잠시 같이 걸었던 부부가 3코스가 가장 좋다기에, 당연히 이번은 3코스를 가리라 생각했었다. 그런데 마침 나들길 동호회 카페에서 3코스를 걷는다기에 동행하기로 했다.

이 코스는 왕릉이 많아 '능묘 가는 길'이라고 부른다. 강화도는 외세 침략의 선두에 있던 지역이라 왕들의 무덤이 많다. 경주같이 태평성대의 왕조라면 거대하게 만들어 왕의 위엄을 세세대대로 칭송했을 텐데, 모두 외세 침략으로 어려운 피난 시절의 고려왕조 무덤이라 분묘도 그리 크지 않고 화려하지도 않다.

강화에 사는 사람들이 많은 동호회는 출발시간도 빨라서 아침 9시. 부천에서 그 시간까지 강화 터미널도 아니고 온수 터미널까지 가려면 빠듯하다. 시간 맞추어 나왔는데도 20분 지각. 버스에서 내리니 떨어지

31

는 빗방울이 도로에서 왕관 현상을 그릴 정도로 빗줄기가 거세다. 바로 앞에서 나를 기다리는 일행들. 모두 우비를 단단히 챙겨 입고 우산을 들었다. 늦어서 미안한 마음에 서둘러 나들길 여권에 도장을 찍고 용변도 보고 우비도 챙겨 입고…, 출발. 우비를 때리는 빗줄기 소리가 툭 툭 툭 거세다. 강화도 토박이들이 인도하는 길이라 길 표시는 별로 신경 쓰지 않고 그냥 발뒤꿈치만 따라 다닌다.

길 옆에 상사화가 굵은 비를 그대로 맞고 있다. 바람이 조금 세게 불면 쓰러질 것 같은 여리디여린 대줄기 하나가 용케도 비바람을 견디고 있다. 제일 처음 만나는 건축물. 성공회 강화 성당. 영국으로부터 들어온 성공회가 제일 처음 성당을 세운 곳이다. 그런데 지금 한참 보수 중이라 주변이 어수선하다. 성공회 성당의 대문이 중국의 절 입구와 비슷한 느낌을 주는 것은 아마 영국 사람들이 중국이나 한국이 비슷할 것 같다는 생각으로 그렇게 지었기 때문인 것 같다. 원래 3코스는 전등사를 거쳐 삼랑성 북문을 지나 가는 것으로 되어 있었는데, 이미 수없이 와본 다른 사람들이 굳이 전등사까지 들어갈 필요를 느끼지 않아서인지 다른 코스로 안내한다. 전등사를 들어가 본 지 무척 오래되어 조금 아쉽지만, 일행에 농잠하기로 했으니 어쩔 수 없다.

비가 많이 오니 주로 걷기 편한 시멘트 길을 걷는다. 그래도 차가 다니는 도로 옆은 모두 시골 풍경이다. 인삼 밭이 있고, 고구마 밭이 있고, 옥수수 대가 파랗게 올라가고, 도라지꽃이 가득 피어 있는 길을 따라간다. 지난번 왔을 때만 해도 파란 가시만 가득하던 밤송이의 윗부분이 서서히 붉게 물들어 간다. 어느 모퉁이의 사슴농장에서 비를 맞고 있는 사슴 가족들. 우리가 빤히 바라보고 있으니 사슴들도 우리를 빤히 바라본다. 그 중 가장 어린 사슴의 눈망울이 더 초롱초롱하게 바라본다. 워낙 비가 많이 오니 서서히 신발이 젖어 온다. 피할 수 없는 물 웅덩이들과 흐르는 빗물…. 어떤 이는 슬리퍼를 신고 걷기에 의아해 하니, 걷는데 베테랑이라 걱정하지 않아도 된다며 안심시켜 준다. 길가에는 논과 밭이 있는데 주변 건물들은 모두 현대식이다. 강화 학생 체육관은 여느 도심지의 체육관보다 시설이 더 좋아 보인다. 길정 저수지로 향하는 길과 이규보 묘로 가는 길. 두 갈래 길에서 의견을 묻는다. 비가 오는데 빨리 트레킹을 끝내려면 저수지 길로 가야 하고, 제대로 된 코스를 가려면 이규보 묘로 향해야 한다. 오늘 8명의 일행 중 이 길을 처음 오는 이는 2명에 불과한 것 같다.

묘로 가는 작은 도로 옆의 집들이 무척 고급이다. 가옥으로 들어가는 길의 입구도 잘 정비해 놓았고, 마당 앞에 주차되어 있는 차도 도심에서조차 흔히 볼 수 없는 고급차인 크라이슬러 클래식 모델. 아주 넓은 비탈길에 끝없이 넓은 고구마 밭이 있는데, 이곳 강화 고구마의 단맛이 좋아 아주 잘 팔린단다. 그 길들도 모두 차가 다닐 수 있는 시멘트 길. 오늘은 바닥보다 꼭대기가 힘든 날이다. 그러나 만족감은 편편한 바닥보다 비를 맞는 머리 꼭대기가 좋다. 비는 마구 쏟아지는가 하면 때로 잠시 뜸해지기도 하지만 그치지 않는다. 우비를 입었어도 바지 아래가 젖는 것은 어쩔 수가 없다. 어느 정도 걸었나. 시계도 핸드폰도 우비 속 주머니에 있어서 시간 감각이 없다. 비 오는 길을 걷기에 한여름의 힘든 것도 느껴지지 않는다.

이규보 묘의 사당 안에서 잠시 쉬기로 했다. 굳게 닫힌 문을 밀어 젖히니 문 뒤에 농기구가 가득 쌓여 있다. 가지고 온 간식들을 나누어 먹으며 사당 안을 들여다보니 누군가 잠시 어질러 놓은 흔적이 보이긴 하지만 비교적 깨끗한 편이다. 묘지도 잘 가꾸어져 있고, 이번 큰 비에 별로 피해를 입지 않아 다행이다. 많은 역사의 흔적들이 자연의 힘에 의해 사라져 가고, 후대의 인간들은 그 흔적을 찾아 다시 역사를 파헤친다.

잠시 쉬고 나서 '해뜰원'이라는 참기름 생산 공장에 들렀다. 주인이 뜻이 있어 평소 모아 둔 우리 선조들의 생활 도구들과 참기름에 관련된 옛날 도구들, 그리고 수석을 이용하여 공장의 건물 하나를 박물관으로 만들었다. 안내해 주는 아가씨가 친절하게 모든 진열품을 설명해 준다. 이제까지 몰랐던 것 중 하나. 야간 화장실로 애용되었던 요강이 작은 사이즈가 있어 물어 보니 가마용이라고 한다. 먼 길을 가는 마나님들의 가마 안에 작은 요강을 비치해 놓고, 소리가 나면 창피하니까 요강 밑에 목화를 깔아 놓았다고 한다. 새로운 사실을 알았네. 비록 유물이 많지 않고 다른 민속 박물관에서도 흔히 볼 수 있는 생활 도구들이지만, 머리를 길게 길러 질끈 동여맨 포니테일의 젊은 사장님이 무척 존경스럽다. 올해 이곳에서 내가 좋아하는 소리꾼인 장사익을 초청 공연하여 강화도민들의 문화생활에도 기여했다 하니, 손 한 번 더 잡으며 존경한다고 했다. 내가 하고 싶은 일들…. 아이들을 위해 참기름을 짜는 체험 코스도 있다 하니 추천할 만하다. 박물관 관람 중 일행 가운데 몇 명을 사진 찍어 명함처럼 만들어 주는 친절에 또 한 번 감복. 맛있는 둥글레 차를 얻어 마시고 또 출발.

비는 여전히 거세다. 깨끗하게 지어진 어느 건물에서 사람들의 즐거운 목소리가 들려 살짝 창문으로 보니, 나이 든 아저씨들이 게이트볼을 즐기고 있다. 큰길로 나와 산길로 접어드는 곳에 왔을 때 다시 한 번 의견을 모은다. 시간이 많이 갔는데 산길로 가면 목적지에 도착할 때까지 점심 먹을 곳이 없으니 계속 걸어야 할지, 아니면 비도 많이 오는데 산길이 위험할 수 있으니 여기서 중단하고 식당을 찾아가야 할지 의견 수렴. 길을 인도하는 분이 인근 예비군 훈련장 부대로 근처의 식당을 알아보러 들어갔는데 고개를 흔들고 돌아온다. 모두 무언으로 뜻을 표한다. 가는 거야. 배고픈 것은 잠시 참을 수 있지만, 이 길을 다시 오기까지에는 시간이 너무 많이 걸린다. 본격적으로 숲속으로 들어선다. 푹푹 빠지는, 풀숲을 밟아야만 하는 길이지만, 그래도 배수가 잘되어 걷는 데 불편은 없다.

곤릉으로 가는 길이 불편하다 하여 그냥 지나치고, 다음 길에서 석릉으로 가는 길을 만난다. 폭우로 인해 길이 무너져 있다. 어쩔 수 없이 개인 소유의 길을 따라 올라가니 제대로 된 습한 길이 발걸음을 기분 좋게 한다. 그러다가 석릉으로 올라가는 길에 큰 나무 하나가 쓰러져 있어 그러려니 했는데, 우리 일행 중 강화군청에서 나들길을 담당하는 분이 배낭에서 접이식 톱을 꺼내 올라가는 길이 불편하지 않도록 길에 누운 나무를 톱으로 토막 내어 옆으로 비껴 둔다. 아, 우리가 가는 길은 그냥 저절로 만들어진 것이 아니구나. 누군가의 손길이 수없이 많이 들어갔구나. 지난해 곤파스 태풍 때 쓰러진 나무들이 길을 막아 수없이 많은 나무들을 길에서 걷어내야 했는데, 이런 힘든 일들을 모두 공무원들이 한다. 묵묵히….

석릉은 고려 희종의 무덤이다. 조금 특이하게 그리 크지 않은 묘를 ㄷ자의 돌담이 두르고 있다. 돌의 모습을 보면 처음 능을 만들 때 만들어진 것 같지는 않고 재건축한 것 같다. 어떤 이유로 이런 기(氣)가 딱 막히는 돌담을 주위에 쌓아 놓았을까? 이렇게 막아 놓으면 풍수지리학상 후세 자손이 커다란 영향을 받을 텐데. 혹시 패씸죄를 지어 망자의 영혼이 도망가지 못하도록 둘러 놓은 것은 아닐까? 역사를 다시 한 번 뒤져 봐야겠다. 이끼 가득한 석릉의 계단을 내려와 다시 숲길로 접어든다. 비록 쏟아지는 비로 인해 질척거리는 숲길이지만, 그 사이로 커다란 두꺼비가 폴짝 뛰고, 가끔 고라니 한 마리가 뛰어 다니기도 한다. 이 숲길에 수없이 많은 꽃매미들이 날아다니고 있다. 이 꽃매미로 얼마나 많은 농작물과 나무들이 피해를 입는지. 풀과 나무를 뒤덮어 버리는 가시박이 줄기와 더불어 자연계의 중대한 바이러스다.

길을 가다가 작은 계곡을 두 번 만났는데, 모두 빗물이 넘쳐 신발이 잠겨야만 계곡을 지나갈 수 있다. 여기서도 우리의 장한 공무원은 제일 먼저 큰 돌들을 주워 징검다리를 마련해 놓는다. 다음에 오는 누군가를 위해 계곡 물에 신발을 담근 채로 징검다리를 놓는 작은 노력에서 큰 마음이 보인다. 그냥 지나쳐도 되련만. 곧 비가 멈추면 그다지 빛도 못 볼 징검다리. 그러나 언젠가는 그 길을 지나치는 나그네들이 고마움을 느낄 것이다.

능을 따라 걷는 길은 주위의 숲길이 좋다. 잘 다듬어 놓은 잣나무와 소나무들. 쭉쭉 하늘로 뻗은 나무들이 고려 왕실의 기운을 보는 것 같다. 비 때문에 숲길이 축축해서 이미 신발과 양말이 젖어 불편하지만, 습기 찬 나무에서 뿜어 나오는 피톤치드가 폐에 가득 차는 느낌은 그 어떤 불편함도 잊게 한다. 그렇게 침침했던 하늘이 서서히 맑아지고, 이제 비도 그쳤다. 출발한 지 6시간 정도 걸려 가릉에 도착, 깨끗이 다듬어진 능에서 단체 사진을 찍고 특이한 석실로 이루어진 능을 보고 내려오는데, 유치원으로 보이는 '숨바꼭질 나라'라고 이름 붙인 길가의 작은 집이 너무 예쁘다. 큰길로 나오는데 이제서 가릉을 올라가는 사람들도 보인다. 비가 그쳐서 올라가는 것인가? 잘생긴 남자가 서브하는 '강화 허브향기'라는 카페에서 완주 스탬프를 받는다.

오늘은 말복이라 근처 식당에서 삼계탕을 판다. 모두 즐겁게 삼계탕으로 점심을 즐기고 다음 만남을 기약한다. 아무래도 3코스는 어느 가을날 다시 한 번 걸어야겠다. 무언가 길에 많은 것들을 두고 온 것같이 허전하다. 비가 와서 별로 힘들지 않게 흥얼거리며 걸었던 길들을 후기를 쓰며 다시 추억해 본다.

4 코스 해가 지는 마을 길 (2011. 12)

나들길을 본격적으로 다니기 시작한 것이 올해 4월. 전체 나들길 10 개 코스이지만, 실제 다닌 것은 10번이 넘었다. 때론 나 혼자 걸은 적 있는 길도 단체걷기에 다시 다녀야 했고, 때론 친구를 위해 이미 가본 길을 또 한 번 걷기도 했다. 그러다 보니 나들길 중에 별로 인기 없는 4코스를 걸어 볼 기회가 없어 나들길 10코스 완주를 못 했다. 그러다가 12월 첫째 주 토요일 5코스 단체걷기가 있었는데, 혼자 4 코스 걷는 길을 택했다. 4코스는 코스 길이가 짧아 일부러 4코스 완주 후 5코스를 역주행하면 다른 일행들과 만날 수 있을 것이라고 생각하고 말이다. 강화 터미널에서 4코스 출발점인 가릉까지 가려면 41번 버스를 타야 한다. 이미 5코스를 떠나기 위해 준비하는 일행들에게 인사하고 혼자 4코스로 향했다. 이렇게 나들길을 혼자 걸어 보는 것도 거의 6개월 만이다.

나들길 4코스 출발점인 가릉 근처의 허브향기 찻집에 들러 출발 도장을 찍고, 수고하는 찻집을 위해 커피 한 잔 마시고 가는 길을 묻는다. 첫 번째 이정표인 정제두 묘로 가려면 저기 눈에 보이는 차가 다니는 도로로 가면 된다고 가르쳐 주는데, 나들길을 자주 걷는 내게는 잘못 가르쳐 준 것 같다. 나들길의 원칙은 차가 다니는 길보다 돌아서 가더라도 숲길을 찾는다. 나들길을 잘 아는 이에게 전화해 보니 역시 허브향기 찻집 주인이 가르쳐 주는 길은 지정된 나들길이 아니다. 적어도 나들길 스탬프 찍어 주는 곳에서는 제대로 된 길을 알고 있어야 하지 않을까?

지난번 3코스 종착지인 가릉으로 올라가는 길에 있는 작은 유치원. 오늘은 애들이 없는지 빈 의자들이 기대어 있는 곳을 올라가니 몇 개월 전 보았던 울창한 나무숲이 다시 나를 반긴다. 이렇게 곧은 나무는 언제 심어 놓은 것일까? 인적 없는 조용한 가릉. 오늘은 호젓한 산행을 즐겨 볼까? 얼마 전 나들길 이정표 도색 작업을 새로 했다더니 4코스로 가는 이정표의 페인트 색깔이 선명하다. 낙엽을 모두 떨궈 버린 산속의 쭉쭉 뻗은 나무들과 이제는 더 자리 잡을 잡초도 없는 산소들이 더 쓸쓸해 보인다. 편한 길. 인적이 없어 산기슭의 작은 실개천이 졸졸졸 흘러가는 물소리조차 선명하게 들린다. 비록 춥지 않은 날씨지만 목덜미 사이로 들어오는 바람과 스틱을 잡은 손길이 차가움을 느낀다. 머플러를 두르고 두터운 장갑을 끼고 걷는데 금방 불편해진다. 차라리 조금 서늘한 것이 더 편할 것 같다.

강화도는 유난히 기도원이 많다. 서울에서 가까운 곳인 데다 구석구석 개발되지 않은 곳이 많고 아직은 땅값이 그리 비싸지 않아서 그런지, 많은 교회들이 지교회를 이곳에 세우고 기도원을 만들어 맑은 공기와 자연을 함께 즐기며 기도하는 장소를 만들고 있다. 구약성서에 나오는 갈멜산이 이곳에도? 이정표에 갈멜산 기도원으로 가는 표식도 보인다. 비가 올 거라고 예보되었던 토요일의 강화는 멀리 산이 선명하게 보일 정도로 맑다. 맑은 날씨가 걷는 시야를 즐겁게 한다. 멀리 산들의 선이 선명하게 보이고, 구름도 더 깨끗해 보인다. 낙엽 위로 길게 드리운 나무 그림자 옆의 내 그림자는 지극히 작아 보인다. 나, 이렇게 작은 존재이거늘, 말이 없는 키 큰 나무들보다 잘났다고 말이 더 많다. '겸손하자, 겸손하자…'고 생각하지만, 그 생각은 3분을 넘기지 못한다.

나무들이 숲속에서 춤을 춘다. 젊은 시절 강화의 어느 교회에서 봉사활동을 하기 위해 한겨울 밤 강화에 왔는데, 눈 쌓인 숲속 길을 기타를 들고 혼자 걷다가 저렇게 춤추는 나무들이 사람으로 보이는 착시에 얼마나 무서웠던지…. 지금 한낮인데도 나무들이 마치 어느 순간 춤을 추며 나를 휘감을 것 같은 기분을 느낀다. 다행히 아직 강화에서는 멧돼지가 출현한다는 뉴스가 없다. 어디선가 툭 하고 나무 부러지는 소리와 함께 멧돼지가 나올 것 같은 생각에 스틱을 조금 더 강하게 쥐어 본다.

사람들이 별로 안 다니는 길이라 길에 곳곳에 두더지들이 다닌 흔적이 많다. 구멍이 선명하게 뚫린 곳은 무엇이 드나들었을까? 분명 사람이 파 놓은 것은 아니리라. 혹시나 그 구멍 속에 두더지가 있을 까 싶어 스틱으로 구멍을 조금 더 파본다. 하지만 구멍이 계속 이어져서 포기. 낯선 동물들에게 미안.

갈멜산 기도원으로 가는 길 근처. 나무 틈 사이에 누군가 음료수 병을 꽂아 놓았는데 그 안에 담배 꽁초가 가득하다. 아직 끊지 못한 흡연이지만 기도할 때의 마음은 간절하겠지. 있는 그대로를 받아 주시는 하나님이시니까…. 넓은 기도원 입구. 인적 하나 없다. 이런 시설들을 평상시에는 게스트 하우스로 쓰면 어떨까? 무슨 공사 중인 기도원 앞길을 내려가다 보니 차가 다니는 길이 보인다. 또 한 번 나들길에 대한 본능으로 문득 그냥 내려가면 안 될 것 같다. 아니나 다를까. 나들길 표시는 오른쪽 숲길로 이어진다. 바닥에 이정표가 있었으면 금방 알았을 텐데.

정제두 묘로 가는 길. 조선시대 대학자 정제두의 묘는 비록 왕릉같이 크지는 않지만, 벼슬을 가진 사람들의 묘지에만 세울 수 있는 정승 비석이 높은 지위에 있었던 분이라는 사실을 알려 준다. 원래 묘지의 비석과 묘석은 고인이 생전에 어떤 직위에 있었는지에 따라 구분되게 세워 놓지만, 누가 단속하는 게 아니기에 잘못 세웠다고 뭐라 할 사람은 없다. 정제두 묘 앞의 차가 다니는 길. 어디로 가야 하나. 다음 목표가 하우 약수터인데. 이정표는 있는데 차가 다니는 길밖에 없다. 그것도 도로 공사를 하는 곳이라 보행자를 위한 공간은 없다. 걷는 자를 위한 길이 어디 있을 텐데 하고 두리번거린다. 하지만 고개를 하나 넘기까지 길이 없다가, 고개를 넘어서야 차도를 벗어나는 표식이 보인다. 하우 약수터에는 멋진 벽화가 그려져 있다. 벽에 쓰여 있기를, "홀로 걸으라, 그대 가장 행복한 이여." (얼마나 이 말에 내가 공감하는지 남들은 알까?) "자유로운 영혼들과 강화 나들길" (내 주위의 많은 이들이 나를 표현하는 말이 '자유로운 영혼'이다).

약수터에 물을 먹을 수 있는 바가지는 다 어디 갔을까? 누군가 빈 페트병을 하나 세워 놓았다. 약수터 옆 화장실은 겨울에도 화장실을 얼지 않게 하려는지 유리문을 해놓았다. 이런 야외 화장실은 처음 보네.

여기서부터 긴 시멘트 포장길을 걷는다. 비록 흙길은 아니지만 혼자 아무도 없이 걷는 길이라 기분이 무척 좋다. 평소 다른 일행과 같이 걸을 때는 조그마하게 흥얼거리며 부르던 노래도 이 길에서는 일부러 찬송가를 목청을 높여 가며 실컷 불러 본다. 멀리 오리들이 하늘을 날아가고, 먼 발치 길 한복판에 큰 개만큼이나 큰 덩치의 검은 고양이 한 마리가 나를 쳐다보다가 내가 가까이 가니 슬며시 동네로 들어간다. 바다가 보인다. 눈앞에 보이는 장면들이 마치 HD화면을 보듯이 선명하다. 오늘 같은 날 캠코더를 가지고 와서 찍었으면 아마 두고두고 보관할 만한 장면들을 오래 간직할 수 있었을 텐데. 여기저기 구석구석에 펜션들이 숨어 있고 어느 밭에는 냉이 같은 푸른 이파리가 넓게 심어져 있다. 저게 뭘까?

동네 아저씨, 할머니들에게 계속 인사하며 지나는데, 어느 집 마당에서 노부부가 일을 하고 계신다. 일부러 마당으로 들어가 인사한다. 호박을 길게 껍질 벗겨 빨래 줄에 널어 밀리고, 담벼락 아래 배추 잎을 널고, 처마 밑에 무청을 가득 널어 놓았다. 나보고 "어디서 왔느냐?"고 물으신다. 도시에서 왔다고 하자 "뭐가 볼 게 있다고 이런 곳에 오느냐?"고 겉치레 인사를 하신다. 노부부의 댁 문패에 '국가 유공자의 집'이라고 쓰여 있다. 내가 물었다.

"할아버지 군인이셨었군요? 625 전쟁에 참여하셨어요?"

"그래."

노부부에게 건강하게 오래오래 사시라고 인사하고 길을 가니 마을 한 켠에 마을과 어울리지 않는 멋진 교회가 하나 우뚝 서 있다. 교회 앞으로 해서 마을을 지나가니 갑자기 앞에 바다가 펼쳐진다. 여기가 건평리.

오전 햇살에 바다가 보석같이 빛난다. 건평리 바닷가에는 나그네들이 쉬다 갈 수 있도록 깨끗한 벤치를 만들어 놓았다. 그곳에 앉아 간식을 즐기고 반짝이는 수면을 오래도록 바라보았다. 이곳에서 해가 지는 모습을 보면 장관일 것 같다. 그래서 이 코스 이름이 '해가 지는 마을길' 이다. 지도를 펼쳐 보니 여기서부터는 외포리까지 밋밋한 바닷가 길을 가야 한다. 평지를 걸으니 걸음 속도가 빠르다. 바닷가의 청둥오리들과 해오라기가 내 발걸음에 놀랐는지 수면에서 놀다가 무리 지어 날아간다. 가끔 바이크를 즐기는 이들이 지나가지만 그리 많지는 않다. 건너편의 석모도로 커다란 배들이 오고가는 것을 보며 난 허기증을 느낀다. 횟집 팻말이 보여서일까?

나들길 안내서에는 4코스 소요시간이 3시간 반이라고 되어 있는데, 내 걸음이 조금 빨라서인지 아니면 중간에 휴식을 짧게 가졌는지 2시간 만에 주파해 버렸다. 외포리 선착장 안내소에서 나들길 10개 코스의 마지막 도장을 찍는다. 점심을 혼자 먹는 것은 참 불편하다. 같은 가격으로 지난 주에는 맛있는 오리고기를 먹었는데, 오늘은 그 가격으로 허름한 반찬에 굴밥으로 점심을 때운다. 여기까지가 4코스이고, 걷기 나와서 이렇게 두 시간 정도 걷고 그만두면 아깝지. 5코스를 역주행하기 위해 고갯길로 올라가는데, 동네 아이가 지나가며 내게 고개 숙여 인사를 한다. 나는 갑자기 놀라 지나가며 말했다. "너 착한 애구나." 언덕 위 양지바른 곳에 할머니 한 분이 쪼그리고 앉아 계신다. 할머니께 인사를 드리며 나들길 간다 했더니, 조금 가면 당집이 있다고 몇 번을 말씀하신다. 그러니까 몸가짐을 조심하라는 말씀이시겠지. 얼른 배낭 속에서 초콜릿을 꺼내 할머니께 드렸더니 이런 것 별로 안 좋아하신다며 손을 모아 받으신다. 할머니 등뒤로 멀리 바다가 보인다. 할머니께서는 무슨 생각을 하고 계셨을까? 누구를 기다리고 계시는 걸까?

역주행하는 길은 언덕길이라 이제까지 편하게 왔던 내 몸에서 땀이 흐른다. 숲속 길로 들어서니 다시 찬바람이 불고 손이 시렵다. 지난 여름에 그토록 무성했던 숲길이 오늘은 썰렁하기 그지없다. 그리고 그 사이에 훼손된 길이 있고, 그 숲속 길에 주택이 세워지려는 듯 집터자리를 표시해 놓았다. 자연은 훼손되어 가지만 또 다른 모습으로 보기 좋게 만들어 놓겠지. 덕산 산림욕장 길에 날카로운 침엽수 낙엽들이 그 사이 사람들의 발걸음과 바람으로 인해 날카로움이 없어지고 부드러운 잎으로 변했다. 이곳에서는 몇 명의 나그네들이 지나친다. 제대로 장비를 갖춘 나그네도 있다. 편한 복장으로 마실 나온 동네 아주머니들도, 삽을 들고 일하는 아저씨들도 있다. 다시 속세로 돌아온 기분이다. 덕산 산림욕장에서 내려오는 길에 있는 고급 주택. 마당에 묶여 있는 고급 견공들과 집앞 도로에 있는 두 개의 시야 확인용 볼록렌즈로 볼 때, 아주 특별한 사람이 사는 것 같다. 특히 볼록렌즈는 굳이 있을 필요가 없는데도 설치한 걸 보면, 무언가 아주 중요한 위치에 있는 사람 같다.

길을 걷다가 오늘 아침에 5코스를 출발한 이들과 반갑게 조우한다. 반가움. 비록 가끔 길을 함께 걸을 뿐이지만 그 사이 모두 정이 들었다. 오늘은 특히 다른 지역의 걷기 동호회가 버스 2대를 가지고 나들길을 찾았단다. 왔던 길을 되돌아가 다시 외포리로 향하다가 마지막 숲속인 굿당터에서 단체 사진을 찍는다. 그때 문득 다른 지역에서 온 걷기 동호회 사람 중에 반가운 얼굴을 하나 만났다. 그들은 먼저 보내고, 우리끼리 모여 앉아 노래 부르며 오늘 하루를 마무리한다.

5 코스 고비고개길 (2011. 10)

한 달 만에 다시 찾은 강화도는 완전히 색깔이 바뀌어 있다. 코발트 물빛 하늘과 황금색 벌판. 주윤발과 공리가 주연한 영화 '황후화'의 주제 색깔처럼, 강화의 거대한 캔버스가 진한 황금색들로 마구 아우성을 치고 있다. 영화에서처럼 노란 국화는 아니지만, 국화보다 더 값지고 농부의 땀이 밴 가을 벼가 금방이라도 땅을 치며 일어설 것 같다. 비록 이미 3달 전쯤에 걸어 본 나들길 5코스이지만, 이렇게 벌판의 색이 완전히 변하니, 길은 눈에 익었어도 주위의 환경은 전혀 색다른 맛이다. 지난번 산딸기가 있던 곳 근처의 감나무에는 누런 감이 주렁주렁 열려 있고, 밤나무의 밤송이들은 저절로 터져 땅에 떨어질 정도로 토실토실 여물었다.

늘 혼자만 다니던 길을 이번은 무려 35명 정도의 인원이 함께 걷는다. 몇 번 본 사람들도 있지만 거의 처음 보는 얼굴들이다. 아무럼 어떠랴, 모두 웃는 얼굴인 것을. 나는 여전히 흥얼거리며 길을 걸을 것이고, 여전히 숲속의 거미들은 집을 지을 것이며, 나비들은 나를 에워싸고 날아 다닐 것이다. 강화 풍물시장 공터에 모여 간단히 준비운동을 한 후 서로를 소개하고 출발. 우리 일행들이 풍물시장 내에 자가용을 주차하는 것이 영업에 방해되었는지, 오늘부터 장이 서는 날 이외에는 주차 요금을 받는단다. 하루 종일 주차 5,000원. 장터 옆에 고구마, 빨간 고추를 말려서 팔러 나온 할머니들이 우리들을 바라보는 눈이 빛난다.

조용한 주말의 주택가를 지나 국화 저수지로 향하는 길. 강화는 아직도 도심지 가까운 곳에서 시골 냄새를 진하게 느낄 수 있는 곳이다 엉성하게 쓰여 있는 간판이나 오래된 옛집의 대문들. 낮은 담으로 건너다볼 수 있는 집들, 그렇지만 곳곳에 여유 자금만 있으면 소유하고픈 집들이 가득하다. 지난번 길을 헤매었던 코스에 나들길 이정표를 하나 달면서 나도 이제는 숙련된 조교같이 길 안내에 일조를 해본다. 좋은 집 앞의 귀하고 비싼 앨라스카 사냥개 허스키가 여전히 자리를 지키고 있고, 국화저수지 둑을 지나 왼편으로 걸었던 길을 이제는 저수지의 오른쪽으로 걸어 본다. 저수지의 방갈로 식으로 된 낚시터에서 강태공들이 휴일을 즐기고 있다. 보석처럼 생긴 꽃 고마리가 낚시터 주변에 지천으로 피어 있다. 대지도 가을이 되니 무언가 화려한 것을 원하는가? 저수지 끝 고구마 밭에서 할머니 한 분이 이제 막 고구마를 구우려는지 불을 피우고 계시다. 혹시 군고구마를 먹을 줄 알았었는데, 고구마가 익을 때까지 기다릴 수는 없다. 이미 구워 놓은 고구마가 있으면 좋았을 걸….

　잠깐 돌 의자에서 쉬는 사이 강화에 사는 이들이 밤을 잔뜩 가지고 와 길벗들에게 나누어 주는 인정이 보기 좋다. 이래서 여기가 좋은 건가? 특히 여기 강화 나들길은 강화 주민들이 길벗들에게 여러 가지로 편의를 베푼다. 늘 맛있는 술빵을 새벽부터 준비해 오는 분도 있고, 길을 가며 열심히 이정표를 달아 주는 분도 있다. 강화군청에 있는 분들도 매번 정기 도보에 따라 나서며 불편한 것들을 도와주곤 한다.

　여러 곳의 길을 걸어 보지만 지리산 나들길은 조금 힘든 코스이고, 시흥의 늠내길은 밋밋하기도 하며, 4코스의 경우는 공장지대를 오랜 시간 걷도록 해서 도망가고 싶을 정도이다. 강화 나들길은 산과 바다를 적절히 조화롭게 디자인했기 때문에 산바람과 강바람, 그리고 들바람을 모두 즐길 수 있다. 그리 높지도 않고 그리 낮지도 않은 적당한 길. 다른 곳에서는 좀처럼 보기 힘든 갯벌 내음을 여기서는 맘껏 즐길 수 있다. 지난번에 이곳을 걸었을 때는 구제역의 폭풍이 사라진 후 얼마 되지 않아 외양간의 소도 그리 크지 않았는데, 이젠 그 녀석들도 많이 커버렸다. 제발 올 겨울엔 아무 일 없기를 간절히 바랄 뿐이다.

　산길로 접어드니 무성하던 잡초는 잘 정돈되어 있고, 올 여름 그토록 엄청나게 쏟아져 전국을 아수라장으로 만들었던 폭우로 골골이 패였던 길들도 서서히 아물어 가고 있다. 산속에 자리 잡은 국화리 학생 야영장은 오늘도 인적이 없고, 낯선 이들만 가득 모여 간식을 즐긴다. 그래도 곳곳에 화장실이 있어 길을 걷는 데도 여유가 있다. 한두 명씩 걸어가면 곳곳에서 인사를 하던 새들도 무리가 걸어가니 모두 어디론가 사라져 버렸다. 그래서 가능한 한 걷기는 소수 인원으로 걷도록 권장한다. 지리산 둘레길에 대해 모 방송국의 연예 프로그램이 한 번 방영한 후 수없이 많은 사람들이 대형 버스로 그곳만 찾는 바람에 마을 주민들의 불편이 이만저만이 아니라고, 제발 무리 지어 오지 말라고 사정할 정도였다. 오늘 걷기에도 많은 이들이 길에 떨어진 밤들을 줍고 영지버섯을 캐려고 해서 마을 주민들의 제지를 받기도 했다. 정말 이런 일은 없었으면 좋겠다. 산속의 영지버섯을 비롯한 수확물은 모두 농민의 소득으로 두어야 한다. 길벗들은 그냥 발자국만 남기고 추억만 가지고 가면 된다.

페트병으로 만든 바람개비는 지난번보다 더 많은 숫자가 돌아가고 있다. 멀리 고려산 정상의 윤곽이 구름 하나 없는 맑은 하늘 아래 뚜렷하게 보인다. 그 많던 산딸기들과 오디들은 누가 다 먹었을까? 지난번에 사람들과 차로 가득 차 있던 성광 수도원도 오늘은 적막하기만 하다. 같이 길을 걷는 어느 나이 든 한 분이 노래를 얼마나 좋아하는지, 특히 동요와 내가 주로 부르는 노래 수십 곡을 4~5페이지 정도 분량의 용지 양면에 모두 펜으로 빼곡하게 적어왔다. 내가 노래를 좋아한다고 하자 그 복사본 한 부를 건네준다.

사람이 많다 보니 걷는 무리도 여럿이다. 고인돌 근처에서 점심을 먹는데, 여러 무리로 나누어 먹는다. 나는 늘 하는 대로 컵라면 하나와 떡을 준비해 갔는데, 강화 주민으로 온 이들이 여러 명이 먹을 수 있을 정도의 충분한 밥을 준비해 와 푸짐하게 먹었다. 먹는 즐거움도 이런 단체 여행에서만 가능하다. 주먹밥을 맛있게 만들어 와 나에게 한 개를 전해 주는 이도 고맙기만 하다. 강화의 순무로 만들었다는 김치가 얼마나 맛있던지….

　점심 후 다시 출발. 다시 숲길로 이어지는 길. 아침에 갑자기 쌀쌀해진 날씨에 재킷을 입었던 사람들이 서서히 편한 옷차림으로 바꾼다. 길을 가다가 누군가 앞서간 사람이 떨어뜨린 물병 하나. 내가 지리산 둘레길에 처음 갔을 때 물병을 잃어버려 고생한 생각을 하니 그냥 버려 둘 수가 없다. 주워 보니 금방 어느 가방에서 떨어진 듯 온기가 있다. 결국 나중에 찾아 주니 무척 고마워한다. 길가에 작은 소원들을 빌며 쌓아 놓은 돌탑들 사이에 부처 인형들이 누워 방긋이 웃고 있다. 유난히 많은 교회와 성당, 절 그리고 굿당들. 오늘의 종착지 근처에 있는 굿당도 나라 무당인 김금화 씨의 소유란다. 하긴 강화는 매년 전국 체육대회 때 쓰일 성화를 채화하는 마니산이 있고, 채화 행사 때는 선녀복을 입은 여고생들이 특별한 군무 행사를 갖는다. 기독교 감리교가 강화를 통해 들어왔기에 역사 깊은 교회들도 모두 이곳에 있고, 성공회 선교사가 이곳을 통해 처음 들어왔다. 5코스 중간에도 으스스해 보이는 서낭당과 민가 같은 절들이 가끔 보인다.

　멀리 보이는 숲들이 그제 내린 비로 먼지가 씻긴 듯 유난히 선명하게 보인다. 벌거숭이 산들이 이렇게 빽빽한 숲들로 변한 것은 몇 년간 나라에서 끊임없이 이어온 조림정책과 나무를 땔감으로 쓰던 시골에도 전기와 가스를 신속하게 공급해 삼림의 손실을 막은 정책 때문일 것이다. 그러나 이곳도 사람이 많이 찾아들다 보니 여기저기 문명의 쓰레기들이 많다. 은근 슬쩍 버린 캔들, 과자 봉지들과 구석에 쑤셔 넣은 검은 비닐 봉지들. 깨끗한 환경을 지키기 위해 제일 좋은 방법은 이곳에 찾아오지 못하게 하는 것이지만, 어차피 자연도 하나님이 다스리라고 만든 것이기에 잘 다스리는 방법을 연구하면 될 것 같다. 그게 방법으로 안 된다면 사람들의 사고 관념들을 바꿀 필요가 있다.

　내가 저수지 근처에는 낚시를 즐기는 이들이 무리 지어 점심을 즐기고 있다. 무언가 요리해 먹는 것 같은데, 먹고 남은 것은 어디에 버릴까? 사람들이 전자 제품은 매뉴얼대로 잘 사용하는데, 왜 자연을 이용하는 매뉴얼은 당연히 알고 있으면서도 지키지 않는 걸까? 저수지를 돌아갈 때는 둑 위로 걸었다. 무성한 풀을 밟는 촉감이 좋다. 지난번엔 이렇게 걷지 못해 투덜거렸었는데. 작은 농가 마당에 수수와 들깨, 고추들이 가을 햇살에 숙성되며 태양의 맛을 받아들이고 있다. 평화가 보이고 느껴진다. 지난 여름의 폭우도 농부의 모든 것을 다 빼앗아 가지는 못했다. 하늘도 올해는 조금 미안했을까? 매년 추수 때쯤이면 밀려오던 태풍도 올해는 잠잠하다. 이대로 안전하게 수확될 것 같아 기분이 좋다. 조용한 마을길. 고풍스러운 집 한 채의 소유주가 이곳의 땅부자란다. 선견지명이 있어 땅을 사놓았던 주민들은 후손 대대로 부를 이어간다. 덕산 산림욕장에서 잠깐의 휴식 중에 주위의 권유로 내가 노래를 했고, 아까 동요를 좋아하는 머리에 하얀 서리가 내린 분이 시를 읊었다. 노천명의 '들국화'라는 긴 시를 암송했다. 아름다운 분. 그래서 여기 그 시를 옮겨 본다.

들국화 - 노천명

들녘 경사 진 언덕에
네가 없었던들 가을은 얼마나 쓸쓸했으랴
아무도 너를 여왕이라 부르지 않건만
봄의 화려한 동산을 사양하고
이름도 모를 풀 틈에 섞여
외로운 계절을 홀로 지키는 빈들의 색시여

갈꽃보다 부드러운 네 마음 사랑스러워

거친 들녘에 함부로 두고 싶지 않았다

한아름 고이 안고 돌아와 화병에 너를 옮겨 놓고

거기서 맘대로 자라라 빌었더니

들에 보던 그 생기 나날이 잃어지고

웃음 거둔 네 얼굴은 수그러져

빛나던 모양은 한 잎 두 잎 병들어 갔다

아침마다 병이 넘는 맑은 물도

들녘의 한 방울 이슬만 못하더냐

너는 끝내 거치른 들녘 정든 흙 냄새 속에

맘대로 퍼지고 멋대로 자랐어야 할 것을

뉘우침에 떨리는 미련한 손은

이제 시들고 마른 너를 다시 안고

푸른 하늘 시원한 언덕 아래 묻어 주러 나왔다

들국화야 저기 네 푸른 천장이 있다

여기 네 포근한 갈꽃 방석이 있다

산림욕장을 지나 옆으로 이어지는 숲길. 이 길은 이곳 5코스 중 백미다. 일부러 나들길을 걷는 이들을 위해 숲길을 다듬어 놓았다. 쭉쭉 뻗은 낙엽송이 보는 순간마다 기분 좋다. 촉촉한 숲 기운들. 좁은 숲길. 그런 길에서 좋은 이야기들만 하고 싶다. 거친 소리로 남을 비방하거나 돈 버는 얘기들을 주제로 삼아 걷느니, 차라리 침묵을 권하고 싶다. 여러 명이 길을 가다 보면 앞 사람 뒤꿈치만 보고 가기 일쑤여서 멀리 볼 수가 없다. 이 좋은 길을 걸을 때는 아무래도 앞장서는 것이 좋을 것 같아 조금 빨리 걸어 맨 앞에 서서 걸으니 혼자 걷는 기분이다. 이 기분이 좋

다. 그렇게 숲길을 지나 굿당에 도착. 길을 마무리한다. 참으로 기분이
날아갈 것만 같다. 이대로 저 아래 외포리를 향해 양팔을 벌리면 갈매기
처럼, 아니 지금 TV에서 보고 있는 '아바타'처럼 날아갈 수 있을까?

　자, 이제 마지막을 향해 외포리로 내려가자. 반가운 간판들이 보인다.
횟집. 밴댕이회, 인삼 막걸리…. 멀리 석모도로 향하는 페리호 안에 승용
차들이 가득하다. 언덕 아래로 내려가 마을로 들어서니 행복하다. 도대
체 나는 뭐가 좋은 거야? 숲이야, 도시야? 어느 곳이 내가 원래 있을 곳
이지?

　사람들의 무리가 가득하다. 종착지이긴 한데 코스상 망양돈대를 방문
해야 제대로 된 코스 완주이기에 우선 외포리 관광 안내소를 찾아 스탬
프를 찍고 망양돈대를 찾았다. 돈대 주위 여기저기에 돗자리를 깔고 주
말을 즐기는 연인들이 있다. 그 사이의 벤치에 길게 누워 보았다가 아무
래도 연인들의 눈치가 마구 내 머리에 꽂히는 것 같아 슬며시 일어나 내
려왔다. 바닷가 갈매기들이 떼지어 머리 위로 나른다. 오늘 행복한 걷는
길은 여기까지 하자. 외포리에서 버스를 타고 강화 터미날로 나오니 버
스로 15분밖에 안 걸린다. 그 길을 나는 6시간 동안 걸었다. 느림의 우
둔함인가, 미학인가? 어느 것이든 내가 바라는 건 걷는 행복이다. 다음
은 어느 코스를 걸을까 다시 지도를 보며 오늘의 걷기 여정을 마친다.

6코스 화남 생가 가는 길 *(2011. 10)*

며칠 전 갑자기 미국과 캐나다로 이민 간 친구들에게 전화와 이메일 이 왔다. 한국 잠깐 들어오는데 나와 함께 걷고 싶단다. 걷기를 한 뒤 내 가 늘 내 블로그에 올려 놓은 글을 보고 그런 여행이 그리웠나 보다.

10년 넘게 같이 노래하며 즐긴 친구들 몇 명이 한국의 IMF 전후에 모 두 미국과 캐나다로 이민을 가버렸다. 모두들 처음에는 힘들었지만, 그 래도 세월이 지나니 모두 잘 정착했고 이제는 살 만하다고 한다. 입국할 때 모두들 내 조언을 받아 걷기에 적당한 운동화를 가지고 왔다. 미국에 서 온 친구는 조금 여유가 있어서 1박 2일로 지리산 둘레길을 가기로 했 다. 그래서 내가 회사에서 하루 휴가를 내고 버스와 민박도 모두 예약했 건만, 마지막에 친구에게 급한 상황이 생겨 어쩔 수 없이 포기하고 말았 다. 캐나다에서 온 친구 부부는 개천절인 10월 3일 하루 전에 입국했다. 도착 즉시 우리 집에 와서 자고 다음 날 휴일을 이용하여 나들길을 걷기 로 했다. 어느 코스를 소개할까 고민하다가, 그래도 갤러리 찻집에서의 먹거리가 좋은 6코스를 택했다. 마침 지난 주 토요일 5코스를 걸었는데, 지금 강화의 멋진 풍경을 알기에 나도 무척 기대가 되었다.

나들길을 걷기 위해 한 번도 승용차를 이용한 적이 없는데, 아내도 동 행하고 친구 역시 비행 여독도 풀리지 않은 채 가야 하기 때문에 하는 수 없이 불편한 편함을 택했다. 소풍 가는 즐거움에 아내는 계란을 삶고 과일을 챙기고…, 난 미리 얼려 놓은 물만 챙긴다. 10시 출발.

떠나면서 점심을 먹게 될 갤러리 찻집에다 이제 떠난다고 전화를 한 다. 지난 토요일에 보았던 일부 논의 황금 벼가 하루 만에 벼 베기를 했 는지, 황금색이 갈색으로 변했다. 볏짚을 모아 하얀 비닐로 담아 놓은 거 대한 건초더미들이 구름 하나 없는 맑은 하늘과 멋있는 대조를 이루고 있다. 한눈에 반한 황금 벌판. 캐나다 친구는 이런 한국의 전형적인 가을 모습을 거의 15년 동안 보지 못했기에 감탄사를 연발한다. 그래, 이런 것을 보여 주고 싶었어. 몇 년 전 한국을 방문해 근무 중인 나를 찾아와 점심을 같이할 때도 나는 좋은 메뉴보다 오히려 한국의 서민적인 맛이 있는 칼국수를 대접했다. 논둑에 심어 놓은 콩 가지 하나에도 관심을 갖는 친구. 인삼 스파 옆으로 해서 산속으로 들어갔다. 지난번 왔을 때 막혀 있던 길이 오늘은 잘 다듬어져 있고, 길에 작은 골이 생겨 나무 몇 개를 밧줄로 묶어 임시 다리를 만들어 놓았다.

아직은 푸르름이 가득한 산속으로 들어간다. 대개 한국형 소나무는 구불구불 자라는 법인데, 이곳의 소나무는 마치 낙엽송같이 일직선으로 곧게 하늘로 뻗은 리기다 소나무다. 작은 약수터에는 나들길을 개발한 화남 선생의 한시가 있어 나그네의 발길을 멈추게 한다. 며칠 비가 안 온지라 약수터의 물이 고여 있어 마시기를 포기한다. 얼마 걷지 않았다고 생각했는데 벌써 50분을 걸었다. '꾼'들이랑 걸으면 더 가야 휴식을 취할 텐데, 일부러 잘 다듬어진 산소 앞에서 잠시 쉬며 하늘을 본다. 산소 주위에 빼곡한 소나무들, 그리고 멀리 울창한 삼림을 보는 것만으로도 기분이 좋다. 초등학교 다닐 때만 해도 봄이 되면 산에 송충이 잡으러 다니곤 했지. 국민 모두의 정성이 저렇게 멋있는 조림을 만들어 놓았다. 자, 또 가자.

골골이 길을 따라간다. 나들길 걷는 이들을 위해 잘 다듬어 놓은 능선길에 모두들 기분 좋다며 즐거워한다. 느림의 즐거움. 흙을 밟는 즐거움. 오솔길을 걷고, 산길을 간다. 여기저기 지난해 곤파스 태풍에 쓰러졌던 수많은 나무들도 이제 서서히 스스로 아물어 간다. 비록 쓰러진 나무에도 잎이 여전히 자라고 여기저기 진로를 트기 위해 톱으로 잘라 놓기는 했지만, 죽은 나무들도 결국 흙에는 생명이 된다. 그 나무들 속에서 벌레가 자라고, 나비들의 쉼터가 생긴다.

걸을수록 기분 좋은 능선길을 지나니 훤한 공간이 펼쳐진다. 선원사. 지난번 길을 걷고 나서 역방향으로 가는 팻말이 없다고 나들길 게시판에 투덜거렸더니, 이젠 여기저기 역방향 이정표도 세워 놓았다. 선원사 부처님의 뒤로 돌아 잘 다듬어진 잔디밭을 내려가, 팔만대장경을 제작했다는 절 앞에 있는 약수물의 수면에 이끼가 끼어 있어 대신 옆의 작은 쉼터에서 맛있는 배를 나누어 먹으며 땀과 갈증을 해소한다. 연꽃 잎이 모두 사라지고 잎이 커다랗게 자란 연밭을 지나 고즈넉한 작은 동네. 인적이 없다. 그래도 가끔 동네 어른들이 지나가면 꼬박꼬박 인사하며 지낸다. 좀처럼 인적이 없었는데 모퉁이를 돌아가니 애들이 정자에서 놀고 있다. 친구는 펜션에 놀러온 도시 아이들이라고 얘기했지만, 내가 보기에는 애들의 옷차림이 남루한 것으로 보아 이곳 마을 아이들 같다. 나들길을 몇 번 걸었지만 애들 보는 것도 무척 오랜만이다. 시골의 총각 처녀들은 모두 어디로 갔을까? 마을 끝에 가요를 작사하는 작가가 있어 나들길 '꾼'들을 반겼었는데, 오늘은 작가의 쉼터라고 쓰여 있는 작은 오두막에 인기척이 없다. 그러나 길을 걷는 사람들이 쉬면서 차와 커피를 마시고 가라고 야외 탁자에 준비해 놓은 정성은 오늘도 그대로 보인다.

다시 숲길. 이런 재미가 있어서 일부러 6코스를 택했다. 숲길과 마을이 계속 번갈아 가며 나타나 눈과 발길이 지루하지 않다. 언덕을 넘어 모두가 조금 지쳐 갈 무렵, 언덕을 넘으니 지붕 위의 커다란 호박과 커다란 그물로 막아 놓은 과수원에서 아직도 작은 배가 익어 가고 있다. 요즘 한창 수확 철이라 마당에는 고구마가 가득 쌓여 있고, 빨간 고추들이 태양빛에 말라 간다. 마당에 묶인 커다란 개들만 나그네들에게 아는 척을 한다. 오늘의 점심 장소, 갤러리 찻집. 지난번 나들길 걷는 중 오리백숙과 닭도리탕을 가장 맛있게 먹은 곳이기에, 손님을 접대하고 싶어서 일부러 이 코스를 택했다. 미리 전화를 해놓아 우리 자리가 준비되어 있다. 금방 갖가지 시골 밑반찬이 상에 가득 놓인다. 먹음직스러운 닭도리

탕과 시원한 강화 찬우물 막걸리를 마셔 본 친구는 막걸리가 이제껏 먹어 본 것 중 가장 맛있다며 단숨에 한 사발을 들이킨다. 구석구석에 보이는, 화가인 쥔장 아저씨의 자연을 이용한 인테리어 솜씨에 아내도 무척 좋아한다.

맛있는 점심과 따뜻한 숭늉을 먹고 나와 끝없는 벌판을 걸어간다. 바람에 황금 벌판이 살랑살랑 춤을 춘다. 무심코 발길을 내딛다가 순간적으로 발을 들었다. 큰 사마귀 한 마리. 바로 옆의 인기척도 못 느끼는지 꿈쩍도 않는다. 메뚜기들은 거의 움직임을 따라잡지 못할 정도로 휙휙 날아다니는데, 이 녀석은 감각이 무딘 건지, 아니면 우아한 척하는 건지, 머리조차 꿈쩍 않는다. 그래, 미안하다, 조용히 지나가마. 저 멀리 길끝에 사람인지 물체인지 모를 두 개의 그림자가 보인다. 무얼까?

드넓은 황금 벌판이 이어진 끝에 잡초밭이 무성하다. 그런데 그 잡초가 잘 다듬어져 있어서 지난번에 강화 사람에게 물어 보았었다. 벼농사보다 한약 재료로 쓰이는 피농사가 더 수입이 좋다고 그가 알려 주었다. 잘 지어진 집들 옆을 지나 대안학교인 마리학교 쪽으로 가는데, 조금 전에 보았던 두 개의 검은 물체가 굳게 닫힌 마리학교 앞에서 점심을 먹고 있다. 젊은 남녀. 마리학교 옆에 정자가 있는데 왜 굳이 이런 곳에서 먹을까? 덕분에 우리가 정자에 앉아 편하게 쉬다 또 길을 간다. 마리학교 옆으로 다시 산길을 간다. 조금 가파른 산길을 가는데, 누군가 밤을 땄는지 바닥에 알맹이가 사라진 밤송이들이 무수하게 깔려 있다. 물론 남은 밤톨을 줍고도 싶지만 그냥 두기로 했다. 그건 농부나 동물들에게 양보하자.

산길 끝에 있는 두두미 마을에는 여기저기 재미있는 조형물을 만들어 놓았다. 솟대와 장승이 있고, 흔치 않은 모과나무도 입구에서 자라고 있다. 황금 벌판 위로 큼지막하게 핀 코스모스가 흔들리고, 그 바람에 놀란 산비둘기가 푸드득거리며 숲속에서 뛰쳐 날아와 먼 시야로 사라져 버린다. 마을 여기저기 고구마를 캐는 사람들이 많이 보인다. 고구마를 캐고 난 자리에 손가락 굵기만 한 고구마들이 어지럽게 널려 있다. 어느 고추밭에는 고추가 하얗게 백화병에 걸려 밭고랑에 낙엽처럼 떨어져 있어서 농사를 모르는 나도 안타깝기 그지없다.

다시 고개를 하나 넘어가니 멀리 바다가 보인다. 이젠 산길을 내려가자. 바다로 가자. 바다 쪽으로 가는 마을 끝에서 할아버지 한 분이 길 옆에 쪼그리고 앉아 먼 바다를 바라보고 계신다. 이제는 갈 수 없는 먼 길. 언젠가는 나도 저런 모습이 편하게 보일 때가 있을 것이다. 그 날이 오기까지는 부지런히 걷자. 몇몇 아이들이 자전거를 즐기고, 낚시꾼들이 갯벌 끝까지 걸어 나가 바닷속에 몸을 담그고 낚시를 즐기는 바다. 둑을 지나 오늘의 목적지인 광성보를 향해 힘차게 발길을 내디딘다. 광성보 주차장에 관광객들이 타고 온 자가용들이 가득하다. 시원한 음료수 한 병 마시고 강화도 순환버스를 기다린다. 마침 버스가 오기에 물으니 이건 돌아가는 버스란다. 반대 방향 버스 도착시간을 물어 보니 워낙 차가 많이 막혀 기약이 없단다. 택시를 불렀다. 그런데…, 택시가 막 떠날 때쯤 버스가 왔다. 머피의 법칙이네.

내 차가 주차되어 있는 상화 터미널로 가는데, 깅화를 빠져나가는 반대편 차선에 차들이 거의 주차장의 차들처럼 긴 행렬을 이루고 있다. 일찍 돌아가는 것을 포기하고 강화 풍물시장에 들어가 시장 구경을 즐기다가 느지막하게 집으로 돌아왔다. 모두가 행복했던 날. 이 길을 소개하고 다시 걸은 나도, 아내도 너무 즐거워했다. 한국에 계신 부모님께 도착 인사 드리는 것도 잊은 캐나다 친구 부부도 모두 오늘을 만족해 했다. 다음 주는 이 친구들과 제주도의 올레길을 걸으련다. 또 어떤 즐거움이 우리를 반길까. 설렘으로 기다려 보자.

7코스 갯벌 보러 가는 길 (2011. 11)

11월도 이제 막바지인 셋째 주 토요일. 당초 계획대로라면 지리산 둘레길 12코스를 걸어야 할 시간인데, 걷기를 계획할 때마다 비가 오는 바람에 이번 지리산 행은 포기하는 대신 늘 가는 나들길을 택했다. 그래도 그곳에 가면 반가운 얼굴들이 많다. 나들길 10개 코스 중에 아직 못 가본 코스가 7코스와 4코스. 이번에 계획된 코스는 7-1 코스이지만 중간까지는 같이 걸어가니 중간쯤에 헤어져 나 혼자 7코스로 걷기로 했다. 오늘은 저녁에 강화군립 합창단 공연이 있다 하기에 승용차를 이용. 내 차가 초지대교에 접근할 무렵 도로 옆 보도에 이상한 옷차림의 남자가 길을 걷고 있음을 본다. 얼굴을 가릴 만한 커다란 삿갓을 쓰고 하얀 두루마기에 죽장인 듯 막대기를 하나 짚고 초지대교 쪽으로 가고 있다. 자기 멋에 사는 분이구나. 그 사람은 유행에 따라 이리저리 쓸려 다니는 세상 사람들을 얼마나 우습게 볼까? 강화로 들어가는 하늘에 수없이 많은 기러기들이 떼를 지어 이리저리 몰려 다닌다.

마니산 입구를 지나니 바로 화도 시외버스 터미널. 이전에는 마니산만 올라갈 생각을 했지 걸을 생각은 전혀 못 했다. 대학시절 자주 올라갔던 마니산에 수없이 많은 돌계단이 생긴 뒤로 너무 힘들어 마니산 행은 가급적 지양한다. 오늘은 어제까지 비가 와 날씨가 좀 쌀쌀했던지, 평소보다 참여 인원이 적다. 아무렴 어떠랴. 그 길은 내가 내 혼자 힘으로 걸어가야 하는 길인데…. 7코스는 화도 시외버스 터미널에서 시작한다. 어떤 이가 출발하기도 전에 아침에 쪄왔다고 따끈한 고구마를 나누어 준다. 늘 떠나기 전 준비운동을 인도하는 분이 제대로 된 몸풀기를 시키고 출발. 지난 여름 7-1 코스를 걷느라 한 번 걸었던 길이기에 작은 개울물이 눈에 낯익다. 그러나 여름에 맑게 흐르던 물길은 더러워졌고, 이틀 동안

내린 비로 길에도 흙이 덮여 있다. 날씨가 쌀쌀해 손이 시리다. 이젠 복장이나 배낭 안의 늘 가지고 다니는 필수품들도 겨울용으로 바꾸어야겠다.

마을로 들어가는 입구에 할머니들이 배추를 잔뜩 쌓아 놓고 김장을 준비하고 있다. 김장이란 것을 해본 게 아득한 세월이다. 결혼 이후로 해본 적이 없으니… 어릴 때 대가족이었던 우리 집은 김장하는 날이면 온 형제들에게 미리 통보해 놓았다. 그 날은 다른 계획을 절대 잡지 못한다. 하루 전에 무를 깎고 썰고, 배추를 나르고 자르고 절이고… 김장하는 날은 종일 약 300포기의 배추를 나르며 온갖 심부름을 해야 했다. 그런데 지금 이 겨울을 준비하는 사람들은 시골 할머니들뿐이다. 저렇게 힘들게 김장을 해놓으면 도회지의 아들, 딸들이 차를 가지고 와 모두 쓸어 가겠지? 지난 여름 아스팔트에 구멍을 뚫어 놓고 보수하던 길은 깨끗이 포장되어 있고, 내가 가는 하늘엔 먹구름이 가득하다. 하지만 멀리 보이는 건너편 산에는 밝은 햇빛이 비치고 있다. 비가 오지 않아 얼마나 다행인지… 오늘 비가 왔으면 많이 추웠을 것이다.

100년의 역사를 가진 성공회 내리 성당을 지나는 이 동네는 오래된 집들과 새로 지은 아담한 집들이 공존하고 있다. 농촌 일을 하는 사람들은 집이 깨끗할 수 없다. 늘 흙을 묻히고 들어가야 하는 집 앞마당은 지저분한 게 당연하다. 그런데, 눈에 보이는 새로 지은 집들은 흙의 흔적이 안 보인다. 모두 외지인들이 사는 집이나 농사를 짓지 않는 사람들의 집들일 것이다. 동네의 감나무도 높은 곳에 열려 있는 감들은 손을 못 대고 있는지, 아니면 일부러 새들을 위해 남겨 두었는지 따기를 포기한 것 같다.

어느 멋지게 지은 집 담에는 오가피 열매들이 가득 열려 있다. 이게 여러 모로 많이 쓰일 텐데, 용도를 몰라서 못 따는 건가, 아니면 그냥 내버려두는 건가. 이곳을 지나는 사람들이 모두 양심이 있는지 까만 열매들이 그대로 남아 있다. 어느 몰지각한 이는 자기 집으로 들어가는 작은 길에 쇠사슬을 쳐놓았는데, 그 쇠사슬을 나무에 못을 박아 고정시켰다. 모두 이를 보고 안타까워한다. 비록 내 집 땅에 있는 나무겠지만 그래도 이건 아니잖아. 바람이 분다. 하늘의 회색빛 구름도 이동이 빠르다. 멀리 김포쯤의 산들이 선명하게 보인다. 단지 멀리 보는 것만으로도 기분이 좋다. 자연 속에 있으니 모든 것들이 나를 기분 좋게 한다.

작은 언덕으로 올라가는 길에 낙엽이 가득 쌓여 있다. 와삭와삭 낙엽을 밟고 올라가는 느낌. 이 글을 보는 이들…. 지금이라도 가을 산길을 걸어 보고 싶지 않을까? 오늘 걸어가는 길은 모두 이렇게 낙엽을 밟고 걷는다. 이래서 같은 길을 철 따라 와봐야 하는 것인가 보다. 겨울엔 어떤 모습일까? 낙엽을 발로 쓸어 모아 보니 금방 눈 덩어리처럼 커졌다. 겨울엔 진짜 눈 덩어리를 만들고 싶다.

7코스는 이렇게 호젓한 숲길이 끝없이 이어진다. 사람 하나 정도 다닐 만한 숲길이 온통 낙엽으로 쌓여 있고, 그 자연의 소리 나는 길을 선한 마음을 가진 사람들이 무리 지어 걷는다. 벗어나기 싫은 숲길 끝에 파도 치는 바다가 모습을 보인다. 나는 당연히 바다가 그러려니 했는데, 강화도민들은 이렇게 파도 치는 바다를 보기 힘들다 한다. 김포와 강화 사이의 염하강이라 불리는 바다는 파도가 있을 수 없다. 그런데 오늘같이 바람이 많이 부는 날은 바다에 파도가 친다. 동해안이나 남해안에 가면 당연하게 보이는 하얀 포말의 파도도 이곳에선 드문 일이다.

아직 점심 먹을 때가 아닌데 오늘 점심을 먹기 위해 약속해 놓은 식당에 거의 다 와간다. 생각해 보니 지난 번엔 이렇게 빨리 온 것 같지 않은데 왜 이리 빨리 왔을까? 날씨가 쌀쌀해지다 보니 걸음들이 빨라져 다른 날보다 거의 30분 정도 빨리 온 것 같고 여기까지 오면서 땀도 흘리지 않은 것 같다. 식당으로 가기 전에 갯벌의 억새밭에 들어가 나도 자연과 하나가 되어 본다. 멀리 파도가 밀려온다. 파도가 치니 바닷물 들어오는 속도가 더 빨라진다. 어릴 적 갯벌 바다 옆에서 자란 나는 동네 아이들과 갯벌에 나가 놀다가 물이 들어오면 빨리 모든 것을 포기하고 뭍으로 돌아와야 하지만 발이 푹푹 빠지는 갯벌을 걷기란 쉬운 일이 아니다. 때론 내 걸음 속도보다 밀물의 속도가 더 빠르다. 그래서 자연은 절대 내가 아는 상식으로 대하면 안 된다.

올해 저 바닷물 때문에 일본에서 얼마나 많은 사람들이 죽었는지…. 그리고 그 여파가 아직도 남아 한 나라를 완전히 쑥밭으로 만들고 있다. 바닷물뿐이냐. 허리케인이 미국을 휩쓸어가고 화산이 폭발해 온 유럽의 항공 망을 마비시켰다. 또 최근엔 태국에 비가 많이 와서 수도 방콕을 완전히 물바다로 만들어 버렸다. 그런 자연에 대해 우리는 겸손해야 한다. 오늘 지나온 어느 곳도 산을 완전히 깎아내 돌산이 직각으로 서 있는 것을 보고, 만약의 경우 무너질 모습을 생각하니 소름이 끼쳤다.

갯벌식당으로 찾아가는 길옆 밭에 탐스런 파가 건드리면 금방이라도 소리 내며 부러질 듯 탱탱한 모습으로 수확을 기다리고 있다. 장화리의 갯벌식당(032-937-8880). 지난 번에도 너무 맛있게 먹어 기억에 남는 곳인데, 오늘 메뉴인 대구 볼테기탕도 여간 맛있는 것이 아니다. 특히 망둥어찜, 순무, 밴댕이젓, 간장게장, 깻잎, 뜨끈한 두부찜, 시금지 등…. 사종 밑반찬들이 주 메뉴보다 더 맛있어 모두 몇 차례씩 더 시켜 먹을 정도로 만족한다. 포만감에 모두 붉게 물든 얼굴로 다시 길을 떠나자.

잡풀이 자란 황량한 북일곶돈대에서 바라보는 바다가 오늘은 다른 날과 다르게 생생하게 살아 있다. 바람이 늘 조용하던 바다에 생명을 불어넣고 있다. 일렁이는 것이 바다뿐이랴. 갈대도 춤을 추고, 겨우내 푸른빛을 자랑하던 풀들도 황금빛 드레스를 입고 서로 얼크러설크러 춤을 추고 있다.

바람불어 좋은 날. 그 바람을 뚫고 멀리 갯벌로 천막 같은 모양의 물체가 이동하고 있다. 물어보니 갯벌 체험을 나가는 사람들을 싣고 나가는 트랙터라 한다. 갯벌이 여러 모로 어민들에게 도움을 준다. 둑을 걷고, 숲길을 걷고, 바닷가에 가득한 물결무늬의 돌 위를 걸어간다. 바람이 거셌던지 바닷가의 풀들도 모두 바람결에 따라 일렬로 누웠다. 갯벌조망대에서 잠시 쉬고 길을 걷다가 이젠 헤어져야 할 시간. 둑의 시멘트 바닥에 내가 가는 길과 일행이 갈 길을 다르게 표시해 두었다. 이젠 예전처럼 홀로 걷는 길. 길을 다녀 본 이가 내가 갈 길은 거의 모두 시멘트길이라고 언질은 주지만, 어차피 한 번은 다녀야 할 길 같아 모두에게 인사하고 혼자 흐느적거리며 논둑 길을 걸어갔다. 산을 넘어야 한다. 그 산을 가로지르는 도로를 따라 걷는다. 산에 도로가 생기니 산이 피폐해진다. 수없이 많은 펜션들. 거의 집단으로 몰려 있다. 펜션 건설은 아직도 진행 중이다. 잘 다듬어진 커다란 바위들이 흩어져 있고, 여기저기 인부들이 작업을 하고 있다. 길벗들과 긴 길을 걸어왔을 때는 땀을 흘리지 않았는데, 비탈진 언덕을 올라가니 땀이 흐른다. 지난 여름 지리산의 마근담으로 올라가는 길처럼 가도가도 시멘트 언덕길이 끝이 없다.

겨우 한 고비 넘었는가 싶었는데, 걷기 중인 어떤 중년의 남녀가 그늘 밑에서 컵라면으로 점심을 즐기고 있다가, 인사하며 지나치는 나를 보고는 '금방 따라갈게요' 하고 화답한다. 펜션이 많다 보니 자주 승용차와 공사용 트럭이 지나가고 길은 더 단조로워진다. 다시 올라가는 수고는 있겠지만, 차라리 저 언덕 밑에 계곡으로 나들길을 내면 되지 않을까?

펜션에서 편히 쉬러 오는 사람들, 더 편한 일도 많이 한다. 밤새 부어라 마셔라 했던 많은 소주병들을 길옆에 그냥 내버렸다. 산을 깎아 바위를 채취하고, 그 바위로 다른 사람들 들어오지 말라는 담을 쌓아 놓았다. 자연 속의 것들을 재정비해 놓은 것인가? 나중에는 자연이 스스로 사람들 들어오지 말라고 바위로 담을 쌓아 놓을 것 같다. 이 길은 아마 나들길 중에서 가장 불편한 길일 것이다. 흙을 밟고 숲을 거닐고 싶어 하는 나들길 사람들. 시멘트 길을 오래 걸으면 발바닥도 무릎도 불편하다.

고개 정상쯤에 있는 펜션 앞에 묶여 있는 개 한 마리가 내가 지나가니 멀리서부터 사납게 짖다가 앞을 지나갈 때쯤엔 나에게 확 달려든다. 물론 줄에 매여 있어 그렇게 하지 못했지만, 갑자기 등골에 식은땀이 주르륵 흐른다. 내가 스틱을 가지고 있다 해서 어찌 성난 개와 싸울 수 있으랴.

마을 공동묘지인 듯한 곳에 분봉 없이 묘비 번호를 새긴 돌들만 땅에 심어 놓았기에 일부러 찾아 내려가 보았다. 번호만 있는 것은 무슨 뜻일까? 온갖 상상을 다 해본다. 허름한 집 옆 커다란 양은 솥에서 김이 무럭무럭 나고 있다. 저 안에 뭐가 익어 가고 있을까? 언덕을 다 내려왔는지 아까 오전에 지나쳤던 길이 보인다. 그런데 화살표 방향이 하나로만 되어 있어 이 길로 오지 않은 사람들은 조금 실수할 것 같다. 길을 가다 보니 아침에 같은 장소에서 김장을 하던 할머니들이 아직도 일을 하고 계신다. 가까이 가서 무얼 하시는지 보니, 할머니 한 분은 탈곡된 콩 가지들 속을 헤집어 미처 빼내지 못해 콩깍지 속에 남아 있는 콩들을 하나하나 찾고 계신다. 탈곡해 버린 것, 그냥 버려도 될 것 같은데…. 그 중에서도 하나하나 다시 확인하는 시골 할머니들 모습에서 우리 어머니의 모습이 보인다. 누군가 그런 얘기를 했다. 사실인지 아닌지 모르지만, 밀레의 '만종'에 나오는 농부 부부는 다 추수하고 남은 밭에서 버려진 알곡들을 줍고 있는 가난한 농부들이라고….

7코스를 마치고 완주 도장을 팡 찍었다. 이제 4코스 하나 남았다. 7-1코스로 간 사람들은 코스가 길어 아직 도착하지 못했고, 그들 중 일부가 이곳에 승용차를 두고 떠났다. 그랬기에 일찍 도착한 내가 그들을 찾아가 이곳까지 다시 데리고 오기 위해 7-1코스 종점인 동막으로 찾아간다. 7-1코스 완주 도장을 찍어 주는 대련호 횟집 아주머니가 나보고 낯이 익다며 인사를 한다. 하긴 벌써 이분 보는 것이 세 번째이니 그럴 법도 하다. 나들길을 걷는 많은 이들이 자신에게 찾아와 이것저것 물어 보는데, 때론 모르는 것들이 있어 미안하다고 한다. 수고비를 받는 것도 아닐 텐데, 이런 곳에 무언가 작은 혜택을 주어야 할 것 같다. 우리 일행 중 인도하는 한 분이 그 집에서 강화 갯벌 낙지 몇 마리를 사면서 고마움을 대신했다. 걷기를 모두 마쳤으나 저녁에 강화에서 강화 군립 합창단 공연이 있다기에 온 김에 가보자 하고, 가기 전에 일행들 몇 분과 강화 읍에서 저녁 식사를 같이 했다. 늘 나오는 분 중 한 분이 오늘 집에서 김장이라고 같이 못 걸었는데 식사하러 나오면서, 김장배추 쌈과 양념을 가지고 와 정말 식당 메뉴인 돼지갈비보다 더 맛있게 먹었다. 이런 인정이 좋아서 자꾸 이곳에 오게 된다. 강화문예회관으로 찾아가니 공연장에 일반인보다 군인들이 더 많다. 이런 자리가 군인들에겐 너무 좋은 자리다. 불 꺼진 관객석에서 실컷 졸 수 있으니…. 군립 합창단인데 강화에 맞는 창작곡을 몇 개 부르는 노력이 대단해 보인다. 창작곡, 특히 위촉 곡을 연주하는 것은 정말 쉽지 않은 일인데….

뿌듯한 하루를 보냈다. 바람 불어 좋은 날… 강화가 너무 좋아져서 큰일났다. 이러다 은퇴하면 강화로 간다고 할지도 모르겠다.

7-1 코스 동막해변 가는 길 (2012. 1)

올해의 첫 나들길 걷기 며칠 전부터 매서운 날씨가 3~4일 이어졌지만, 다행히 나들길 떠나는 토요일은 조금 따뜻해졌다. 아침 일찍 차를 몰고 강화로 향하는 내 차의 왼쪽 백미러에 와이셔츠 단추 크기의 붉은 태양이 점처럼 찍혀 있다. 잔설이 남아 있는 벌판 위 하늘에는 기러기가 한

줄로 길게 사선을 그으며 비스듬히 날아간다. 자주 보아도 반가운 얼굴들, 그래도 늘 새로운 얼굴들이 보인다. 이 추운 날에도 어디서 그렇게 몰려 오는지… 초등학교 3학년짜리 아이도 보이고, 87세가 넘은 할아버지도 보인다. 그야말로 10대부터 80대까지의 연령층 사람들이 골고루 모여 겨울 나들길을 간다. 그렇게 해서 모인 인원이 30명이 넘는다. 늘 그렇듯 버스 정류장에서 모두 둥그렇게 모여 간단히 몸을 푸는 준비운동을 하고, 오늘은 나들길 중에서 제일 긴 코스인 23.5km의 7-1코스로 출발한다. 바다에 바람이라도 불면 오늘은 무척 힘든 걷기가 될 것 같다.

다행히 바람은 불지 않지만 가죽 장갑을 꼈는데도 손이 시렵다. 지난번 가을 김장 할 때쯤 이 길을 걸었었다. 오늘은 인적이 보이지 않고, 길가의 모든 상가들도 거의 문을 닫았다. 부지런한 우리들이 가는 마을 길은 아직 인기척도 없다. 같이 길을 가는 아이에게 어쩌다 지나는 동네 어른에게 인사하라고 가르쳤다. 동네 어른이 슬며시 웃으며 지나간다. 낯선 이들이 지나가면 그토록 짖어 대던 마을의 견공들도 오늘은 추워서 그런지 조용한 편이다. 빼꼼하게 열려 있는 시골집의 나무 대문을 보니 누군가 추워서 문도 안 닫고 들어간 것처럼 보인다. 마을 길 옆에 100년이 지난 성공회 내리 성당에 들렀다. 역사가 있는 곳인데 단체로 가느라 매번 그냥 지나쳤었는데, 오늘은 애들도 있으니 들러 보기로 했다. 인기척 없는 성당 마당에 높이 1미터 정도의 종이 있다. 누군가 호기심에 밧줄에 묶여 매달려 있는 둥그런 통나무로 종을 울려 본다. 종 밑의 파인 곳에 항아리를 하나 놓아서 그런지 종소리가 무척 맑게 울린다. 누군가 함부로 종을 치는 것이 아니라며 만류하여 타종을 멈추었지만, 종소리의 여운은 무척 오래 남았다.

드문드문 남아 있던 감나무 열매도 이젠 보이지 않고, 수확하지 않고 그대로 둔 길가의 늙은 호박도 이젠 눈 비를 맞아 구석에서 까맣게 썩어 들어간다. 썰렁한 벌판에 아직도 남아 있는 곡식이 있는 듯 까마귀와 까치들이 떼로 모여 벌판을 가득 채우고 있다. 낮은 언덕에 오르니 멀리 바다가 보인다. 바닷가에는 파도의 포말이 얼어 붙어 길게 흰 띠를 두르고 있다. 그 길을 동네 어른이 지게를 지고 올라온다. 지게의 재료가 나무가 아닌 알루미늄이다. 아하! 세월이 가면 이렇게 편한 것들로 바뀌는 것이구나. 그런데 걷는 것은 오히려 불편한 것을 택하니 우리들의 세월은 오히려 역행하고 있다. 그렇게 해서라도 젊음이 유지될 수 있다면 얼마나 좋을까?

산길로 접어드니 언덕 그늘의 녹지 않은 눈을 밟는 소리가 경쾌하게 뽀드득거린다. 눈이 오는 길을 걷고 싶었는데 오늘은 이걸로 만족할 수밖에 없다. 가끔 숲길 진행 방향의 오솔길에 눈이 가지런히 양옆으로 정리되어 있다. 누가 이 길을 쓸었을까? 군 초소로 가기 위한 군인들이 그랬을까? 아니면 골을 따라가던 바람이 이렇게 만들어 놓은 것일까? 길이 미끄러워서 그런지 평소 가볍게 보던 낮은 언덕도 오늘은 조심스레 걷는다. 혹시나 미끄러지면 큰 어려움을 당할 수 있다. 스틱을 쥔 손이 무척 차갑다. 오늘이 춥긴 춥구나. 옷깃을 더 여며 본다. 오후에는 따뜻하다고 했는데….

늘 일행을 인도하던 분이 오늘은 나오지 않아 다른 분이 대신 앞장서서 걷는다. 그런데 리더보다 유난히 빨리 걷는 분이 있어 일행이 힘들어 한다. 보조를 맞추게 하는 것도 쉽지 않다. 혹시라도 연장자께서 힘들어하실까 봐 적당히 보조를 맞추자고 독려하고, 언덕을 뛰어 올라가고 싶어 하는 남자 아이에게도 천천히 호흡을 맞추며 걸으라고 알려준다. 나 혼자 걸으면야 내 속도대로 걸을 수 있지만, 남들과 같이 걸을 때는 적당한 수준에서 무리 지어 걸어야 할 것 같다. 오늘은 다른 날보다 행렬이 길다. 그만큼 오늘은 추위 때문에 걷기가 어렵다는 이야기다. 멀리 보이는 바다 물이 서서히 들어오는 것 같다. 바닷가에 얼어붙은 하얗게 누운 포말이 더 차가워 보인다. 가끔 시야를 산으로 돌려 보아도 오늘은 나무들조차 추워 보인다. 내게 오늘 무언가 걱정이 있는 것 같다.

거의 2시간을 걸었나? 점심 식사 장소인 장화리 갯벌식당의 근처 바닷가에서 잠시 쉬며 바닷물의 얼어붙은 포말에 일부러 걸어 들어가 밟아 보았다. 포말이 부서져 혹시 그 밑의 바닷물에 빠지지 않을까 하는 작은 걱정을 오히려 즐겨 본다. 빠지기야 하겠어? 밟으면 누룽지같이 바삭거리는 얼어붙은 포말들을 밟는 기분이 무척 좋다. 앙상한 바다갈대들 사이를 헤집고 돌아다니고, 예닐곱 살 개구쟁이처럼 여기저기 바닷가를 누비고 다닌다. 오늘 점심은 볼테기탕. 여전히 여기 갯벌식당은 갖가지 반찬이 입맛을 돋군다. 곁들여지는 반찬들은 내가 좋아하는 밴댕이 젓갈, 간장게장과 콩잎 절임, 맛있는 두부 무침까지….

맛있는 점심 먹었으니 다시 등산화의 끈을 질끈 맨다. 앞으로 남은 거리가 17km 정도이니, 다른 코스들 같으면 거의 한 코스 거리다. 바닷가 둑을 걷는 길 저편에 갯벌 센터의 전망대가 을씨년스럽게 서 있다. 전망대에서 바라본 바다를 파노라마 사진으로 찍어 본다. 거의 70도의 경사가 있는 언덕길을 폐타이어 계단으로 만들어 걷기 편하게 해놓았다. 다시 숲길로 접어드니 호젓한 오솔길. 혼자 걸어도 좋을 것 같다. 언젠가 혼자 걷는 시간도 가져 보아야겠다. 쓸쓸함을 즐기는 것도 정신건강에 좋으리라. 바닷가 초소의 초병이 우리를 바라보고 있다. 손을 흔들고 "수고합니다. 건강하십쇼." 하고 크게 외치며 지나간다. 젊은 시절을 그렇게 하릴없이 보내는 것 같지만, 지금 자네 모습들을 나중에 회고해 보면 인생에서 가장 멋있고 자랑스러운 시절일 걸세. 모쪼록 건강하게 그 시간들을 잘 이겨 내길 빈다.

북일곶 돈대에 올라가니 발자국 없는 눈밭 돈대 위에 펼쳐지는 겨울 바다가 장관이다. 같이 동행하는 길벗과 소리쳐서 화음을 맞추어 노래해 본다. 일행 중 내가 처음 보는 분이 걸쭉하게 판소리 한 판도 들려 준다. 우리 여행에는 노래가 있다. 웃음이 있다. 즐거움이 있다. 큰 소리로 노래 불러도 반겨 하는 이들이 있고, 혼자 흥얼거려도 누군가 옆에서 따라하는 이들이 있어 좋다. 지속적으로 바다와 숲길이 이어지는 7-1코스. 얼마 전 누군가 쓴 카페 게시판의 나들길 후기에 둑길 끝의 발판이 위험하다고 한 것을 보았는데, 그새 말끔히 새 계단을 만들어 놓았다. 고마운 강화군청. 공무원에 대해 그다지 신뢰하지 않지만, 이곳은 올 때마다 기분이 좋다. 갯벌센터 조망대 앞에서 가지고 온 간식들을 풀어 놓는다. 사람이 많다 보니 메뉴도 갖가지다. 과일, 떡, 빵, 누룽지, 초콜릿, 매실차, 때론 막걸리까지…. 노래를 불러 달라고 길벗들이 요구한다. 앞에 나가 "어쩌다 일이 있어 나들길에 오지 못하는 토요일엔 꿈 속에 나들길이 보인다."고 말한 후 황진이가 쓴 시에 곡을 붙인 '꿈길에서'를 불러 본다.

꿈길밖에 길이 없어 꿈길로 가니
그리운 우리 임은 길 떠나셨네
이후엘랑 밤마다 어긋나는 꿈
같이 떠나 노중에서 만나를 지고…

서서히 사람들의 모습에서 피곤함이 보인다. 하긴, 쉽지 않은 길이다. 나도 다른 날에는 느끼지 못했던 발의 통증이 오늘은 살짝 느껴진다. 그리고 이 코스는 끝없이 갯벌 둑길을 가야 하는 길이다. 다행인 것은 여름내 잡초로 덮여 있던 시멘트 길 옆에 조그만 흙길이 있어 밟는 기분이 좋다. 바닷물이 밀려온다. 그것도 아주 서서히…. 잠깐 시야를 바다에 두지 않으면 어느새 가까이 와 있다. 갯벌가에 얼어 붙었던 포말들이 서서히 물에 뜨기 시작한다. 조금 지저분해 보이긴 하지만, 그래도 겨울의 참맛이 느껴져서 보기 좋다. 유난히 짧은 겨울 해가 조금씩 빛을 잃어 간다. 서서히 밀려오는 바다가 그 빛을 모두 빨아들이고 있는 것일까? 갯벌 둑 반대편의 양어장이 이젠 커다란 낚싯터로 변해 버렸다. 무척 넓은 얼음 벌판에 몇몇 낚시꾼들이 있다. 일부러 둑에서 내려 얼음호수를 걸어가 낚시꾼들에게로 다가갔다. 혹 호수가 깨지지 않을까 하는 두려움도 있었지만, 얼음 위에 발자국이 많이 나 있고 사람들이 지나간 흔적이 있어서 깨지지는 않을 것 같았다. 낚시꾼이 구멍 세 개를 뚫어 놓고 낚싯대 3개를 드리우고 있다. 무엇을 낚느냐고 물어 보았더니, 얼굴도 돌리지 않고 붕어를 낚는다고 한다. 귀찮게 하지 말라는 뜻일까? 작은 붕어 몇 마리를 낚기 위해 이 추운 날 얼음 위에 텐트를 치고 기다리는 사람들. 그들의 인내하는 마음도 이 추운 날 바람을 맞으며 먼 길을 걷는 우리들과 다르지 않으리라.

바닷가 큰 바위에 작은 바위들이 틈새를 파고 들었다. 아니다. 작은 바위들이 줄지어 있는 곳에 큰 바위가 오래 전에 덮쳐 눌렀다. 커다란 바위에 마치 경계를 구분하는 쫄대를 박아 놓은 것처럼, 길게 다른 색깔의 바위 줄이 있는 게 참 신기하다. 저렇게 되기까지 얼마나 많은 세월이 흘렀을까? 넓은 벌판에 흰 눈 덮인 고려산을 배경으로 흰 비닐로 감싼 볏짚들이 커다란 눈사람처럼 놓여 있는 정경이 한 폭의 풍경화 같다. 아름답다. 좌우로 펼쳐지는 풍경들을 나 혼자만 간직하기에는 너무 아쉽다.

긴 둑길을 거의 4시간 가량 걸어 도달한 동막 해수욕장에는 추위를 즐기는 연인들이 사랑의 표현을 나누고 있다. 젊은 시절 함박눈이 내리면 제일 먼저 바다에 가고 싶었다. 커다란 함박눈 송이가 바다의 수면에 닿을 때, 순간적으로 사라지는 눈송이를 보면 정말 가슴이 후련했다. 종착지인 본오리 돈대에 올라가 뉘엿뉘엿 넘어가는 새해 첫 주말의 태양을 즐기고 내려왔다. 완주 스탬프를 찍어 주는 대련횟집에서 맛있는 해물칼국수를 즐기다 오니, 어느새 태양은 겨울바다 저편으로 넘어가고, 구름 한 점 없는 저녁 하늘에서 둥근 보름달이 휘영청 비추고 있다.

개인 사정으로 당분간 이 나들길을 찾지 못할 것 같다. 그러나 꿈길에서나마 자주 찾아가고 싶다. 정겨운 사람들, 웃으면 같이 웃어 주는 사람들, 나누기를 좋아하는 사람들, 본받고 싶은 삶을 살고 있는 사람들, 서로 다독거리며 용기를 주는 사람들 속에 나도 있고 싶다. 다시 오겠지, 다시 오겠지….

8코스 철새 보러 가는 길 (2011. 7)

이제 서서히 열기가 땅으로부터 올라오고 하늘로부터 내려오는 7월의 첫 주 토요일. 지난 밤에 친구들과 늦게까지 노느라 조금 피곤했지만, 그래도 조금 더 더워지면 다닐 수 없다는 생각에 아침에 눈뜨자마자 떠날 준비를 했다. 다행히 거의 10일간 내리던 비가 오늘은 그쳤다. 하늘에 구름이 잔뜩 끼었지만 비 소식은 없다.

8코스는 지난 해 이맘때쯤 아내와 걸었던 2코스의 연장선이다. 초지대교에서 본오리돈대까지 주로 바닷가 약 17km를 걷는 코스. 별로 힘들지 않을 것 같고, 비록 덥지만 견딜 수 있을 만했다. 버스를 몇 번 갈아타고 8코스의 출발점인 초지진 관광 안내소에 도착해 나들길 여권에 출발 스탬프를 받은 후 트레킹화 끈을 꼭 조여 맨다. 발이 신발에 딱 맞지 않으면 물집이 생기기 십상이다. 선탠크림도 얼굴에 덕지덕지 바른다.

초지진 주차장 구석으로 해서 시작되는 코스인데, 첫 코스부터 개인주택 옆마당으로 지나치게 되게 되어 있어 마당에 묶인 개가 사납게 짖어 댄다. 일부러 나들길 걷는 이들이 차로 다니는 도로로 가지 않기 위해 만든 길인 듯, 별로 인적 없는 둑길의 수풀들이 모두 옆으로 뉘어져 있다. 어느 부부가 내가 가는 길을 먼저 가고 있다. 그 뒤를 따라가다 내 걸음이 빨라 슬쩍 인사하고 먼저 지나친다. 거대한 초지대교의 끝 부분이 보이지 않을 정도로 희뿌연 하늘 때문에 다리의 위용이 더 커 보인다. 반대편에 와서 보아도 진한 회색의 갯벌 위로 보이는 초지대교가 마치 바닷물에 떠가는 것 같은 착시를 일으킨다. 초지대교 밑을 유턴(U-turn)하여 길을 가다 큰길로 나와 보니 길이 갈라지는데 이정표가 없다. 내가 어디서 길을 잃었지? 내 뒤로 오던 부부도 보이지 않는다. 왔던 길로 다시 가보아도 이정표는 인삼백화점 앞의 입구를 지나 분명히 이곳으로 가게 되어 있다. 길을 못 찾아 왔다 갔다 하니 건물 앞에 있던 이가 나오며 자기도 봉사자라며 길을 안내해 준다.

다시 제 길을 찾아 가는데 앞서 가던 부부가 나를 찾는 듯 자꾸 뒤돌아본다. 처음 만난 이의 길까지 걱정해 주는 나그네의 마음들. 진정 이런 곳에서만 찾을 수 있는 아름다운 마음이다. 그러나 내색은 하지 않는다. 황산도 선착장에 아이들의 갯벌체험 학습장의 일환으로 바다 위를 걸을 수 있도록 나무 데크를 해놓았다. 이어지는 어판장에 커다란 선박의 건축물. 그 밑에는 횟집들이 즐비하다. 뱃머리 모양은 멋있는데 그 밑의 횟집들은 가설물같이 흉해서 균형이 없어 보인다. 아직 회를 먹을 시간이 아닌 듯 사람들은 많지 않지만, 손님을 기다리는 생선들은 수족관에 가득 쌓여 있다. 광어, 삼식이, 숭어, 멍게, 전복, 조개 등, 모두 침이 넘어갈 정도로 내가 좋아하는 것들이라 자꾸 발걸음을 멈춘다. 하지만 지금은 이걸 먹을 때가 아니다.

횟집 군락촌 끝에 갯벌에서 흔히 보이는 작은 농게를 반짝이는 스테인리스로 만들어 놓아 사진을 찍고 있는데, 앞서 가던 부부가 산길로 올라간다. 그런데 조형물 옆에 있는 나들길 표시가 보이고, 다른 사람이 쓴 8코스 기행문에 쓰여 있는 나무 데크가 길게 산길 옆으로 만들어져 있다. 나를 위해 이제 막 만들어진 듯 윤이 나는 나무 데크는 전혀 손때가 묻지 않았다.

오른쪽은 산비탈, 왼쪽은 끝없는 갯벌. 작은 게들이 구멍에서 나와 놀다가 인기척에 놀라 순식간에 구멍 속으로 사라진다. 중간중간 쉼터가 마련되어 있고, 산책 나온 사람들이 마주 오고 있다. 한참을 걸었다. 끝이 없이 이어지는 갯벌 위의 산책이지만, 오른쪽 산길을 보는 내 눈은 자꾸 마음이 불편하다. 벼랑 위에 서 있는 많은 나무들이 외래 식물인 가시박이 줄기에 둘러싸여 시름시름 죽어 간다. 전국적인 자연계의 파괴가 어디까지 이어질까? 산길을 끼고 끝까지 이어지는 곳에 도착했는데 이런, 출구가 막혀 있다. 어디로 가라고? 다시 돌아가라고? 무척 먼 길을 왔는데…. 할 수 없이 나들길을 관리하는 곳에 전화를 건다. 개인 소유지의 땅이 아직 합의가 안 되어 그렇게밖에 안되었단다. 원래 나들길은 지금 보이는 산 위와 같은 코스로 이어지니까 권하지는 않지만 조심해서 길을 찾아 보란다. 펜스를 넘고 날카로운 바위를 넘어 산 모퉁이를 넘어가는데, 바위 틈에 모여 살던 갯강구들이 낯선 이방인의 출현에 놀랐는지 마구 숨기 바쁘다. 산모퉁이라 그런지 그다지 많이 가지 않았는데 길이 나온다. 그 끝에 또 보이는 횟집 촌. 도대체 웬 횟집이 이렇게 많은거.

횟집 촌을 지나니 바닷가에서 사람들이 모여 낚시를 즐기고 있다. 무엇을 낚고 있을까? 조금 지켜봐도 아무도 낚아 올리는 걸 보지 못하기에 길을 가는데, 아까 산으로 올라간 부부가 저 앞에 간다. 내가 옆으로 가니 나보고 길을 잃었느냐고 물으며 또 관심을 가져 준다. 이제부터 서로 이야기하며 걷는다. 강화도에 사는 주민인데 매달 마니산에 한두 번씩 오르다가, 나들길을 걸어 보자고 작심한 뒤 이제 두 코스만 남기고 다 걸었다 한다. 제일 마음에 드는 코스가 무엇이냐 하니 3코스를 이야기한다. 3코스라…. 점 찍어 두었다. 차가 다니는 위험한 길을 피하느라 일부러 도로 옆에 있는 제방 길을 걷게 한다. 끝없이 이어진 바위길. 그 틈 사이로 나팔꽃만이 아름다운 색깔을 빛내고 있다. 돌길 위에 누군가 버린 택배 쓰레기. 혹시 홍수에 떠내려온 지뢰는 아닐까? 물이 빠진 바닷가 갯벌 골짜기에 작은 배 하나가 오도가도 못 하고 밧줄에 묶여 있다. 때가 되면 저 배에 희망을 싣고 떠나는 어부가 있겠지.

돌길을 지나 올라가니 다시 차가 다니는 도로. 찻길 옆에 있는 승마 체험장에 말이 보인다. 조그만 망아지, 그리고 정말 탐나는 경주마 같은 준마. 사육사들이 말을 한 마리씩 몰고 나오며 트랙을 한 바퀴 돈다. 시간이 벌써 12시 반. 배가 고프다. 눈에 해물 칼국수 집이 있어, 식당이 보일 때 얼른 먹어야 할 것 같아 같이 가던 부부에게 인사를 하고 해물 칼국수 집으로 들어가니 혼자 왔느냐고 묻는다. 강화도의 순무 맛은 다른 곳에서는 찾아볼 수 없다. 칼국수 나오기 전에 이미 순무의 맛에 빠져 버렸다. 어떻게 이렇게 맛이 독특할까? 주위의 많은 사람들이 칼국수를 즐기고 있다. 모두 자가용을 몰고 찾아온 사람들. 나같이 땀 흘리고 온 사람은 없다. 모자가 푹 젖었다.

칼국수에 있는 조개가 냉동 조개네. 나 인천 사람이걸랑…. 오래 전 어느 칼국수 집에서 칼국수 안에 들어 있는 조개가 아무래도 인천 앞바다 조개가 아닌 것 같아 물어보니 종업원이 인천 조개란다. 그래서 식당 주인을 불러 묻자 인천조개가 아니고 전라도 조개란다. 도심의 해물 칼국수 안에는 없는 꽃게 발 하나가 들었네. 혹시 이게 쓰고 또 써먹는 건 아닐까 하고 게 발 하나를 제일 나중에 먹으려 집어 든다. 그런데 게살을 쉽게 빼먹을 수 있도록 칼집을 내놓았네. 흠, 기특하다. 이제까지 나들길 걷는 중 점심을 제일 맛있게 먹은 것 같다. 먹었으니 또 가자. 난 가야 할 운명이니까….

별로 걷고 싶지 않은 아스팔트 도로. 그러나 어쩔 수 없이 걸어야 할 길. 길이 갈라진다. 한 쪽은 차들이 보통 다니는 길, 다른 한 쪽은 차들이 어쩌다 다니는 한적한 길. 삼거리에 이정표와 각종 음식점을 알리는 현수막들이 현란하게 붙어 있다. 음식점을 알리는 간판이나 현수막 같

은 것을 조절할 수는 없을까? 전국이 너무 지저분하다. 삼거리에서 이정
표가 가리키는 길로 가니 한적한 도로와 멀리 둑방길이 보인다. 저 길로
가고픈데 이정표는 다른 길로 가라 한다.

바닷가 둑방길. 바람이 얼마나 거세었던지 농지에 쳐놓은 가림막의 천
이 모두 너덜너덜하다. 자연의 힘에 저항하면 이렇게 된다는 것을 보여
주는 것 같다. 둑에서 놀던 갯강구들이 내 앞길에서 밟혀 죽을까 피하
느라고 정신이 없다. 중간중간에 벽돌로 쌓아 놓은 경비 초소만이 색깔
을 제대로 보이고, 갯벌에는 빨간 갯벌 해초가 가득하다. 그 사이 갈매
기들이 유난히 많이 몰려 있다. 여기에 무언가 먹을 게 많은가 보다. 그
둑 아래 돌길 위에서 남녀 한 쌍이 고기를 구워 먹고 있다. 그 옆에 내
가 지금 원하는 막걸리통도 있다. 한적한 곳에서의 소풍. 두 사람의 얼굴
에서 행복이 보인다.

둑길을 따라 가는 길. 걷기에는 별로 좋아 보이지 않는 코스지만, 차
가 다니는 도로 이외에는 달리 다른 길도 없다. 그렇게 제방 길을 따라
간 끝에 있는 선두 어시장. 사람들이 한적한 그곳에 한 쪽 구석에선 품
바가 열심히 북을 두드리며 호객하고 있고, 횟집 주인과 종업원들만이
모여서 손님을 기다리고 있다. 바닷가에 수없이 이어지는 펜션들. 모두
갯벌 체험을 위해 펜션 뒤로 나와 갯벌에서 즐기다가 발을 씻고 다시 펜
션으로 들어갈 수 있도록 준비해 놓았다. 모두 특색 있는 펜션들. 풍차
를 만들고, 배 모양으로 만들고. 어릴 적에는 저런 종류의 여행이 좋다.
애들에게 커다란 호기심을 줄 수 있으니….

내가 다른 사이버 카페에 즐겨 쓰는 아이디가 '보헤미안'인데, 제방
끝에 있는 펜션 이름이 보헤미안이다. 반가워라. 그곳을 지나 다시 둑길
로 걷는다. 이제까지 걷던 길과 비슷하다. 해병대 초소. 경비를 서고 있
는 그들에게 수고한다고 인사한다. 그렇게 끝없이 이어지는 제방 길이
끝이 안 보인다. 제방 길 옆의 펜션 뒷마당에 있는 작은 정자에서 쉬기

도 한다. 아무도 없는 둑길. 좋다, 참 좋다, 이 넓은 곳에 나밖에 없다는 것이. 흥얼거리며 노래 부르고… 하얀 나비가 내 앞길을 먼저 날고 있어 그 뒤를 따라가며 김정호의 노래 '하얀 나비'를 흥얼거린다. 그 긴 둑 중간에 길을 가로막고 쳐진 텐트 하나. 옆을 지나치며 보니 젊은 연인이 텐트 안에서 꼭 끌어안고, 남자는 여자의 머리칼을 만지며 무엇인가 소곤거리고 있다. 부러운 넘…. 워낙 둑길이 길어 중간에서 싸가지고 온 과일을 먹으며 갯벌의 모습을 보니 참 평화가 보인다. 작은 구멍 게들이 내가 쳐다보고 있음에도 구멍 안으로 들어가지 않고 놀고 있다. 그러다 갈매기 한 마리 날아가면 잠시 구멍 속으로 들어갔다가 다시 슬금슬금 구멍 속에서 나오는데 수없이 많은 게들의 아주 작은 움직임이 갯벌을 통째로 움직이는 것 같다.

그 제방 길 끝에 낚시꾼들이 세월을 낚고 있는데, 갑자기 이상한 모습이 멀리서 보인다. 저 멀리 바다 한가운데 갈매기 떼들이 어느 특정 지역에 무리 지어 몰려 있다. 저곳에 무엇이 있을까? 너무 멀어 그곳에 고기떼가 있는지, 아니면 작은 섬이 있는지 분간이 안 된다. 그런데 마치 개미들처럼 한 곳에 모여서 열심히 무언가 먹고 있는 것이 보인다. 한참을 바라보다가 나는 다시 도심으로 돌아온다. 차가 다니는 길. 워낙 길이 외줄기라 나들길 이정표도 보이지 않았는데, 도로로 올라가는 길 숲속에 겨우 이정표 하나가 보인다. 이젠 오늘의 여정이 거의 끝나 가는 것 같다. 평소 늘 차로 다니며 눈에 익혔던 강화 동막 해수욕장으로 가는 길이다. 분오리돈대 8코스 도장을 찍어 주는 곳을 찾으니 횟집 무리 가운데 제일 작은 집이다. 작은 꼬마 하나가 가게를 지키다가 도장을 찍어 준다. 그런데…, 오늘의 코스는 여기가 끝인데. 무언가 부족하다. 더 가고 싶다. 이곳은 8코스의 종점이자 7-1코스의 종점이다.

아직 충분히 더 걸을 수 있으니 더 가자. 그런데 분오리돈대에 나들길 이정표가 없다. 동막 해수욕장으로 가는 길이니 수없이 많은 사람들이 초여름의 바다를 즐기고 있는 모래사장으로 내려가 무조건 길을 걷는다. 해변가 사람들의 옷차림과 내 옷차림이 완전히 다르네. 어린아이들이 갯벌과 모래에 파묻혀 깔깔거리는 소리가 모래만큼 많이 들린다. 그렇게 행락객 가운데로 우주인 같은 옷차림을 하고 동막 해수욕장을 지나가니 도로로 올라갈 수밖에 없게 되어 있다. 그래도 진행하다가 아무래도 이 길이 아닌 것 같아 안내 센터로 전화를 건다. 내가 가는 길은 역주행이란다. 안내해 주는 대로 다시 제방 길로 내려와 걷는데, 너무 밋밋하고 재미가 없다. 그래도 돌아갈 수 없는 길. 동막돈대까지 걸을 셈으로 가다가, 아무래도 더 이상 진행하는 건 무리일 것 같아 둑길을 내려간다. 옆의 해병대 부대 운동장에서 군인들이 축구를 즐기고 있다가 내가 먼저 인사를 하니 나에게도 웃음으로 인사한다. 그런데 이 글을 쓸 때쯤 바로 이곳 강화도에서 해병대 총기 난사 사건이 났다. 도로로 나와 다시 분오리돈대로 식사를 하기 위해 찾아가려는데 차가 없다. 어디, 또 한 번 Thumb Picking을 해볼까? 동막 교회 앞에서 엄지를 치켜들고 태워 달라고 무언의 요청을 하니, 거의 모든 차들이 지나친다. 그러다가 어느 남자가 운전하는 SUV 차량이 태워 준다. 고마워라.

분오리돈대로 다시 와서 아까 스탬프를 찍은 곳에서 강화의 명물 밴댕이회를 주문했다. 이제 막 잡아온 것이라며 회를 내오는데, 밴댕이의 비늘이 은빛처럼 빛나 이제까지 먹던 밴댕이와 사뭇 다름을 보여 준다. 대개 시장통에서 파는 밴댕이는 거의 냉동이거나 수입품이란다. 기분 좋게 회를 즐기고, 다시 집으로 오는 버스 시간을 본다. 한 시간에 한 대씩 오는 버스가 이제 막 떠났다 한다. 다시 Thumb Picking. 지나가던 경찰차가 내 모습을 보고 안전이 걱정되었는지, 창문을 내리고 "그냥 버스 타고 가세요."라고 충고한다. 마침 택시가 오기에 가까운 온수리까지 와서 버스를 타고 긴긴 길을 달려 집으로 온다. 몸이 피곤한데도 버스에서 잠이 오지 않는다. 이런 뿌듯한 기분과 작은 흥분이 나를 살아 있게 한다.

교동도 코스

9코스 다을새길 (2011. 10)

   우리나라 5대 섬 중의 하나인 강화도는 여러 개의 부속 섬을 거느리고 있다. 그 중 석모도가 가장 큰 것 같고, 그 다음으로 교동도인가? 나는 보지 못했지만 강호동의 '1박2일'이란 프로그램에서 교동도가 소개되었다고 한다. 그만큼 교동도는 강화도보다도 더 사람의 시선을 받을 만한 곳이다. 강화 나들길의 기존 8코스 외에 교동도에도 새 나들길 코스가 생겼다. 나들길을 사랑하는 사람들과 10월의 마지막 토요일에 모여 길을 떠났다. 강화의 서편 창후리에서 배를 타고 15분. 그러나 물 때를 못 맞추면 수면이 낮아 페리호가 멀리 돌아가야 하므로 50분이 걸린단다. 강화 터미널에서 창후리 행 9시 7분 차를 타라는 가이드의 안내가 있어 필히 시간을 맞추어야 했다.

   어제 오후에 직장에서 단체로 청계산 등산을 했는데, 1500개 정도나 되는 계단을 오르내리느라 무릎관절이 조금 불편했다. 하지만 평소 나들길 코스는 높은 곳에 올라가지 않기 때문에 이 정도는 견딜 수 있을 것이다. 토요일에 비가 올지도 모른다는 예보가 있어서, 몸보다는 날씨 때문에 힘든 걸음이 될 것 같았다.

   아침에 눈을 뜨니 거리에 비가 촉촉하다. 비 맞을 각오 좀 해야겠다 하고 떠났는데, 강화에 도착하니 다행히 비는 그쳐 있었다. 은행나무들이 노란색으로 물들어 있는 가로수 거리로 창후리 행 32번 버스가 달린다. 한적한 강화 길이다. 바다 내음이 물씬 풍기는 창후리 앞바다에는 작은 목선들 주위로 많은 갈매기들이 무리 지어 비행하고 있고, 주차장엔 대형 트럭과 승용차들이 줄지어 승선을 기다리고 있다. 매표소에서

표를 사고 인적 사항을 적는다. 배의 2층에 작은 선실이 있고, 여름 휴
가철이 아니라 손님도 많지 않다. 단체로 버스나 기차를 타고 다니는 것
도 좋지만, 배를 타면 지상을 달리는 교통수단보다 더 기분이 좋다. 왜일
까? 희소성 때문에 그런 건가?

아침에 교동도 행 배를 타는 사람은 많지 않지만 차는 가득하다. 관
광용 승용차보다 일 때문에 가는 차가 더 많은 듯 보인다. 배가 떠나니
배와 사람만 가는 것이 아니라 갈매기도 교동에 가는지 같이 따라온다.
몇 명이 손에 새우깡을 들고 갈매기를 유혹하지만, 손에 든 새우깡보다
는 던져서 하늘에 떠 있는 새우깡을 낚아채 먹거나 수면에 떨어진 것들
을 주워 먹는다. 기름으로 튀긴 새우깡을 먹는 갈매기의 위는 이상 없
을까?

서해는 황해라고 부른다. 누구나 배를 타면 왜 황해라고 부르는지 금
방 안다. 배를 타고 가도 어느 바다같이 푸른 바다보다는 누런 황토빛
물만 보이는 곳이 바로 서해다. 중국까지 가도 이렇게 황토색일까? 사람
들의 발길이 뜸해서 옛 모습을 잘 간직했던 교동도도 이제 서서히 발전
이라는 미명 하에 오염되어 가는 현장이 멀리 희미하게 보인다. 강화도
와 교동도를 잇는 연육교 건설공사가 약 3분의 1 정도 진척된 것 같다.
겨우 15분 정도나 갔을까? 교동도 선착장이 보인다. 교동의 월산포 선착
장에는 선원보다 소총을 든 해병대가 먼저 보인다. 그만큼 북한이 가깝
다는 말이다. 그리 힘들지 않은 운동이지만 우리는 준비운동을 잊지 않
는다. 어쩌다 한 번씩 나온 주부들이 많으니까 비록 형식적으로라도 몸
의 근육들을 풀어 주고 난 뒤 다같이 손을 모아 파이팅 한 번 외치고 출
발. 섬을 한 바퀴 도는 데 16km 정도, 산을 올라가는 코스가 있어 시간
은 6시간 정도.

교동도 이 작은 섬에도 우리나라 역사의 흔적들이 무수히 산재해 있
다. 한양을 버리고 피난 나온 우리의 왕족들이 살았던 흔적들이 이 작

은 섬에도 여기저기 있었다. 강화도에서만 보던 나들길 이정표를 이곳에서도 보니 반갑다. 거기다 더 반가운 것은 마을 입구에 서 있는 장승. 사람보다 장승이 먼저 우리를 반긴다. 교동면 상룡리. 벌써 감나무 잎들이 다 떨어지고 연한 주홍빛 감들만 주렁주렁 열린 것으로 보아 가을이 깊었음을 새삼 깨닫는다. 이곳 감들은 별로 따지 않은 것 같다. 손에 닿을 듯 낮은 가지에 열린 감이 그대로 있다. 우리들 누구나 감을 따고 싶은 유혹을 느끼지만 그대로 지나친다.

첫눈에 이곳 마을은 강화도의 다른 마을보다 느낌이 다르다. 전혀 문명의 때가 묻지 않은 순수함이랄까? 마치 유럽의 한적한 교회같이 전형적인 교회 모습이 보이고, 일반 주택들도 양철 지붕, 혹은 새마을 운동을 시작할 때 권장했던 슬레이트 지붕들로 지어진 오래된 집들이 대부분이다. 그렇게 초가지붕은 정부의 강압에 의해 바뀌었지만, 지붕 아래는 모든 것이 예전 모습 그대로였다. 그렇게 지붕을 바꾸라고 지시하고 하늘에서 헬기로 내려다보며, "우리의 농촌이 이렇게 변했습니다." 하고 보고하는 장관들 모습이 생각났다. 그래서인지 농촌 집들은 변하지 않은 대문들이 고풍스럽다.

그 대문 앞에서 어떤 할머니 한 분이 마당 일을 보고 있는데, 그 뒷모습을 사진 찍으려다가 그만 들키고 말았다. 다른 곳의 할머니 같으면 찍지 말라고 말씀하셨을 텐데, 이 할머니는 적극적으로 사진 찍으라고 포즈를 취해 준다. 카메라의 눈으로 보니 우리 어머니 모습 같아 흠칫 놀란다. 너무 고마운 할머니···. 손을 덥석 잡으며 "건강하세요." 하고 당부한다. 할머니는 나보고 "아가씨들 먼저 갔어, 아가씨들···." 하신다. 무슨 말씀인가 했더니, 우리랑 같은 배를 타고 온 4명의 여고생들이 할머니에게 인사를 하고 갔는가 보다. 할머니 집 뒤의 폐건물. 이 건물에 대해 아는 어느 일행이 저곳이 교회였는데 교동도 입구로 이사했다고 설명해 준다.

차 하나 달리는 않는 조용한 신작로 길을 잠시 걷다가 숲길로 들어서는데 모두 탄성을 지른다. 이렇게 길이 강화도와 다를까? 뭐랄까, 인적이 거의 없는 길을 밟은 신선함이랄까? 낙엽이 떨어지고 그 낙엽들이 뭇사람들의 발길에 짓눌리지 않고 그대로 살아 있다. 죽은 낙엽이 살아 있다는 말은 어불성설이지만, 우리 모두 처녀림을 밟는 기분이다. 가을날의 햇살이 빽빽한 나무 숲 사이를 뚫고 들어와 낙엽을 캔버스로 하여 커다란 묵화를 그리고 있다. 얼마나 걸었던가? 그 숲 사이로 작은 기와집 건물이 몇 채 보인다. 우리나라 최초로 만든 공자를 모시는 교동 향교라고 한다. 우리나라의 뿌리 깊은 유교 사상의 커다란 정신적 지주인 공자. 서양 문화만 이곳 강화를 통해 들어온 것이 아니라 중국 문화도 이곳을 통해 들어왔다. 향교 안으로 들어가 방명록에 서명하고 천천히 향교 내를 산책하니, 오랜 세월 동안 그대로 건물을 지켜 온 듯 툇마루와 방문, 그리고 창문 하나도 모두 옛 모습이 그대로 보인다. 향교 뒷마당에 있는 은행나무보다 향교의 나이가 더 많을까? 수북한 낙엽이 또 다른 세월의 나이를 만들고 있다. 이런 전설 같은 오랜 지명이나 물건은 치유의 힘이 있을까. 향교 옆 성전 약수터에 쓰여 있는 글은 이 약수가 위장병에 단시일 내에 약효를 발휘한다는 전혀 근거 없는 듯한 말을 오래된 붓글씨로 표시하고 있다.

향교에 있는 커다란 나무에 이상한 가지들이 보인다. 모든 가지들이 생생하게 살아 있는데 몇 가지만 죽어 있다. 그런데 하나같이 모두 억지로 죽은 나무를 심어 놓은 것같이 보인다. 착시인가? 아니면 진짜 죽은 가지인가? 다시 낙엽이 가득 쌓인 소롯한 길을 걷는다. 이런 길만 계속되면 얼마나 좋을까? 시몬, 들리는가? 낙엽 밟는 소리를….

향교를 지나 아스팔트 길을 조금 올라가니 화개사가 있다. 이 뒷산은 화개산이라 불린다. 같은 아스팔트 길이라도 차가 거의 안 다녀 낙엽이 더 돋보인다. 그런 아스팔트 길을 걷는 기분이 좋다. 이곳 화개산에는 봄

철에 철쭉이 가득 필 것 같다. 잘 다듬어진 정원과 오랜 세월 절과 같이 한 나무를 배경으로 사진 한 장 찍고 화개산을 오른다. 높이가 약 260미터. 그다지 높지는 않은데, 어제도 깎아 지른 높이의 산행을 해서인지 숨이 가파르다. 산이 그다지 크지 않아 허리를 돌아가지 않고 가파르게 산을 오른다. 산 위에 올라가니 교동도를 감싸고 있는 논과 밭, 그리고 고구 저수지, 멀리 희미하게 보이는 북한땅의 모습들이 빙 둘러 아름답게 펼쳐져 있다. 산 정상의 정자에서 모두 둘러앉아 가지고 온 과일과 떡, 고구마, 막걸리 등 입을 즐겁게 해주는 간식들로 잠시 휴식의 여유를 갖는다. 여유는 우리들만 갖는 것이 아니라 풀숲의 방아깨비도, 오랜만에 달콤한 설탕 기가 있는 우리 간식에 맛들인 왕벌도 같이 즐긴다. 사람과 하늘과 산과 미물들이 함께 모여 나들길을 즐기고 있다.

정상을 찍고 경사면을 내려오는 길 옆에 마을 사람들을 위한 운동기구가 있는데, 그 위에 이상한 것이 하나 보인다. 이름하여 효자묘. 어느 효성 깊은 아들이 부모님의 산소에 오랜 세월 엎드려 절을 해서 산소 바로 앞에 손 자국과 무릎 자국이 선명하게 나 있는 곳이 있다. 얼마나 많은 세월 정성을 들였는지, 손자국을 덮은 낙엽을 들치고 보니 바닥의 흙이 단단한 게 오랜 세월 손바닥으로 눌렀던 흔적이 보인다. 죽어서 이렇게 정성을 들인 효자라면 부모님 살아 계실 적에도 효자였겠지?

산을 내려가는 길은 유럽의 알프스에서나 볼 수 있는 잘 다듬어진 길이다. 그 길이 너무 좋아 앞서가는 일행들이 시야에서 멀리 사라질 정도까지 오래오래 서서 길을 바라보았다. 길이 참 좋다 하고 내려오니 아니나 다를까, 언덕 입구에 아치형 조형물에 쓰여 있는 표식은 천화문(天華門). 화려한 하늘문이라는 말인가? 하늘은 정말 화려할까? 하늘은 정말 내가 내려온 길같이 아늑함을 주는 곳일까? 천화문을 지나 왼쪽 계곡에 돌로 만든 돔 형식의 한증막이 있다. 1972년까지 사용되었다는 한증막에는 어디서 불을 땠는지 흔적이 없지만, 에스키모의 이글루 같은 조그만 문에서 기어 나와 차가운 물을 끼얹는 작은 물 저장고가 있다.

벌써 1시 반. 배도 출출하다. 일행이 많아서 이미 교동도로 들어오는 배 안에서 각자의 메뉴를 정해 오늘 점심을 먹을 식당으로 통보해 놓았다. 작은 마을로 가는 길에 보이는 초등학교 운동장에 여자 아이들 예닐곱 명이 둘러앉아 놀이를 즐기고 있다. 손을 흔들어 인사하자 우리가 애들을 반갑게 바라보는 것보다 애들이 더 우리를 반긴다. 대룡시장이 있는 마을 입구에 들어서니 어느 집 지붕에 곡식을 널어 말리고 있다. 고소한 냄새가 풍겨 코를 따라가니 방앗간에서 들깨 기름을 짜고 있다. 마치 부천 상동에 있는 드라마 '야인시대' 촬영 세트를 위해 만들어 놓은 왜정 시대 서울의 종로 거리처럼, 이곳은 굳이 세트장이 아니더라도 왜정 시대 모습 그대로 작은 시장 골목이 형성되어 있다. 페인트로 쓴 시장 골목의 간판들이 오래되어 빛이 바랬다. 미용실, 교동 이발관, 대룡장의사, 촌스런 약국 상호들…. 그 가게들 앞에서 나이 든 할아버지들이 지나가는 우리들의 인사를 받아 주신다.

점심을 도가니탕으로 맛있게 먹고 나니, 주인 아줌마가 밭에서 일반 무와 강화의 특산물인 순무를 뽑아 깨끗이 씻어서 우리에게 나누어 준다. 자연의 간식거리. 무를 썩둑썩둑 썰어 봉지에 챙겨서 모두 즐겁게 나누어 먹는다. 수확과 결실의 계절 가을, 온 천지에 먹을 것이 가득하다. 길가에 열린 수세미도 그렇고, 도저히 유혹을 견디지 못해 누구의 소유라고 생각되지 않는 감나무에서 작은 감도 따서 챙겨 넣었다.

광활한 논의 신작로를 걸어간다. 건초 더미들이 아직 포장이 안 된 채 쌓여 있고, 멀리 우리가 올라갔던 화개산의 모습이 정상의 망루까지 선명하게 보인다. 이곳은 연산군의 유배지였던 곳이라 여기저기 고통 받았던 흔적들이 있다. 연산군이 쓰던 우물은 가운데 커다란 통나무 하나가 박혀 있기도 했다. 어떤 우물은 황룡이 올라갔다는 전설이 있는데, 우물 안에는 황룡의 배설물인지 온갖 지저분한 액체가 가득했다. 이곳 교동도 사람들 중 많은 사람들이 도심지로 떠났다. 그래서 남산포구로 가는 길 옆의 많은 집들이 폐가 수준이고, 어느 곳은 폭삭 무너진 채로 방치되어 있다. 저런 집을 하나 사서 개조하여 작은 별장이나 하나 만들까?

포구에서 어느 도회지 사람들이 배를 타고 나가 잡은 어획물들을 양동이에 넣어 가지고 올라오는데 자세히 보니 커다란 굴들. 아직 씻지 않아 갯벌이 그대로 묻어 있는 굴이지만, 먹고 싶어 양해를 구하고 하나를 꿀꺽. 비린내가 난다. 그래도…, 맛있다. 난 어쩔 수 없는 바닷가 태생이다. 교동 읍성을 지나 이제부터는 끝없는 바닷가 갈대밭을 걷는다. 솜털같이 부드러운 억새와 갈대들이 뒤엉켜 있고, 둑에는 끝없이 토끼풀과 낮은 잡초들이 몇 km나 되는 둑길을 푹신하게 만든다. 노래가 절로 나온다. '가을의 노래', '고향의 노래', '갈숲', '산길', '바람과 나'…. 멀리 우리가 도착했던 월선포 선착장에 페리가 들어왔다가 가는 모습이 보이니 내 뒤를 따라오던 일행들이 마구 소리를 쳐댄다. 기다리라고…, 날 데리고 가달라고…. 선착장에 긴긴 차량들이 꼬리를 물고 주차되어 페리호를 기다리고 있다. 페리에 타고 선상에 나가니 노을이 진다. 바닷가에 긴 빨간 그림자를 드리우고 해가 진다. 내 입에서는 또 노래가 흥얼흥얼.

노을이 물드는 바닷가에서
줄지어 부서지는 파도를 보며
지난 날의 못다 한 꿈을
남 모르게 달래 보는 호젓한 마음….

페리호에서 내리는데 주차장 입구에 망둥어와 홍어를 말리기 위해 널고 있다. 어린 시절의 낯 익은 모습, 교동도. 마치 타임머신을 타고 어머니의 자궁 속으로 들어간 느낌. 이곳에 10살의 내 모습이 있고, 우리 집이 있고, 내 친구들이 있고, 이웃집 아저씨가 있고, 부모님이 계시다. 그

리고 오늘 길을 같이 걸은 인생의 형제들이 있다. 어느 날 이 길을 다시
한 번 오고 싶다.

10 코스 머르메 가는 길 (2012. 3)

교동도 나들길 걷기를 마친 후 집에 와서 등산복 주머니와 겨드랑이,
바지 사이와 옷깃 골골이 가득 찬 강화도의 거센 바람들을 그대로 접어
서 세탁기에 밀어 넣은 후 샤워를 한다. 머리와 얼굴을 스치고 내려온
따뜻한 물이 입에 닿는데, 짭짤한 갯벌 맛이 느껴진다. 갯벌 바람이 옷
에만 스며든 줄 알았는데, 내 머리칼과 피부 그리고 눈가의 주름살 곳곳
에도 스며들었나 보다. 올해 1월 첫 주 나들길 기행을 끝내고 오면서
내가 이 길을 다시 올 수 있을까 하는 걱정이 가득했었다. 지난 두 달간
내 인생의 가장 큰 시련을 겪고 3월 넷째 주 토요일에 다시 찾은 나들
길. 오늘 이 길을 다시 오기 위해 지난 한달간 퇴근 후 틈틈이 회사 근
처의 양재천을 걸으며 체력과 지구력을 준비해 왔다. 어느 날 갑자기 긴
거리를 걸으면 내 몸이 견뎌 내지 못할까 봐 내 몸에게 우선 신호를 보
내야만 했다. 내게 걷기를 좋아하는 본능이 있음을 알려준 것이다.

금요일엔 비가 많이 왔다. 그러나 토요일은 맑은 날씨라는 예보에 희
망을 가졌다. 오히려 숲길이 건조해 먼지가 퍽퍽 날리는 것보다는 습기
를 코로 느끼며 걷는 것이 길 걷기에 도움이 될 것 같았다. 교동도에는
두 개의 걷기 코스가 있는데, 첫 번째가 다을새길이고 두 번째 코스는
머르메길. 머르메길 전체 길이는 17km. 긴 길을 마다하지 않는 나지만,

12km만 걷는다기에 오랜만에 걷는 내 몸의 상태를 볼 때 오히려 잘된 일이다 싶다. 강화 창후리에서 떠나는 뱃시간을 맞추기 위해 절대 지각하면 안 되기에 잠도 조금 설쳤다. 다행히 부천에서 고촌을 가고, 고촌에서 강화를 가는 버스편이 잘 연결되어 여유 있게 강화 터미널에 도착했다. 오랜만에 반가운 길벗들의 얼굴을 대한다. 모두 반가움에 가득 찬 미소…. 창후리 행 버스는 완전히 우리 일행들로 가득 찼다. 지난해 가을 은행잎이 가로수길을 노랗게 물들였을 때 찾았던 창후리 선착장. 좁은 여객 터미널이 나들길 벗들로 빼곡하다. 당초 40명만 신청 받고 마감했는데, 신청 절차 없이 온 사람들이 많아 50명이 넘는다.

배를 타기 위해 터미널을 나오니 강한 바람이 불어 친다. 모두들 모자를 꼭 붙잡고 고개를 숙이며 서둘러 페리호 선실로 들어가니 따뜻한 기운에 쪼그라졌던 피부가 금세 펴짐을 느낀다. 배를 따라오던 갈매기떼가 어느 순간 갑자기 모두 사라져 버린다. 갈매기도 영역 싸움을 하는 걸까? 교동도의 월선 포구까지는 멀지 않은 거리지만 배는 휘돌아간다. 아마 만조가 아닐 때는 직선 거리의 수심이 얕아 운행이 어려운가 보다. 교동도 내에는 시내버스가 2대밖에 없다. 한 대는 오른편으로, 한 대는 왼편으로 도는데, 오늘은 우리 일행을 위해 두 대를 모두 한꺼번에 선착장에서 준비케 하고 같은 장소로 운행하는 편의를 베풀어 주었다. 강화 군청에서 나온 안내자가 오늘의 코스를 설명해 준다. 원래 머르메길은 17km 코스이지만, 원래 안내 지도 상의 시작점에서 출발해 코스를 주행한 후 돌아오면 배 타는 시간이 맞지 않는단다. 그래서 일부러 버스를 준비해 중간까지 가서 시작하고, 올 때도 모두 마친 후 버스를 오라고 해서 타고 와야 한단다. 아마 대중교통 편으로 이곳에 오게 되면 머르메길 여행은 힘들 것 같다.

'교동도 사랑회'에서 나온 분이 오늘의 길잡이와 문화 가이드를 해주기로 했다. 난정 저수지 앞에서 간단히 몸을 풀고 저수지 둑에서 출발.

넓고 맑은 난정 저수지. 그러나 다른 저수지처럼 주변 환경은 공사판으로 푸른 빛이 많이 사라져 버렸다. 긴 저수지 둑길이 등산복의 복잡한 색깔들로 알록달록하게 변했다. 일부러 잔디에 불을 지른 것인지 혹은 화재인지 모르지만, 둑의 잔디가 모두 검게 타버렸다. 좁고 멀리 보이는 외길 위에 염소 똥이 군데 군데 수없이 줄지어 있다. 그런데 이상하게 그 분비물이 길의 한쪽에만 보인다. 왜 그럴까?

물에서 놀기 귀찮았는지 붕어 한 마리가 저수지 끝의 둑에서 일광욕을 즐기고 있다. 난정 저수지 공사로 인해 수몰된 마을을 위한 기념비가 서 있는데 혹시 그 붕어가 아직 시위 중인가? 저수지 옆에 차마 베어 버리기 아까운 소나무 한 그루가 마치 재개발 지구의 알박기처럼 우둑 서 있다. 나무들이 흐느적거리며 춤추는 수정산으로 올라가는데 숲길 옆에 있는 오래된 한증막이 시선을 끈다. 이제는 사용하지 않지만 커다란 무덤같이 생긴 한증막은 남녀 공용으로 여자가 먼저 사용하고 그 후 남자가 사용했단다. 그 안으로 용기 있는 길벗 한 분이 기어 들어간다. 여행에는 저런 호기심이 필요하다. 그 호기심이 남보다 멋진 갑절의 추억을 만들어 낸다. 잠시 간식을 나누어 먹고 그리 높지 않은 수정산으로 올라가니 북한땅이 지척에 보인다. 가이드의 얘기로는 이곳이 강화도에서 북한을 가장 가까이 볼 수 있는 곳이란다. 수정산 정상에 돌들이 노란 페인트로 T자형으로 크게 표시되어 있는데 이곳이 헬기 비행 한계선이라고 한다. 남측 헬기가 이곳을 기준으로 넘어가면 북한의 표적이 될 수 있다는 것이다. 설명이 없으면 온갖 억측을 다 꾸며 냈을 텐데, 이래서 때론 가이드가 필요하다. 수정산에서 내려가는 길은 멋진 오솔길. 보기만 해도 상쾌하다. 어제 비가 내려 낙엽이나 돌들이 젖었는지 길벗 한 분이 넘어지니 늘 길잡이로 앞장서던 분이 급히 폐 나무들로 지팡이 몇 개를 만들어 낸다. 어떤 이는 틈틈이 길가의 쓰레기를 주워 가며 청소를 하기도 하고….

길이 끝나는 곳에 긴 철조망이 보인다. 얼마 전 남방 한계선인 이곳에 민항기가 지나가 우리 군이 경고 사격을 했단다. 원래 이곳은 민간인이 다닐 수 없는 곳인데 나들길을 위해 특별히 개방했다고 한다. 멀리 북녘 땅이 보인다. 불과 지척의 좁은 바다 하나를 두고 이렇게 큰 이념의 폭이 생길 줄 누가 알았을까? 그리고 그 폭으로 인해 얼마나 많은 사람의 희생과 경제 손실을 유발했던가? 형제라고 얘기하지만 전혀 형제 같지 않은 남과 북. 비록 어찌어찌하여 통일이 된다 해도, 우린 아마 물과 기름처럼 섞이기 어려울 것이다.

둑길을 걸어가는데 바닷바람이 거세게 불어온다. 길게 줄을 지어 걷는데 억새풀도 흔들리고 우리 걸음도 흔들린다. 산을 넘어올 때 맑았던 하늘에 갑자기 회색 구름이 밀려들더니 눈발이 흩날린다. 모두들 갑자기 내린 눈에 손을 벌리며 기뻐한다. 아침에 비가 잠깐 내리고 잠시 햇빛이 맑더니, 바람이 불고 눈이 쏟아진다. 4계절 기후가 불과 몇 시간 만에 모두 펼쳐지는 장관. 오늘 점심은 교동도의 동산리 마을회관에서 주민들이 준비해 주었다. 이곳에 이렇게 한꺼번에 많은 사람들이 몰려오기는 처음이라 식당도 마땅한 곳이 없어 마을회관 생긴 이래로 처음으로 이런 대규모 식사를 준비했단다. 반찬이 모두 봄 색깔의 토종 먹거리들이다. 냉이와 달래, 고구마 묵과 쪽파, 부침개, 순무와 김치 순두부…. 모두 맛있다며 반찬들을 계속 주문해 먹으니 나중엔 반찬이 동나 버렸다. 이런 맛에 나들길을 다닌다. 혼자 다닐 때 불가능한 것들이 무리 지어 다님으로 가능케 된다. 민통선을 걷는 것이나 버스 편의와 이런 음식들….

맛있는 점심을 먹고 나오니 텅 빈 포구가 있다. 죽산 포구라 하는데, 이전에는 이곳이 무척 큰 포구였단다. 배들이 많이 정박해 돛대들이 하도 많아 대나무숲처럼 보인다고 해서 죽산 포구라고 했는데, 이젠 썰렁한 선착장과 골조만 남은 매표소가 이름만 간직하고 있다. 가이드의 설명에 의하면 아까 수정산에서 보이는 교동도 주위의 간척지들도 모두 고려시대와 조선시대에 만들어졌고, 그곳에서 수확한 곡식을 신하들에게 나누어 주었다고 한다. 장비도 변변히 없어 모두 인력으로 공사하던 시대에 대규모 간척사업이 이루어졌다니, 이곳 강화에 얼마나 많은 사람들이 살았었는지 가히 짐작되고도 남는다.

다시 바람이 거센 억새밭 사이를 걸어간다. 바람이 얼마나 거센지 마스크로 얼굴을 가리지 않으면 걷기 힘들 정도다. 오늘은 완전히 바람을 모질게 맞는 날이다. 만약 이 길을 추운 겨울에 왔다면 무척이나 고생했을 것 같다. 긴 둑과 나란히 하늘에 떠 있는 하얀 구름, 그 사이로 길벗들이 나란히 줄지어 간다. 어느 농가 옆으로 해서 수정산을 다시 넘어간다. 이곳은 사유지인데 농가 주인이 특별히 허락해 줘 길을 만들었단다. 원래 농가에 사슴 등 고가의 동물을 사육하다가 다른 곳으로 옮기고, 이젠 그 자리에 닭과 오리, 버섯만 키운다. 바람이 잠시 한눈을 파는 작은 숲속 길목에서 우리끼리 여흥을 즐긴다. 오랜만에 길벗들 앞에서 봄의 가곡 '목련화'를 부른다.

누군가 가곡 '명태'를 힘차게 부르고, 누군가 고운 목소리로 은희가 불렀던 '꽃반지 끼고'를 3절까지 부른다. 수정산을 다시 넘어가는 길은 비교적 낮은 언덕이라 그다지 힘들지 않았다. 언덕을 넘으니 바로 도로가 나오고, 잠시 후 버스 2대가 우리를 데리러 왔다. 월선포 선착장에 도착하니 바람이 너무 거세어 창후리에서 배 한 척이 떠나지 못했단다. 다시 배가 오기를 기다리며 모두 맥주로 입안의 바람을 씻어 내고 정담의 시간을 나눈다. 바람 불어 기분 좋은 날이란 오늘 같은 날을 말하는 것인가? 혹시나 오랜만에 걷는 긴 길이라 내 몸 상태가 어떨까 했지만 전혀 걱정할 바가 못 되었다. 이젠 내 신체의 커다란 부분 하나를 떼어내기 전의 원래 상태로 돌아온 것 같다. 오랜만에 모인 벗들과 헤어지기 아쉽던 차에 먼저 수고해 주던 길잡이가 우리 몇 명을 초대한다. 맛있는 밴댕이 무침과 회, 구이 그리고 돼지창자 수육, 밑반찬으로 나온 간장게장으로 밤 늦게까지, 나들길에서 나누지 못한 이야기들로 해후를 즐긴다. 이 길이 참 좋다. 길벗들이 좋고, 가꾸지 않은 자연들과 어울림이 좋다.

코스 강화도령 첫사랑길 (2012. 5)

아카시아 향기가 조금씩 옅어지고 햇빛이 조금 더 강하게 느껴지기 시작하는 여름의 시작. 자주 찾는 강화 나들길에 올 초부터 새로운 코스가 하나 더 추가되었다. 이름하여 강화도령 첫사랑길.

강화도령은 조선시대 25대 왕 철종을 말한다. 어린 시절 가수 박재란이 애절한 목소리로 부르는 '강화도령의 노래'를 듣던 기억이 있다. 라디오 연속극도 만들어지고 신성일 최은희 주연의 영화로도 만들어졌다. 평민에서 임금으로 급상승한 역사의 인물. 대개 역사를 볼 때 왕위 세습은 혈족만이 가능하다. 평민에서 임금이 되는 것은 반란을 일으키지 않으면 불가능한데, 그런 무력 행사도 없이 본인이 왕의 혈족인 줄 모르고 있다가 어느 날 갑자기 왕이 된 건 아마 철종이 유일한 예일 것이다. 24대 왕인 헌종이 급사하자, 후사가 없어 급히 외가 쪽의 왕족을 찾아 왕으로 책봉하고자 강화로 귀양 가 있던 손자를 찾았는데, 그가 바로 철종 이원범. 본인이 왕족인 줄 모르고 농사만 짓고 동네 처녀와 연애하던 19살 떠꺼머리 총각이 어느 날 개천에서 용 난 듯 임금이 되어 버렸다. 그러나 왕비가 될 수 없는 시골처녀와 헤어져 임금이 된 총각은 정치를 전혀 모르는 까닭에 한양에서 온갖 세력에 치이다가, 33살의 나이로 요절하고 만다. 그런 슬픈 사연이 있는 강화도령 이야기. 그 강화도령이 실제로 그랬는지는 모르지만 동네 처녀와 산책 다니고 12km 정도 떨어진 냉정리의 외갓집 쪽으로 다니던 길을 개발해 나들길 새 코스로 만들었다. 그 총각이 살던 집을 왕이 된 후 기와집으로 개조하여 이름을 용흥궁(龍興宮)으로 지었다. 강화 성공회 성당 앞에 있는 용흥궁은 1코스를 다닐 때 몇 번 들어가 본 적 있다.

오늘의 나들길 걷기에는 약 30명 정도가 모였다. 낯 익은 사람이 반, 처음 보는 얼굴이 반 정도. 강화 터미널에서 일행을 만나기로 하고 기다리는데, 몰려드는 군인들이 토요일이라 외박을 받았는지 모두들 얼굴이 밝다. 통제 받는 곳에서 벗어날 자유. 나도 집을 나오면 그런 기분이 드는 것은 왜일까? 집은 한없이 편해야 하는 곳인데, 이상하게 답답한 느낌이 들어 이렇게 배낭 메고 나와야 기분이 좋으니…. 강화도령 애인하고 나란히 사진 한 장 찍고 다같이 간단한 체조로 몸을 풀고 출발. 길가에는 오랜 세월 아름다운 선율로 노래할 것만 같은 오동나무의 연보랏빛 초롱꽃이 활짝 피어 있다. 예쁜 하트 모양의 첫사랑길 이정표가 보이면서 한적한 주택가로 이어지던 길이 어릴 적 우리 집 옆의 골목 같은 좁은 길로 안내한다. 그 골목길 끝에 이어지는 산길. 마을 어른들이 이웃마을로 마실 갈 때 걷던 평탄하고 낮은 언덕이 주욱 이어지고, 걷기 좋아하는 나그네들이 사뿐히 즈려 밟고 갈 수 있도록 아카시아 나무들이 하얀 꽃잎을 바닥에 흩뿌려 놓았다.

트레킹화의 발길이 짙은 초록의 무리 속으로 들어갈수록 회색 빛깔의 시멘트 동네로부터 서서히 멀어지고 있다. 사람들이 자주 다녀 자연적으로 만들어진 길. 지난 주에 다녀온 북한산 나들길과 다른 점이 이러한 자연스러움이다. 길을 걷는 즐거움. 자연 속에 동화되어 가고자 하는 본능. 사람들의 배낭 뒤에 매달려 흔들거리는 이름표와 나들길 이정표처럼 나무들이 흔들거리며 길벗들을 맞는다. 가끔 길 위에 쌓은 돌 계단 위에 푸른 이끼가 가득하다. 강화도령도 이 길을 걸었을까? 언젠가 유럽에 친구들과 단체로 음악여행을 갔을 때 베토벤이 산책했다는 길을 나도 산책해 보았었다. 그 기분을 느껴 보기 위해 뒷짐지고 천천히 걸으며 위대한 작곡가의 마음을 체험해 보고자 했듯이, 오늘은 여기 강화도령 첫사랑 길을 천천히 천천히, 비운의 왕을 생각하며 걷는다. 나들길 다른 곳의 이정표와는 달리 이곳 이정표는 하트 표시 안에 화살표를 넣어 만들어 조금 더 분위기를 고취시킨다.

길 중간에 있는 학생 수련원에서 잠시 간식을 나누어 먹고 다시 언덕을 오르니 두꺼비처럼 생긴 큰 바위 밑에 무속인들이 촛불을 켜고 구복을 하는 듯, 바위 구석이 시커멓게 그을려져 있다. 누군가 그 앞의 넓은 바위에 돌을 굴리며 소원을 빌면 이루어진다고 하자, 너도 나도 바위 안으로 들어가 돌을 굴리며 소원을 빈다. 두꺼비 바위 위에 있는 가지 많은 커다란 고목이 뭇 사람들의 모든 소원을 들었을까? 정한수 떠놓고 소원을 빌어야 했는지, 그 밑 약수터에 말라 버린 2개의 분출대가 마치 검은 사각형의 선글라스처럼 뻥 뚫려 있다.

소나무숲길을 간다. 잣나무 숲길을 간다. 나무들이 너무 빽빽했는지 중간 중간 나무를 베어 놓았다. 그래도 오솔길 양옆의 나무들이 울창하다. 나무가 잘 자라기 위해서는 나무들끼리 적당한 간격이 있어야 하므로 이런 벌목 작업도 필요하다. 이곳의 나무들은 모두 일자로 주욱주욱 뻗어 있어 보는 눈이 무척 시원하다. 마치 메타세콰이어 나무들같이 하늘로 끝없이 일직선으로 솟아 오르고 있어 보기 좋다. 아울러 그 사이를 걷는 나그네는 마치 스스로 나무가 된 듯 어깨를 편다. 길을 가다가 마치 고인돌처럼 생긴 커다란 바위 밑을 지나가게 되었다. 아마 그 위로 가는 길은 다른 언덕으로 올라가는 듯, 바위를 지나니 멀리 나무 계단이 보인다. 계속 이어지는 울창하고 장대한 나무들의 행렬. 이 나무 어딘가에 강화도령과 양순이가 서로 손을 잡고 나무들 사이를 다니며 숨바꼭질했을 것만 같다.

이어지는 능선을 따라 강화 남산으로 올라가니, 양옆으로 시원하게 시야가 펼쳐지는 남장대. 지난해 초 이곳에 왔을 때는 공사 중이었는데, 둑도 새로 쌓고 남장대의 단청도 모두 새로 단장해 보기 좋게 해놓았다. 이제 역사를 다시 쓰는구나. 오랜 세월이 지나면 남장대를 2012년에 새로 증축했다고 기록하겠지. 남장대 위에서 보이는 먼 곳에 국화 저수지와 북산이 희미하게 보인다. 하얀 백로 한 마리가 내 발 아래서 천천히 허공을 가르며 날아간다. 길의 중간에 큰 바위들이 자주 보이는데, 이상하게 모든 바위에 물결이 흐른다. 맺어지지 못한 첫사랑에 바위들이 슬퍼했을까? 자주 보이는 돌탑들. 돌 하나하나에 쌓인 소원들….

남산을 내려오니 성격이 완전히 다른 두 개의 큰 건물이 길 양옆으로 세워져 있다. 하나는 유스호스텔, 또 하나는 실내 골프장. 실내 골프장이 유흥 시설은 아니지만 왜 그리 이상해 보일까? 조금 걷다 보니 이상한 이름의 멋진 건물이 보인다. 나무들의 집. 보리떡 도서관. 무엇을 하는 곳일까? 나중에 검색해 보아야겠다. 숙소를 겸한 듯한 이곳에서 종업원 한 명이 방을 청소하고 있다. 멋드러진 건물 뒤에 쓰러져 가는 집 하나. 대문도 창문도 벽도 지붕도 모두 쓰러져 간다. 바람이라도 강하게 불면 그대로 쓰러져 버릴 듯. 그 집 옆에 작은 팻말이 하나 붙어 있다. 사유지라서 통행 금지라고…. 그런데 나들길 리본이 달려 있으니 가야지. 쓰러져 가는 집 뒤에는 담배 건조장의 흙벽들이 무너져 내려 금방이라도 푹 주저앉을 것 같다. 아무도 다니지 않은 그 길바닥에는 무수한 밤 송이들이 말라 비틀어져 가고 있다. 아마 오랜 동안 사람들의 출입이 없었는지, 바닥에 떨어진 밤 송이에는 대부분 바짝 마른 밤톨들이 그대로 남아 있다.

나무와 함께 길을 걷는다. 때로는 나무를 끌어안기도 하고, 때로는 툭툭 치며 걷기도 한다. 나무와 친구하며 바닥에 쌓인 낙엽을 밟으며 걷는 길. 그게 강화도 나들길이다. 가능한 한 숲속을 걷도록 디자인되어 있고, 가능한 한 사람들의 발자취로 인해 자연적으로 만들어진 길을 걷도록 해놓았다. 그렇게 끊임없이 이어진 나무숲 사이를 지나 끝에 찬우물 약수터가 있다. 강화에서는 찬우물 막걸리라는 상표의 막걸리가 상당히 유명하다. 인삼 막걸리도 좋지만, 어떤 이들은 인삼 막걸리를 마시면 머리가 아프다고 한다. 우리 길벗들의 배낭 속에는 늘 찬우물 막걸리 한두 병이 들어 있어 그걸로 갈증을 축이며 걷는다. 찬우물 약수터 옆에는 러브트리를 만들어 작은 소망을 하트 모양의 메모판에 적어 걸어 둘 수 있도록 해놓았다. 모두가 미리 나누어 준 메모판에 한 마디씩 적어 걸어 놓았다. 내 소망은 무엇일까? 내가 참 좋아하는 노래의 제목을 적었다. 칼 오르프의 합창곡 '까르미나 부라나'의 첫 곡 'O Fortuna!' (오! 운명의 여신이여). 올해 자칫 사라져 버릴 뻔한 나의 운명을 피해 이곳에 있게 해준 나의 운명. 나도 내 운명은 모른다. 내게 생명을 주신 이에게 내 운명을 맡기고, 난 그저 주어진 나의 하루를 열심히 살아가면 된다.

점심을 먹기 위해 들른 '비비랑'이라는 식당에는 온갖 야생화를 화분에 담아 놓았다. 각종 주방용 그릇들을 도기로 만들어 판매하며, 도자기 화병을 전시해 놓았다. 메뉴로 나온 찹쌀 순대도 다른 곳에서는 맛보기 힘든 별미이고, 비빔밥도 상당히 정갈하여 추천할 만하다. 모두 맛있는 점심으로 포만감에 가득 차 다시 가파른 언덕길을 오르며 길을 떠난다. 다시 이어지는 울창한 숲속. 앞을 보아도 뒤를 보아도 빽빽한 나무들이 첫사랑길에는 가득하다. 이렇게 조림하기 위해 얼마의 세월이 걸렸을까? 아마 강화도령이 다니던 150년 전에는 이런 나무들이 없었을 것 같다. 누군가 이렇게 많은 나무들을 심기 위해 노력한 흔적이 보인다. 숲을 나오니 할아버지 한 분이 벌통 작업을 하고 있다. 아카시아가 꽃피는 철에는 양봉하는 사람들이 바쁘다. 할아버지가 보여주는 벌통은 비어 있는데, 다른 곳에 보내져 꿀 채집을 한단다. 이곳은 빈 벌통만 가득하지만, 그래도 벌들이 여기저기 붕붕거리며 날아다닌다.

도로 위의 표지판들. '철종 외가로.' 커다란 은행나무 몇 그루가 집을 감싸고 있는 철종 외가 완주 스탬프를 찍고 텅 비어 있는 기와집의 외가로 들어간다. 마치 내 어릴 적 초가집의 우리 집에 온 것 같다. 문을 열고 들어서자 양쪽에 행랑채, 넓은 대청마루, 서재인 듯한 매헌서당(梅軒書堂), 나무 광, 그리고 부엌으로 들어가는 커다란 나무로 된 문이 있다. 그 문을 열어 보니 어릴 적 우리 집의 모습이 지붕을 제외하고 그대로 재현되어 있다. 집 뒤에는 낮은 흙으로 만든 굴뚝과 우물이 있다. 깊지 않은 우물에 물이 고여 있는데, 우물 안의 돌들에 파란 이끼가 가득 덮여 있다. 어쩌면 이렇게 하나같이 내 어린 시절의 우리 집 같을까? 사람이 살지 않은 듯 세간살이 하나 없는 방을 여니 퀴퀴한 곰팡이 냄새가 나는 것 같다. 오늘의 일정을 여기서 모두 마쳤지만, 할 수만 있다면 이곳 철종 외가의 넓은 대청마루에 누워 낮잠을 자며 좀 더 쉬다 가고 싶다. 하지만 이런 내 개인적인 욕심은 다음을 기약하기로 한다.

첫사랑길 걷기를 마치고 몇몇 길벗들과 찾아간 강화의 '다루지'라는 이름의 카페. 작은 산기슭에 살림채와 카페가 별도로 되어 있는 예쁜 카페. 주차장 옆에 있는 닭장의 튼실한 닭을 나꿔채기 위해 공중에서 솔개 한 마리가 날개도 퍼덕이지 않은 채 마치 장식품처럼 꼼짝도 하지 않고 호시탐탐 기회를 노리고 있다. 실내에 들어서니 제일 먼저 커다란 콘트라베이스와 피아노가 눈길을 끈다. 클래식을 전공한 사람이 있을까? 나중에 물어 보니 가족이 요들송을 한단다. 젊은 시절 한창 노래 배우러 다닐 때 요들송을 해보려 노력했지만 쉽지 않았다. 같이 다니던 서클의 여학생이 요들을 너무 잘했다. 그녀는 무슨 노래든지 노래와 연결시키는 재능을 갖고 있어서 관심을 가져 보기도 했다. 언제 한 번 그 가족의 요들을 듣고 싶다.

맛있는 쿠키와 함께 콜롬비아 드립커피를 마시는데 향이 참 좋다. 시원한 바람이 부는 뒷마당에 앉아 커피를 마시는 동안 멀리 바라다 보이는 강화갯벌의 모습에 가슴이 트인다. 맛있는 커피를 즐기고 밴댕이와 병어회를 먹기 위해 찾은 선두리 포구. 이제 마지막 철이라는 밴댕이 회를 먹고 나오니 5월 마지막의 붉은 해가 서서히 빛을 잃으며 마니산 너머로 사라지고 있다. 산 아래로 꼴깍 넘어간 것을 보고서야 먼 길을 달려 집으로 돌아오니 하루가 뿌듯하다. 난 오늘 오래된 바위를 밟으며, 산산이 부서진 흙길을 걸으며, 예나 지금이나 변함없이 내 몸을 훑어가는 바람을 느끼며, 수백 년을 지켜본 나무들 사이를 오가며 150년 전 강화 도령의 애절한 첫사랑을 느껴 보았다.

1차 기행 주천-운봉-인월-금계 (2009. 8)

갑자기 찾아온 며칠의 휴가. 누구는 히말라야 트레킹을 권했지만, 준비 안 된 일정이라 평소 염두에 둔 국내의 지리산 둘레길 트레킹으로 결정했다. 제주도 올레길이 유명해지면서 지리산 둘레길도 붐을 타 지난한 해 동안 무려 10,000명이 찾았다는 코스. 지리산. 너무 멀어 생각하지 않았던 곳이고 이제 중년의 배도 나와 천황봉을 찾기에는 무리일 것같아 늘 아쉬웠는데, 둘레길 코스에 관해 인터넷을 검색해 보니 너무 아름다워 이번에 안 가면 무척 후회할 것 같았다. 지리산의 북반구를 도는 코스로 전체 약 70km. 남원으로 해서 들어가거나 혹은 반대편 산청으로 해서 들어간다. 전체 5개의 코스가 있는데, 등산에 자신 있고 걸음이 빠른 사람들은 2박3일 걷기도 하고 혹은 3박 4일, 혹은 구간별로 분리해서 걷기도 한다. 나름대로 2박 3일 완주를 계획하고 떠났지만 쉬운 일이 아니었다. 자, 이제부터 떠나 볼까?

부천에서 남원에 도착. 우선 전라도 음식을 먹고 싶었다. 여기저기 몇

군데 기웃거리다가 신발 많은 곳을 택해 들어가 수육보쌈을 시켰다. 흠
~~ 소리가 절로 나올 정도로 맛있고 푸짐한 반찬들. 역시 음식은 전라
도야….

　정보에 의하면 남원에서 둘레길 출발 지점인 주천까지 버스는 자주 없
지만 택시로 가면 6000원 정도 나온다고 한다. 뭐, 이 정도야. 택시를 탔
다. 진한 전라도 사투리의 기사 아저씨. 둘레길 출발 코스로 가자고 하
니 잘 모르겠다는 표정. 아직 홍보가 덜 되었네. 뭐하러 혼자 그런 곳을
가려 하느냐며 묻더니 요즘은 아가씨 혼자 밤에 지리산 등반하고 내려
오더라며 이해하는 말투. 택시비는 6,200원 나왔는데 6,000원만 내란다.
그러면서 하시는 말씀. 꼭 친정에 잠시 다니러 온 시집 간 딸 시댁에 돌
려 보내는 마음 같아서 불안하다고…. 아이고, 아저씨. 그 마음이 고맙
기도 하지. 택시에서 내려 출발 지점을 찾는데, 지나는 사람도 없어 여기
저기 둘러본다. 동사무소에 들어가니 군복 입은 공익 근무요원 같은 사
람이 있다. 둘레길 출발점을 물으니 무슨 말인지 못 알아듣는다. 파출소
는 문이 잠겨 있고, 인근 식당으로 가서 물으니 가르쳐 준다. 하긴, 볼일
만 보는 동사무소나 파출소보다 식당은 많은 사람이 와서 즐겁게 이야
기하는 곳이라 정보가 많다.

　인터넷에서 익히 보던 나무 팻말. 빨간색과 검은색 화살표. 한 색깔만
정해 가면 된다. 빨간색은 주천에서 수철까지, 검은색은 수철에서 주천
까지를 나타낸다. 햇빛이 뜨겁다. 가다가 선크림을 덕지덕지 바르고 다
시 출발. 지나가는 사람이 없다. 마을길로 접어드니 길이 갈라지는 곳엔
여지없이 둘레길 표식이 있다. 챙 넓은 모자를 쓴 아줌마가 자전거를 타
고 지나간다. 나 같은 사람을 많이 보아 왔는지 눈인사를 나눈다. 논과
논 사이의 작은 개울을 지나 햇빛이 너무 강해 온통 하얗게 보이는 작
은 돌이 깔린 길을 터벅터벅 자신 있게 걷는다. 마을을 지나 차가 다니
는 큰길. 차만 쌩쌩 달리고 사람은 흔적이 없다. 조금 가니 멀리서 나 같

은 복장의 아저씨와 아들이 마주 오고 있다. 반갑게 지나치며 물으니 실상사에서 온단다. 실상사가 어디지? 어쨌든 서로 격려의 말을 나누며 헤어지고, 표식은 도로에서 내송마을로 가라고 한다. 밭일 하는 할머니에게 인사도 하고 집 앞에서 담배 피는 할머니에게도 인사를 하니 금방 돌아오는 답변.

"겁나게 높아 부러, 천천히 올라가."

"네, 땀 좀 흘리면 되죠."

그렇게 간단히 웃으며 답했는데, 그게 얼마나 힘든 산행인지 미리 알았더라면 내가 계속 걸어갔을까? 굽이굽이 논과 고추밭 사이를 지나고 내 앞을 벼룩처럼 튀어가는 메뚜기들, 내 눈앞에 얼쩡거리며 쌍으로 붙어 다니는 잠자리들과 친해질 무렵, 어느 순간 시멘트 도로가 끝난다. 흙길이 시작되는 옆의 큰 나무 밑에 작은 평상이 있다. '쉬라고 해놓았으니, 힘들진 않지만 쉬자.' 하고 잠시 여유 부리며 다시 가파른 길을 올라간다. '왜 이렇게 힘들지?' 하고 인터넷에서 복사해 온 약도의 등고선을 보니 아홉 마리의 용이 놀았다는 구룡치까지 거리는 2km밖에 안 되는데 고도는 무려 600미터. '이 정도 높이쯤이야.' 하고 올라가다가 목이 말라 배낭 옆에 끼워 둔 물병을 찾는다. '어, 이런, 물병이 어디 갔나?' 어디론가 사라진 물병. 당시만 해도 그게 생명수인 줄 몰랐었다. '뭐, 참고 올라가지.' 하며 올라가는데 햇빛은 뜨겁고 갈증이 심해진다. 그때부터 가슴이 조마조마해진다. 지나치는 사람도 없는데 이러다 갈증이 심해지면 어쩌나? 강박감이 밀려온다. 이때부터 입술이 바작바작 마르고 힘이 든다. 쉬는 빈도도 잦아지고, 거친 호흡이 입은 물론 귀로도 내뱉어짐을 느낀다.

구세주 발견. 아가씨 둘이 내 뒤를 따라온다. 물 한 모금 적선. 같이 가자고 하다가 내 다리의 힘이 풀릴 대로 풀어져서인지 아가씨들을 따라가지 못하겠다. 나 혼자 뒤에 처지고 또 쉬기를 몇 번. 도무지 힘이 들어 쓰러졌다. 깜빡 잠이 들었나? 아니면 기절했나? 사람이 너무 지치면 구역질까지 나오는 걸 이번에 처음 경험했다. 발소리가 들린다. 얼른 눈을 뜨고 나를 스쳐 지나가는 젊은이에게 물 동냥. 그렇게 하기를 몇 번. 결국 어떤 청년이 자기는 내려가는 길이라 물이 필요 없다며 나에게 물통째 주고 간다. 이렇게 고마울 데가…. 그러나 그 작은 물병의 물도 몇 모금 마시니 또 방울만 떨어진다. 다행히 조금 가다 시냇물 발견하고는 '설마 이런 곳의 물이 더럽진 않겠지' 하고 마셔보니 그 시냇물이 얼마나 달콤하던지….

구룡치 정상에 올라왔는지 편편한 길이 나오더니 다시 높아진다. 그러나 내 손에 물병이 있으니 안심이 된다. 조금만 더 가면 되겠지. 허위허위 올라가다가 언덕 위로 밝은 하늘이 보이면, 저기가 정상이구나 하고 올라간다. 그러다 보면 다시 그 길은 좌나 우로 꺾어져 또 다른 언덕이 보인다. 도무지 힘들어 포기할까 하다가 마지막 힘을 내어 몇 미터 앞을 오르니 드디어 구룡치 정상이다. '하나님 살았습니다. 감사합니다. 어쩌다가 내가 이곳에서 사경을 헤매게 두셨는지요? 내게 감사합니다, 하는 말을 하도록 유도하신 건가요?' 구룡치 정상에서부터는 거의 평탄한 길의 연속. 이렇게 행복할 수가…. 이게 트레킹이라니까…. 둘레길이 처음부터 나를 너무 고생시켰어. 그러나 이런 비슷한 코스는 여행 내내 나를 힘들게 했다. 얼마나 고개길이 많은지.

구룡치를 지나면 '사무락다무락'이란 지명이 있는 이정표가 있다. 길가는 사람들의 안녕을 비는 마음에 돌을 하나 둘 던져 쌓아 놓은 곳. 지명의 어감이 참 좋다. 둘레길 코스는 걷는 사람에게 가능한 한 포장도로를 걷게 하지 않는다. 일부러 조금 돌아서라도 흙길을 밟게 하고 숲길로 들어가게 한다. 논두렁을 지나고 산소 옆을 지난다. 뻔히 보이는 직선 아스팔트. 하지만 도로 표시판은 여지없이 옆의 자연으로 들어간 길로 나그네를 인도한다. 때로는 나무로 표식을 해두었고, 때로는 도로 바닥에 삼각형으로 표시해 두어 길을 잃을까 걱정할 필요가 없다. 숲길에 밤송이가 떨어져 있고, 흙이 파헤쳐져 있으며, 두더지가 드나드는 구멍인 듯 흙길에 구멍이 나 있다. 지천으로 도토리가 널려 있고, 논둑의 콩나무에 이제 콩들이 열리고 있고, 깻잎들이 싱싱하게 살아 있다.

어느 정도나 더 걸었나. 언덕을 넘으니 마을이 하나 보인다. 지도상으로 회덕마을. 마을을 들어서니 허물어져 가는 집의 벽 아래 핀 꽃이 너무 아름답다. 마을에서 시원하고 달콤한 음료수를 사먹고 싶어 가게를 찾는데 보이지 않는다. 길 옆의 주택으로 들어간다. 문간에 신발이 많고 마루에 사람이 많다.

"혹시 이 근처에 가게가 있는지요?"

"여긴 가게 없어요. 뭐가 필요하신데요?"

"시원한 주스나 콜라를 사먹고 싶은데…."

"여보, 우리 냉장고에 콜라 있지? 그거 좀 가져와."

이렇게 감사할 데가…. 빈 물병을 내보이며 물 좀 얻을까 요청했다. 그러자 마당에 냉장 장치가 되어 있는 콘테이너 박스의 큰 주전자에서 자신들이 마시는 오미자차라며 내 마음에 정을 퍼부어 준다. 행복하다, 행복하다. 이런 정이 있으니…. 자, 이제 콜라도 한잔 마셨겠다, 물도 가득 채웠겠다, 시간을 보니 오늘 도착 예정지인 행정마을까지는 거리상으로도 그리 멀지 않고 등고선도 거의 편편한 상태다. 길가의 산소 옆에 큰 나무 하나가 긴 그늘을 만들어 준다. 바람도 시원하니 우선 쉬자. 나무 그림자에 내 몸을 감추고 잠깐 누웠는데 잠이 솔솔…, 눈을 떠보니 10분 정도 잔 것 같다. 길을 가자. '람천'이라는 이름의 작은 개울 둑을 따라 걷는다. 왜 '람천'이라 했을까? '람'이란 말을 첫 음으로 쓰는 건 흔치 않은 일인데…. 길이 두 갈래로 보이면 여지없이 보이는 이정표. 난 오늘 빨강나라로 간다. 노치라는 마을을 지나는데 물이 떨어졌다. 도로변 마을 입구에 앉아 쉬다가 자전거를 타고 지나가는 꼬마에게 가게를 물으니, 이곳엔 없고 운봉에나 가야 한단다. 걸어가면 한 시간 반이고, 뛰어가면 한 시간이면 된단다.

"뛰어가? 거길 어떻게 뛰어가?"

"가끔 뛰어갔다 오기도 해요."

황영조의 자손들인가? 할머니 할아버지가 문 앞에서 일하고 계시는 집에 들어가 물 좀 얻자 했더니, 허리가 다 꼬부라진 할머니께서 마당의 수도꼭지를 틀고는 잠시 기다리라고 하신다. 지하수라서 차가운 물을 마시려면 물을 빼야 한단다. 나그네에게 시원한 물을 주고 싶어 하는 마음. 우리네 선조들처럼 나그네에게 주는 물 바가지에 버들잎 하나 띄워 주는 마음일까? 그 마당에 옥수수도 말리고, 깨도 말리고, 빨간 고추도 말리고 있다. 물만 있으면 모든 것을 다 얻은 것 같다.

멀리 지리산의 서북능선이 보인다. 아마 저기쯤에 봄이면 철쭉꽃이 흐드러지게 피는 바래봉이 있을 거야. 다시 논길로 가다 보니 오른쪽에 커다란 저수지가 보인다. 덕산 저수지. 그런데 물가로 내려가기에는 언덕이 너무 가파르다. 내려가기를 포기한다. 파란 벼가 익어 가는 논둑길에 인라인 스케이트를 한 쪽만 타고 가는 꼬마가 멀리 보인다. 손을 흔들자 마주 흔들어 준다. 가장마을로 가는 길의 지은 지 얼마 안 되는 다리 모퉁이에 누군가 호박을 잘라 말리고 있다. 이렇게 길바닥에 널어 놓아도 누구네 집에서 이렇게 널었는지 다 아는 걸까? 혹은 내 것이 아니면 건드리지 않는 순박한 인심일까? 멀리 직선으로 보이는 길 앞에 큰 숲이 보인다. 아름드리 나무가 빼곡한 곳에 그토록 보이지 않던 둘레길 나그네 4명이 보인다. 그것도 모두 아가씨. 나무에 길게 드리워진 그네에서 아가씨들이 놀고 있다.

"여보소. 여기 한양에서 온 몽룡이 왔소. 그대가 춘향이오?"

"우리요? 경기도에서 왔어요."

"그건 그렇고 낭자. 내가 이제껏 혼자 길을 걷느라 무척 사진에 목말라 하고 있으니 나 사진 좀 찍어 주오."

춘향 아씨들은 내가 온 길로 배낭 메고 가고, 나는 그들이 온 길로 가기 위해 배낭을 들쳐 멘다. 그 숲속에 작은 화장실이 앙증맞게 들어서 있다.

눈앞에 보이는 행정마을. 오늘 내가 묵어야 할 민박집이 있는 곳이다. 원래 운봉마을에 묵기 위해 예약전화를 했더니, 예약이 꽉 찼는지 행정마을을 안내해 주었다. 마을 입구에 있는 목공예 집. 2층 집 앞에 체육 소공원이 있고, 잘 다듬어진 잔디에다 등나무 아래의 의자도 여유 있다. 얼굴이 검게 그을린 아저씨가 잘 찾아왔다며 방을 안내한다. 이미 한 가족이 먼저 와 있단다. 가족들이 쓰는 방을 오늘 잠시 나에게 빌려 준다. 아저씨에게 혹시 막걸리 살 수 있느냐고 했더니 친히 사다 준다. 아줌마는 부엌에서 즉석 안주를 만들어 내온다. 오이와 양파를 썰고, 시골 된장에 큰 토마토와 소금. 나보다 먼저 와 있는 가족을 불러 같이 막걸리를 즐겼다. 그리고 그들이 준비한 소주도 같이 즐기며 저녁밥 나올 때까지 통성명도 없이 그 가족들과 이야기를 나누고 저녁상을 받으니 시골 반찬들. 제육볶음에 깻잎과 상추치를 내왔다. 깻잎과 상추가 금방 밭에서 따온 듯 싱싱하다. 깻잎 이파리의 선이 마치 건강한 남자의 핏줄처럼 툭툭 튀져나와 있다.

식사를 하고 다른 이들은TV를 보기에 난 내 방으로 와서 책을 읽다가 밖으로 나왔다. 서울에서는 비가 많이 온다는데 지리산 하늘엔 구름한 점 없다. 하늘에 보이는 무수한 별들. 아, 감탄사가 절로 나온다. 국자 모양의 북두칠성이 선명하게 보이고, 북극성과 카시오페아, 그리고 오리온 자리가 보인다. 이 별들을 본 지가 언제던가. 고개가 아프도록 별을 쳐다보았다. 은하수를 찾아보기도 하고, 그럴 듯한 이름의 별자리 이름도 생각해 보았다. 별을 보느라 밤이 깊도록 방안으로 들어가지 못했다. 이번 여행의 가장 큰 성과라면 이렇게 무수한 별자리를 본 것이라고 해야 할까? 이튿날 아침 지난 밤에 혹시 모기가 있을까 걱정했는데, 아침에 일어나 내 몸을 보니 모기에 물린 흔적은 없다. 어제 조금 부실했던 반찬을 생각하며 많이 먹지도 않는 아침을 돈 주고 먹는 것은 낭비일 것 같아 아침을 안 먹겠다고 했더니, 어제 남은 밥과 국으로 무료 서비스할 테니 먹고 가란다. 그거야 마다할 이유가 없지.

비가 부슬부슬 내린다. 부천에는 아직도 비가 많이 온다는데…. 이런 부슬비 정도야 맞지 하고 길을 떠난다. 가끔 큰길로 차가 지나가고, 등교하는 여학생 하나가 큰길에서 Thumb Picking하며 지나가는 차를 기다리고 있다. 행정마을에서 운봉마을까지 약 2.2km. 뭐, 이 정도야 가뿐하겠지. 논둑 제방길을 따라 걷는다. 가는 코스는 비교적 편할 것이라는 민박집 아저씨의 말에 마음은 무척 여유롭다. 강한 바람에 모든 풀잎들이 자세를 낮춘다. 비켜갈 것은 비켜가야지. 어제는 지리산이 깨끗하게 보였는데, 오늘은 멀리 있는 산이 희미한 구름에 싸여 신선들이 사는 곳의 모습을 그린 동양화를 보는 듯하다.

아무도 없다, 내 앞에는. 어제 나랑 같이 놀던 메뚜기들, 잠자리들, 벌레들…. 길은 곧고 나그네의 발길도 곧다. 아무도 지나가는 이가 없으니, 이렇게 걷고 있는 내 모습을 사진 찍어 주는 이도 없다. 손을 뻗어 내 모습을 찍어 보려 하나 영 마음에 안 든다. 논둑길 옆 조그만 연못에 오리들이 아침 산책을 즐긴다. 세상은 혼자 있어도 절대 혼자가 아니다. 나에게 생명 주신 이가 늘 나와 같이 있고, 그분이 창조한 모든 만물들이 내 주위에 머물고 있다. 이런 곳에선 장미보다, 백합보다 아름다운 것이 호박꽃이고 구절초이고 흔히 자라는 맥문동과 닭의장풀, 벌개미취 등이다. 늘 길가의 꽃들을 보며 느끼는 것이지만, 이름을 알고 보는 꽃들과 이름을 모르고 보는 야생화의 느낌이 다르다. 그래서 나는 김춘수의 '꽃'이라는 시를 좋아한다. 총각 시절 한 번 외워 두었던 이 시를 나는 아직도 즐겨 암송한다.

내가 그의 이름을 불러 주기 전에는 / 그는 다만 / 하나의 몸짓에 지나지 않았다.

내가 그의 이름을 불러 주었을 때 / 그는 나에게로 와서 / 꽃이 되었다.

내가 그의 이름을 불러 준 것처럼 / 나의 이 빛깔과 향기에 알맞은

누가 나의 이름을 불러 다오.

그에게로 가서 나도 / 그의 꽃이 되고 싶다.

우리들은 모두 / 무엇이 되고 싶다.

나는 너에게 너는 나에게 / 잊혀지지 않는 하나의 눈짓이 되고 싶다.

이정표는 나를 양모 사업장으로 안내한다. 많은 나무와 화초들이 가지런히 심어져 있다. 약용식물, 염료식물, 향료식물, 식용식물 등으로 구분해 놓은 넓은 양묘원 나무들도 여러 가지를 줄지어 심어 놓아 갖가지 나무들을 쉽게 구분할 수 있게 해놓았다. 가을쯤에는 이곳에서 무성한 꽃의 잔치를 볼 수 있으려나. 아직은 제대로 된 꽃의 파티가 열리지 않았다. 그렇게 여러 친구들과 어울리며 가다 보니 큰 마을이 앞에 보인다. 나그네를 위한 지리산 둘레길은 늘 바닥에서 길을 안내하는데, 내 눈앞에 보이는 커다란 이정표는 차량을 위한 것. 남원과 함양 가는 24번 국도.

운봉마을은 내 어릴 적 우리 동네 같다. 도심에서는 보기 힘든 이용원 간판과 다방 등이 있다. 이른 아침이라 아직 문을 연 가게가 거의 없지만, 벌써 장사를 시작한 방앗간이 있다. 어린 시절 유난히 형제가 많았던 우리 집에 어머니는 자녀들의 생일이면 어김없이 떡을 하셨다. 단 내 생일을 제외하곤…. 내 생일은 설날 며칠 뒤에 있어 굳이 새로 떡을 할 필요가 없고, 설날에 먹고 남은 떡을 데워 먹으면 되었다. 형제들이 많다 보면 그런 불이익도 있다. 형님들 옷을 물려입느라 내 옷을 사입은 것도 극히 드물다. 방앗간에서 일하는 아주머니에게 반갑게 인사하고

방앗간 내부를 둘러본다. 밤새 물에 담가 놓았던 하얀 쌀을 머리에 이고 방앗간에 가시는 어머니를 따라가면, 그 쌀들은 하얀 눈가루가 되어 나오기도 하고, 뜨거운 김과 함께 하얀 떡가래가 두 줄로 쏟아져 나오기도 한다. 그러면 가위로 싹둑 잘라 내는 그 민첩한 손놀림. 아! 불현듯 어머니가 보고 싶다.

그렇게 운봉마을에서 어린 시절 추억을 더듬으며 지나다가 마을 끝에서 나는 그만 길을 잃었다. 분명 이런 여러 갈래 길이 있으면 둘레길 이정표가 있을 텐데, 아무리 둘레둘레 찾아보아도 낯익은 나무 표시나 길바닥의 빨간 화살표가 보이지 않는다. 버스 정류장에 앉아 적막한 마을을 보다가, '운봉 다음 목적지인 인월 가는 길은 이미 차를 위한 이정표를 통해 알고 있으니 걷자.' 하고 대로를 걷는다. 그러다가 문득 이런 생각이 든다. 분명히 둘레길 만든 이는 이렇게 길게 뻗은 차량을 위한 길로 나그네를 인도하지 않을 거야. 무엇인가 잘못되었다. 지도를 펼쳐 들고 한참을 서서 생각해 보았다. 도로를 따라 나란히 달리는 길이 저편에 보인다. 아마 길을 걸어야 한다면 저곳일 거야. 아니나 다를까. 그곳으로 가다 보니 저편에 둘레길 이정표가 보인다. 얼마나 반가운지. 운봉마을 중간쯤에 이곳으로 오는 길을 안내하는 이정표가 있었을 텐데, 내가 동네 풍경에 취해 이정표를 발견하지 못하고 지나친 것이다. 그런 나를 재미있다는 듯이 바라보는 두 개의 마주 보는 돌 장승. 아마 겉으로는 저렇게 무표정하게 있지만 속으로는 나를 보고 웃고 있으리라.

다시 둑길을 간다. 앞으로 뒤로 쭉 뻗은 길인데, 시야에는 멀리 마을만 보일 뿐 사람은 전혀 보이지 않는다. 혼자 팔을 벌리고 노래하며 나그네는 즐거워한다. 뉴질랜드를 배경으로 한 영화 '피아노'에서 바닷가 파도와 놀던 어린 여자 아이처럼. 길가의 호박잎 사이에 영근 잘 익은 호박 하나. 누구의 소유물일까? 아니면 자연의 것인가? 배고픈 이들은 누구나 저걸 따다 먹어도 되는 건가? 넓은 벌판에 벼가 익어 간다. 도로

와 넓은 논 사이에 있는 둑방. 길을 가로막고 있는 것은 저 멀리 보이는 높은 산. 내가 갈 길은 아마 저 산 너머일 것이다. 그런데 뒤가 급하다. 이미 지나쳐온 마을도 한참 멀고, 다음 마을도 무척 멀다. 어찌 해야 하나? 아무리 봐도 시야를 피할 수 없는 공간밖에 없다. 어쩔 수 없지. 뭐, 실례해야지. 사방 몇 백 미터 안에 아무도 없으니, 내가 일을 볼 동안 누구도 내 옆으로 올 만한 사정거리는 아니다. 둑방 조금 아래로 내려가 숲 사이에서 쪼그리고 앉아 일을 보는데 아뿔싸, 둑길로 차가 한 대 휘익 지나간다. 에이, 나 못 봤겠지. 기분이 좋다. 배설의 기쁨이랄까?

작은 하천이 둑길을 따라 흐른다. 하천 사이에 크고 넓은 바위가 있다. 놀다 갈까? 그런 내 마음을 아는 듯 둑길에서 그 바위로 내려가는 작은 길의 흔적이 보인다. 배낭을 내려 놓고 지친 발걸음을 쉬게 한다. 작은 새가 와서 이야기를 걸고, 냇물이 우당탕거리며 내게 눈길을 달라 한다. 그리고 이상한 흔적. 커다란 공룡 발자국 같기도 하고 시멘트 작업 후 누가 밟은 것 같기도 한 흔적이 있다. 혹시? 둑길 끝에는 이성계와 왜군의 장수 아지발도가 극렬한 전투를 벌인 황산대첩를 기념하는 비석이 있다. 오래 전에 비석을 만들었을 텐데, 일제시대에 일본 사람들이 이것을 그냥 둘 리가 없지. 비석에 새겨진 글을 모두 파내어 읽을 수 없게 만들고 깨버렸다. 그걸 얼마 전에 새로 복원했단다. 황산대첩비 앞에는 『춘향전』의 두 주인공을 새겨 넣은 음료대가 이곳 사람들의 춘향에 대한 사랑을 실감나게 한다. 어디 가나 춘향, 춘향.

황산대첩비를 나와 오른쪽에 있는 군화동. 이곳에선 마을 이름이 모두 군사와 관련된 것이 많다. 전군, 중군 후군을 생각하게 하는 중군(中軍)마을, 군인들이 마을을 지켰다는 군화동(軍花), 황산대첩 때 군량미 창고를 두었다는 사창(社倉)리 등, 모두 한문으로 쓰면 군사 용어라는 것을 안다. 황산대첩비를 나와 옆에 있는 정자에 앉았는데 어디선가 들리는 판소리. 음악이라면 사족을 못 쓰는 내가 이 소리의 근원을 놓칠소냐. 눈앞에 있는 초가집. 저기서 나오는구나. 익히 들어 알고 있는 이름. 우리나라 판소리의 대가. 박초월 기념관이고 이곳 비전(碑前) 마을은 박초월 선생이 자란 곳이라 한다. 그리고 또 다른 판소리의 대가 송홍록의 생가. 잘 꾸며진 생가를 둘러보며 이곳 사람들의 판소리 사랑을 알게 된다.

나는 영화를 너무 좋아하지만 한국 영화는 거의 보지 않는 편이다. 심각한 소재든 역사적 소재든 무조건 코미디 일색으로 진행되는 한국 영화. 그리고 도무지 말도 안 되는 설정과 맞지 않는 구성 등. 그러나 단 하나 한국영화 중에서 가장 마음에 드는 영화가 '서편제'이다. 요즘같이 복합 상영관으로 영화 한 편을 가지고 수없이 많은 극장에서 상영하는 때가 아닌 1990년대에, 서울에서 대한극장 한 곳에서만 상영하며 무려 100만 인파를 동원한 영화. 지리산을 중심으로 동쪽에서 부르던 판소리가 동편제이고, 그 반대편 지역에서 불리던 것이 서편제라 한다. 그럼 이곳 남원은 서편제인가? 송홍록은 동편제의 창시자라는데…. 에라, 모르겠다. 그냥 대충 이해하자. 생가 구석구석, 내가 어릴 적 지내던 방과 부엌의 모습이 보인다. 툇마루 앞의 채송화까지…. 그리고 뒷마당에 심긴 대나무의 시원함. 고수와 가왕의 동상이 저 멀리 지리산을 바라보며 열심히 한 소리 하고 있다. 내가 많이 들어 알고 있는 판소리 '농부가'의 멜로디가 생가에 가득하다. 아무도 없겠다, 내가 아무리 소리쳐도 들을 사람 없겠다, 신나게 따라 불렀다.

여보시요 농부님네 이내 한 말 들어 보소. / 어허 어허여야 상사뒤여.

내 노래 소리는 남겨 두고 나그네는 다시 길을 간다. 길 오른편에선 여전히 차들이 빠르게 질주하고 있고, 나는 아주 느리게 길을 가고 있다. 아주 오랫동안 보살피지 않은 비석 3개가 숲속에서 무성하게 자라는 풀들에 서서히 묻혀 가고 있다. 비석에 관이 씌워져 있는 것으로 보아 한

벼슬 하던 사람 같은데…. 저 앞에 이런 곳에 어울리지 않게 커다란 콘도미니엄 대덕 리조트가 자리 잡고 있고, 나그네 길은 그곳으로 향한다. 콘도에는 사람의 흔적이 없다. 주차된 차도 없고, 사람들의 이동도 없다. 아침 7시 20분 출발한 뒤로 계속 평지만 걸어 다녔는데 이젠 산길로 접어들고, 처음으로 반대편에서 오는 둘레꾼을 만난다. 둘레꾼? 흠~, 이거 좋은 표현이네. 앞으로 나 같은 사람을 보고 둘레꾼이라 하자. 원래 이 길도 사유지 같은데, 둘레꾼들을 위해 일반인의 출입을 허가한 것 같다. 군데군데 숲으로 향하는 길에 철문이 가로막고 있다. 계속되는 산길은 홍부골 자연 휴양림으로 통한다. 이곳도 거의 해발 600미터 수준이다. 멀리 작은 마을들이 가끔 보이고 길은 지루하다. 언덕을 넘다가 커브 길에서 나를 발견한다. 안전을 위해 설치된 커다란 볼록 거울에 비친 나를 찍어 보자. 혼자서도 잘 놀아요.

언덕을 넘어가니 홍부골 휴양림에 도착하니 아무도 없다. 매점은 문을 닫았고, 숙박을 위한 시설도 조용하다 못해 적막감까지 감돈다. 왜 이렇게 문을 닫았을까? 그러나 반가운 것은 수도물과 다 찌그러진 세숫대야와 비누. 시원하게 세수하고 나니 조금 전 약간 열려 있던 관리소 문이 닫혀져 있다. 누군가 나로 인해 방해 받고 싶지 않았겠지. 하얗게 눈이 부신 아스팔트 길을 따라 내려간다. 이건 아니지. 아니나 다를까. 둘레꾼 길은 옆으로 간다. 개울을 건너 접어드는 숲길. 습기 가득한 숲속 길을 간다. 인월을 향해…. 숲속 길을 한참 걸어 언덕을 내려가다가 둘레꾼을 위한 작은 나무 벤치 하나. 누군가 잠시 쉰 후 잊고 길을 떠난 듯 새론 산 밀짚모자가 걸려 있고, 또 내가 배낭 옆에 끼워 놓은 물을 잃어버린 것처럼, 벤치 아래 물이 가득한 물병 하나가 뒹굴고 있다. 벤치에 쓰여 있는 글이 좋다.

'심신을 편하게. 숲길…, 아름다운 길, 좋은 길 선정해 주셔서 고맙습니다.'

나도 답한다. 'Me Too.'

마을을 내려와 달오름 마을에 붙은 집집의 소개를 보니 재미있다. 술 익는 집 민박도 있고…. 한참 가다 보니 나이가 좀 있어 보이는 둘레꾼을 만난다. 하지만 나에게 눈도 안 마주치려 한다. 뭐, 그럴 수도 있지. 인월에는 그래도 제법 큰 마을이다. 시외버스를 탈 수 있고, 이곳에 지리산 둘레길 안내 센터가 있다. 그러나 여기저기 찾아보아도 안내 센터는 안 보인다. 그러나 마주 오는 젊은 연인 둘레꾼. 옳다구나. 사진 좀 찍어 달라고 하고는 무언가 맛있는 것을 먹기 위해 그럴듯한 식당을 찾으려 여기저기 기웃거린다. 그러다가 잘하는 데가 없을 것 같아 순대국을 찾아서 간 집. 손님도 없다. 가방을 내려 놓으며 묻는다

"이 집 순대국 맛있어요?"

"뭐, 5000원짜리 순대국에서 얼마나 바라는지요? 그냥 맛있다고 생각하고 드세요."

흠…, 이런 답변이 있을 수도 있구나. 그냥 나가고 싶었지만 이미 주문했으니 선택의 여지가 없다. 점심을 먹고 좀 쉴까? 마을 입구에 정자 하나가 있다. 누군가 마당에 짓이겨 놓은 봉숭아 꽃잎들. 손톱에 물 들이려고 했다가 버린 듯하다. 정자는 거의 이용하는 사람이 없는 듯 먼지투성이, 쓰레기투성이다. 쉴 생각이 나지 않아 일어나 길을 간다. 옆의 하천에서 어떤 이가 수경을 쓰고 열심히 물속을 들락날락한다. 무언가를 찾고 있는 듯 한데 하천에 기름띠가 보여, 보는 내가 괜히 안타깝다.

비가 온다. 저기 마주 오는 둘레꾼들. 아가씨 3명. 매동마을에서 출발했단다. 내 다음 목적지가 매동마을이고 오늘 그곳에서 하루 묵을까 하는데. 민박집 상황을 물었더니 충분하단다. 배낭 옆에 끼워 놓은 우산도 어디론가 사라져 버렸다. 우비를 꺼내 입고 시원한 빗방울의 감촉을 느끼며 길을 걷는다. 지리산을 걸으며 느끼는 것이지만, 지금 한국의 온 산하가 외래종인 가시박이풀에 신음하고 있다. 며칠 전 우리 부모님 산소

에도 가시박이풀이 뒤덮여 있는 것을 보고, 그걸 치우느라 얼마나 힘들었던지. 이 가시박이풀은 다른 식물들의 영양분은 물론 생장까지 저해할 정도로 왕성하게 자라 거의 우리나라 자생초 식물의 킬러와 다름없다 또한 나무까지 뒤덮어 죽여 버리는 엄청난 식욕으로 마치 인간을 사육하는 에얼리언 같은 공포감이 들 정도이다.

우비를 쓰고 중군마을을 지난다. 누군가 중군마을 벽에 재미있는 그림과 글들을 그려 넣었다. 그려진 날짜를 보니 2009년 8월 24일. 바로 며칠 전이네. 바닥에 흩어진 물감들이 아직 물에 씻겨 내려가지 않았을 정도로 신작이다. 중군마을은 특산품인 잣과 꿀을 자랑한다. 중군마을 언덕으로 올라가는 동안 자주 보이는 벌통. 그러나 벌은 보이지 않는다. 한참 길을 가다가 두 갈래 길에 이른다. 늘 한 곳만을 가리키는 이정표가 이번엔 두 개의 길을 보여주며 선택하라 한다. 하나는 숲길로 가는 오른쪽 언덕길, 또 하나는 임도로 가는 왼편 하행길. 숲길은 많이 걸었으니 임도를 걸어 볼까? 말을 그렇게 하지만 올라가는 것보다는 내려가는 것이 편할 것 같아 임도를 선택한다.

조금씩 발이 아프다. 물집이 생기려나? 편한 시멘트 길을 조심스럽게 걷는다. 이 길은 백련사로 향한다. 임도를 따라 걷다가 맑은 물이 흐르는 개울가 발견. 주저할 필요도 없이 계곡으로 내려가 얼른 무거운 등산화와 양말을 벗고 시원한 물에 발을 푹 담그니 이런 낙원이 어디 있으랴. 백련사 비구니가 맑은 시냇물같이 푸른 얼굴로 내 모습을 잠시 지켜보고는 슬며시 길 아래로 내려간다. 벌통 옆에 커다란 개 한 마리가 지키고 있다. 내가 조금이라도 이상한 행동을 하면 덤벼들 기세다. 길가에 커다란 호박. 널린 것이 양식이네. 하나님, 고맙습니다. 지리산은 공기가 맑아 환경이 좋은 곳에서만 서식하는 고사리가 많다. 이번 여행 내내 제일 많이 본 식물이 고사리다. 그리고 그 고사리 밭에 여행객들이 들어가지 말라는 경고문이 많다.

백련사 앞에 잘 다듬어 놓은 돌탑과 천하대장군, 그리고 그 애인 지하 여장군이 나란히 나그네를 지켜보고 있다. 자고로 돌탑은 오랜 세월을 두고 행인이 돌을 던져 만드는 법인데, 이곳의 돌탑은 조각품처럼 만들어 놓아 신선함이 떨어진다. 백련사를 지나는데 둘레꾼이 쉬고 있다. 나보다 느리게 걷는 사람이 있나? 내 마음을 읽었는지 자기는 다리가 짧아 걷는 것이 힘들단다. 조금 가다 쉬기를 반복한다고….

둘이 같이 걸었다. 진한 부산 사투리. 어느 날 건강 검진 받으니 당이 있다 하여 걷는 운동을 권하기에 틈만 나면 이렇게 걷는단다. 그러다 보니 좋아졌다고…. 하긴 걷는 것만큼 좋은 운동이 어디 있으랴. 유산소 운동인 데다 돈 안 들고, 언제든지 아무 장소에서든 할 수 있으니. 길을 가다가 문득 이상한 걸 발견했다. 이게 뭘까? 사람의 배설물도 아니고, 가만히 보니 달팽이 같지만 크기가 10센티가 훨씬 넘으니 달팽이가 아닐 것이다. 이게 뭘까? 자연에 오니 내가 알고 있는 것은 극히 적다. 나무 이름, 풀 이름, 하다못해 이런 곤충 이름까지 모르지 않는가? 같이 가는 둘레꾼이 그렇게 힘들게 혼자 걷다가, 둘이 걸으니 혼자 걸을 때 몇 번을 쉬어야 할 거리를 쉬지 않고 걷는다며 나에게 고마워한다. 같이 산을 내려가는데 얼마나 곧은 나무들이 가득한지, 나무만 봐도 포만감이 든다.

어렵지 않게 언덕을 넘으니 뱀사골로 가는 길이 보이고, 장항마을에 눈이 확 트이는 하얀 고층빌딩의 일성 콘도미니엄 지리산 별장이 보인다. 푸른 산을 배경으로 유독 붉어져 보인다. 큰 도로로 나서기 전 낮은 언덕에 우뚝 솟은 장항노루목 소나무가 어찌나 우람하고 씩씩해 보이는지, 오랜 세월 당산나무 역할을 톡톡히 했을 것 같다. 안내문을 읽어 보니 수령 400년. 이전에는 노루목이란 말을 몰랐었는데, 그게 노루의 목처럼 생겼다 해서 노루목이라 한단다. 노루목을 한문으로 표현하면 장항(獐項)이다.

갈증이 나서 콜라 한 잔 마시고 싶어져 같이 가자 하니, 자기는 음료수

못 마셔서 그냥 혼자 가겠단다. 콜라 한 병 사들고 바로 앞의 특별한 나무 조각품을 파는 곳으로 눈길을 돌린다. 재미있어라. 통나무를 이용하여 남성의 심볼을 잘 조각해 놓았다. 하늘로 뻗은 놈, 옆으로 길게 뻗은 놈, 끝이 이상하게 조각되어 있는 놈. 사람들은 누구나 성적 본능을 갖고 있다. 어차피 인간도 동물이라 번식 본능이 있기에 이런 우람한 남성의 성기는 세계 어느 곳을 가나 모든 인류의 희망 사항이다. 바로 앞 차가 다니는 큰 도로로 걸어서 곧장 가면 분명 오늘의 목적지인 매동마을이 나올 텐데, 지리산 지기는 나보고 산길로 오라고 유혹한다. 가야지, 가야지. 가파르고 시멘트로 포장된 언덕길을 걸어 올라간다. 밭에서 커다란 토란 줄기를 뽑아오는 할머니와 두런두런 이야기를 나누고 뻔히 아는 매동마을 가는 길을 물으니, 나보고 고생한다며 허리 펴고 친절히 가르쳐 주신다. 할머니 고맙습니다. 언덕길에서 산소 풀을 베던 할아버지도 내게 웃음으로 인사를 건네신다. 눈을 들어 언덕 아래를 보니 감나무에 감이 익고, 많지 않은 사과나무에 푸른 사과, 빨간 사과를 보호하기 위해 그물이 쳐 있다. 고사리 밭에는 고사리가 가득하고 푸른 하늘, 푸른 산, 정겨운 마을이 보인다. 덕분에 내 인생의 풍요로움을 느껴 본다.

이정표가 보인다. 매동마을로 내려가는 길과 등구재 가는 길. 오늘은 여기까지 하자. 시간이 3시 반이니 더 갈 수도 있겠지만, 등구재로 가는 5.3km를 오늘 해 저물기 전에 가는 것은 너무 무리다. 내일도 날이니까…. 매동마을로 내려가는 길에 있는 정겨운 팻말. 누군가 멋지게 디자인해 놓았다. 물론 마을 집들이야 전형적인 시골집이지만, 적어도 각 집을 표현하는 데 주인장 이름이 적힌 문패 대신 빨간 벽돌집, 대밭 아랫집, 소년대 할매 등 정감 가득한 이름으로 대신한다. 낮 시간이라 모두 논밭에 일하러 나가서 그런지 마을회관 앞이 조용하다. 모 종교의 복장을 한 여자분이 지나가기에 민박을 물으니 부녀회장님 댁을 안내해 주는데 잘 지어진 건물에 민박이 가능한 2층으로 안내하는데, 아주 깨끗

하고 취사가 가능하도록 해놓았다. 단체 활동이 가능할 정도의 공간이
랄까? 넓은 마루도 있는 데다 황토방이 있어 근처 절을 찾아오는 사람들
이 일부러 여기 와서 묵고 간단다.

　나 외에 또 예약해 놓은 두 팀이 있지만 같이 잘 필요는 없다니 다행
이다. 뜨거운 땀을 찬물로 씻어 내리고, 저녁 식사시간이 아직 멀어 천
천히 마을회관 앞 공터로 내려간다. 공터에 아까 그냥 지나쳤던 곳에 우
물이 있고 두 개의 커다란 장승도 있다. 누군가 벽에다 커다란 글씨와
그림들을 그려 놓았다. 거리미술이라고 표현하기엔 너무 어리숙하지만,
그래도 밋밋한 공간을 이용해 마을의 특징을 새로 만들어 놓았다. 앞니
가 3개나 빠진 꼬마아이 하나가 나에게 장난을 건다. 사진 좀 찍어 달
라 하니 재미있는지 카메라를 잡고는 돌려 주지 않으려 한다. 누런 강아
지를 안고 있는 도시 아줌마 풍의 아이 엄마가 제재를 하며 아이를 혼낸
다. 나는 그냥 두라고 했다. 2층집 뒤에 넓은 밭이 있는데 모두 감나무
만 심어져 있고 사과나무는 겨우 몇 그루. 감나무는 그냥 두어도 잘 자
라지만 사과나무는 손이 가야 하기에 많이 못 기른단다. 하긴, 주인집
아저씨가 장애인이다. 그 집 마당에 뛰어 노는 애들은 손주 같고…. 아
들, 딸들이 모두 도시에 나가 살고 애들은 여기서 키운다. 하긴 그것도
권장할 만하다.

　어두워지기 전까지 책을 읽다가 산나물이 가득한 저녁식사를 같이 민
박하는 사람과 겸상한 후, 저녁에 3명의 남자가 모여 두런두런 늦은 시
간까지 이야기한다. 모두 피곤한지 각자 방으로 일찍 들어가고 나도 내
방으로 들어가 누웠는데 잠이 오지 않는다. 어디선가 우르릉 소리가 들
려 창문을 여니 번개가 치기 시작한다. 아직 비는 쏟아지지 않지만 금방
이라도 쏟아질 것 같다. 일부러 회관 앞 공터로 나간다. 이런 곳에서 보
는 번개의 모습은 어떨까? 그러나 구름이 많아서인지, 번개는 자주 치는
데 섬광은 보이지 않는다. 번개를 기다리다가 다시 방으로 돌아와 누웠

는데 비가 쏟아진다. 그것도 아주 많이. 창문을 거세게 두들긴다. 이렇게 비가 많이 오면 내일 산행이 어려울지 모르겠다고 걱정하다 깊은 꿈나라로 등산을 갔다.

지난 밤 그렇게 비가 퍼부어 걱정했는데, 새벽에 귀 기울여 보니 비가 그친 것 같다. 눈뜨자마자 창문을 연다. 땅은 젖어 있지만 비 한 방울 떨어지지 않아 다행이다. 아침에 식사를 하지 않겠다고 하니, 얼린 물 한 병과 주먹밥을 하나 싸준다. 아무래도 오늘 산행이 힘들 것 같아 물 좀 받아가자 했더니 오미자차를 담아 준다. 감사합니다. 지난 밤에 투숙한 손님도 금계로 간다 하니 같이 가란다. 둘이 길을 나섰다. 어제 내려왔던 가파른 언덕길을 올라간다. 그 언덕에 밤과 감과 호두가 열려 있다.

자, 이제부터 등구재 산행 시작. 5.3 km. 만만치 않은 거리다. 어제 내린 비로 흙은 젖어 있지만, 오히려 코를 통해 들어오는 물 냄새가 시원하고 좋다. 우선 한 고비 넘어 바위에 앉아 가지고 온 주먹밥을 앉아 먹는데, 우리 민박집에서 묵은 뒤 바로 뒤이어 따라온 젊은이가 동행한다. 등구재 가는 길은 처음엔 주로 8부 능선을 따라 걷는다. 그래서 이렇게 완만하게 산을 오르는구나 하고 좋아했다. 숲길 언덕을 지나는데 갑자기 앞에서 무언가 폴짝 뛴다. 두꺼비 한 마리. 누렇게 마른 풀잎 색깔에 잘 어울리는 보호색을 가졌다. 우리가 해치지 않을 것을 알았는지 도망가려는 기색이 없다. 어느 정도 갔던가. 이 산중에 '길섶' 갤러리가 있으니 와보라고 유혹하는 이정표가 있어 갈까 말까 망설임. 그 이정표로부터 15분을 전혀 다른 방향으로 가야 한단다. 세 명이 망설이다 나는 갤러리로 향하고 나머지는 앞으로 진행했다. 지난 밤의 비로 인해 젖은 풀잎들을 헤치며 한참을 가니 조금 후 내리막길. 아이고, 이 길을 다시 올라오려면 힘 좀 들겠구만. 더 내려가야 할지 말아야 할지 망설일 즈음 둥근 집 하나가 보인다. 그런데 놀라움 하나. 이곳까지 차가 올라와 있다!

털보 아저씨가 마중한다. 지난 밤에 영화를 보았노라고 중얼거리며…

알고 보니 이곳은 민박도 한다. 지난 밤에 투숙객들과 늦게까지 영화를 보았다는 이야기다. 오로지 지리산만 찍는 사진사 강병규 씨. 4년 전에 이곳에 들어왔단다. 사진에 문외한인 내가 보기에도 사진에 들인 정성이 보인다. 수없이 많은 시간과 기회를 기다리지 않으면 결코 나올 수 없는 작품들. 지리산의 4계를 찍어 놓은 사진만 보아도, 이미 지리산에 대해서 자신 있게 말할 수 있을 정도로 멋진 풍경들을 찍어 전시하고 있다. 작품들을 보고 있으니 방에 들어와 차 한 잔 하자며 권한다. 대만에서 건너왔다는 찻잎을 전통 다례대로 찻잔을 데우고 조금씩 잔에 부어 마신다. 내가 좋아하는 오지 여행가 한비야 씨가 새로 쓴 책에서 이런 말을 했다. "내가 좋아하지도 않는 일을 하며 돈을 벌기보다는 비록 돈벌이는 잘 안 되더라도 내가 좋아하는 일을 하며 사는 것이 더 좋은 것"이라고. 강 작가는 그렇게 사는 것 같다. 비록 이곳에서 살며 작품 만들고 가끔 판매도 하고 이렇게 민박하며 사는 것이 생활을 넉넉하게 하지는 못해도, 진정 좋아하는 사진을 찍고 오가는 사람들과 이야기도 나누며 사는 것이 부럽기만 하다. 모두들 나도 그렇게 살 사람이고 말하는데 실제로 그렇게 하지 못함은 아직도 세상의 부담이 너무 커서인가, 아니면 용기가 없어서인가? 아니면 원래 그렇게 살지 못할 사람인가?

차를 마시며 한참 이야기하고 있는데, 어제 매동마을에서 같이 투숙했던 이들이 갤러리로 몰려온다. 갤러리 관람 후 그들과, 그리고 어제 이곳에서 투숙한 젊은이들과 같이 왔던 길로 되돌아간다. 반은 우리가 걸어온 길로 가고, 반은 나와 같은 길로 간다. 이렇게 높은 곳인데도 물이 흐른다. 지난 밤의 빗물 때문이기도 할 것이다. 지금부터 눈앞에 펼쳐지는 다랑이논은 흔히 볼 수 없는 우리네 특이한 농업 문화가 있는 곳이다. 땅이 좁으니, 계속 산으로 올라가며 땅을 개간해서 생활을 영위하는 모습에서 우리네 민족의 성실함을 찾을 수 있다. 이젠 다행히도 다랭이논이 있는 곳까지 시멘트 포장을 해놓아 여러 가지로 편해졌을 것이다.

하지만 오래 전엔 어땠을까? 기록을 보니 2~30년 전만 해도 내가 오늘 점심을 먹던 일원이 제일 큰 장이 서는 곳이다. 금계에 사는 사람들은 물론 중간에 있는 마을 사람과 매동마을 사람들까지 장이 서는 날이면 일원으로 보따리를 이고 지고 다녔다 한다. 그때는 지금보다 길 사정이 안 좋아 다니기가 더 힘들었을 텐데. 그 모든 고생을 통해 2세들을 가르치고 현재 우리의 모습을 만든 어른들의 강인함에 고개 숙여진다. 눈앞에 시원하게 펼쳐진 다랭이논. 멀리 보이는 지리산 천황봉. 어제 그렇게 흐리던 하늘이 오늘은 햇빛으로 가득하다.

잠시 평탄하던 길이 어느 순간부터 급경사를 탄다. 산꼭대기에 돌담을 쌓고 그 위에 논을 만들었다. 이런 돌담을 쌓느라 얼마나 힘들었을까? 그 논 옆에 지리산의 장대함이 한눈에 들어온다. 아무리 힘들어도 이 모습을 보면 모든 고생을 다 잊을 수 있을 것 같다. 적당한 나무그늘 밑의 시원한 바람이 세상 시름을 잊어버리게 한다. 잠시 휴식 후 또 한 번 거친 고갯길을 오르니 각종 간식거리들을 무인 판매하는 곳이 있다. 각종 음료, 라면, 토속 상품 등 모든 메뉴에 가격이 붙어 있고 손님이 알아서 대금을 투입할 수 있는 상자를 만들어 놓았다. 산을 좋아하는 사람은 모두 믿어도 된다는 자신감인가?

힘들게 힘들게 등구재를 올랐다. 여기 등구재까지가 전라북도 산내면이고, 등구재를 넘어서면 경남 함양시 마천면이다. 일부러 지역감정을 나타내기 싫었는지 그런 말은 쓰여 있지 않다. 등구재 설명이 재밌다.

거북등을 닮아 이름 붙여진 등구재 / 서쪽 지리산 만복대에 노을이 깔릴 때
동쪽 범화산 마루엔 달이 떠올라 / 노을과 달빛이 어우러지는 고개다
경남 창원마을과 전북 상황마을의 경계가 되고 / 인월장 보러 가던 길
새 색시가 꽃가마 타고 넘던 길이다.
지금은 이곳을 찾는 이가 드물지만 / 되살아난 고갯길이 마을과 마을,

그리고 사람을 이어 줄 것이다.

맞다. 이곳이 사람과 사람을 이어 준다. 전혀 다른 곳에서 모인 이들이 같이 힘을 모아 손잡고 길을 넘고, 그들의 발자국이 지역에 관계없이 이어진다. 등구재를 넘으니 급격한 하산길. 이곳으로 올라오는 것도 쉽지 않은 등산길이다. 아가씨 한 명, 그리고 엄마와 아들이 힘들게 올라오고 있다. 여기까지 올라오느라 얼마나 힘들었을까? 얼마 남지 않았다고 용기를 북돋아 주고, 나는 물집 잡혀 아픈 발을 조심스레 내디디며 하산한다. 어느덧 같이 떠났던 일행들은 보이지 않는다. 한참을 내려가니 창원마을이 나타나는데 인적이 없다. 빨리 금계까지 가야 집으로 가는 버스를 탈 수 있을 것 같아 발길을 재촉한다.

그러다가 이정표는 다시 산길로 가라 한다. 아이고, 힘들어 죽겠는데 또 산으로 가라고? 지도상의 고도로는 그냥 한없이 내려가면 금계가 될 터인데, 이정표는 자꾸 나를 산으로 이끈다. 그런데 이상하다. 왜 자꾸 올라갈까? 이게 아닌 것 같은데…. 갈림길이 나와도 표식이 없다. 한참을 올라가다가 도무지 아닌 것 같아 책자에 나와 있는 창원마을로 전화를 해본다. 내가 길을 잘못 들었음을 확인한다. 다시 언덕을 내려가 갈림길에 이르니 숲속에 숨어 있는 검은 이정표. 내가 저걸 놓쳤구나. 이정표는 계속 산길로 이어진다. 힘들어 죽겠네. 누군가 수확해 놓았지만 가져가지 않아 푹 썩어 버린 호박 3개처럼 내 몸도 푹 퍼져 길가에 누워 버린다. 수수가 익어간다. 참새를 쫓기 위해 만든 허수아비가 새로운 유행의 옷을 해입었다. 바람에 이리저리 흔들릴 수 있고 햇빛을 받으면 반짝일 수 있는 셀룰로이즈를 이용해 만든 것이다. 누구의 아이디어인지 참 기막힌 생각이다.

길을 가는데 무언가 화들짝 놀라며 내 앞의 고랑을 통해 쏜살같이 지나간다. 30센티 정도의 작은 녹색 실뱀 하나. 내가 놀라게 했나? 카메라를 미처 준비할 새도 없이 실뱀 한 마리가 눈앞에서 순식간에 사라져 버렸다. 어느 계곡을 들어가는데 검은 바위가 가득하다. 이게 뭐지? 가만히 돌을 보니 구멍이 숭숭 뚫린 것이 화산암이다. 얼마나 용암의 온도가 높으면 이렇게 바위를 완전히 까맣게 태워 버렸을까? 바위를 깨 부수면 그 안까지 새까말까? 궁금하다. 내려가는 길은 쉽지만 이미 내 발은 한계치를 넘었다. 한 번 디딜 때마다 발이 아프다. 뒷발바닥의 물집을 터트렸는데 또 물집이 잡혔는지 앞꿈치로 걸어야 한다. 그러나 그것도 새끼발가락에 잡힌 물집 때문에 쉽지 않다. 그래도 괜찮아, 내가 좋아하는 일이잖아. 기어서 가더라도 난 갈 수 있어.

멀리 이번 여행의 최종 목적지인 금계마을이 보인다. 아까부터 보이던 이정표 하나. 나마스테 카페. 나마스테. 인도 여행을 하고 싶어서 많은 인도 여행기를 읽었기에 '나마스테'의 뜻을 안다. '내 안의 영혼이 당신의 영혼을 사랑합니다.' 네팔 사람들에겐 '안녕하세요?'라는 말로 통한다. 나마스테 카페를 들어서며 나마스테라고 인사했다. 내 안의 있는 영혼이 지리산의 영혼을 사랑한다고⋯. 지리산의 모든 것을 사랑한다고⋯. 카페에 앉으니 멀리 맑은 하늘이 보이는데, 오로지 천황봉 위에만 구름이 걸렸다. 저곳에 내 생전 갈 수 있으려나? 그런 날이 있을까? 꿈꾸면 이루어질까? 버스 시간표를 보니 금계까지 택시 타고 가야 할 것 같았는데 네팔인같이 생긴 나마스테 사장님이 금계마을까지 태워다 주었다. 물론 태워다 준 사례금을 지불했다. 금계에서 맛있는 점심식사를 즐기고, 땀으로 젖은 옷을 갈아입고, 버스를 기다리며 벤치에 앉아 책을 읽다가 맑은 하늘을 보니, 벤치 위의 은행나무에 얼마나 은행이 많이 열렸는지⋯. 주여, 내 생이 저렇게 가득 열린 은행같이 즐거움이 풍성하게 하소서.

이번에 끝내지 못한 지리산 둘레길 코스. 지리산의 다른 지역에도 트레킹 코스를 계속 만든다 하니, 다음에는 이번에 가지 못한 길을 따라가 봐야지. 비록 이번 둘레길은 혼자 여행이라 길동무가 없어 외로웠지만, 어차피 여행자는 외로움과 친구 되지 않으면 여행이 자유롭지 않은 법. 때로는 외로움과 떠나고, 때로는 마음에 맞는 친구와 떠나고, 때로는 길에서 만난 벗들과 만나 친구 되어 떠나고⋯. 나의 여행은 어제 오늘 길에서 만난 67세의 어느 남자분처럼 오래오래 지속되길 바란다.

2차 기행 *수철-동강-금계* (2011. 4)

지난해 8월에 끝마치지 못한 지리산 둘레길 코스에 대해 늘 아쉬움이 가득 차 있다가, 올 초부터 가야지 가야지 혼자 속으로 노래 부르며 기회를 노렸다. 가자, 가자. 휴가를 내서라도 가자. 조금 날씨가 더워지면 그것도 쉽지 않으리라. 4월 어느 금요일 하루 휴가를 내고 평소 같이 가고 싶던 친구들에게 1박 2일로 지리산 둘레길을 동행하지 않겠느냐고 프러포즈를 던졌지만, 평일이어서 그런지 아무도 선뜻 나서지 않는다. 그럼⋯, 나 혼자 가야지. 그게 편하다. 혼자 가는 여행길. 잠이나 음식이 불편해도 혼자 가면 참을 수 있고, 힘들어도 혼자 가면 푹 쉴 수 있어 좋다.

5개의 지리산 둘레길 코스 중 지난번 가지 못한 금계-동강, 동강-수철 두 코스를 가기 위해 이번에는 반대편 코스를 택했다. 산청까지 버스 타고 가서 수철까지 버스나 택시 이용. 수철에서 동강까지 약 11km쯤이니 5시간 정도. 그리고 다음 날은 일찍 출발해 금계-동강 코스 약 17 km를 약 7시간 정도 걷고 서울로 올라오면 딱 좋다. 지난번 여행 때 워낙 먹을 것 마실 것을 준비하지 못해 고생한 생각이 나서 이번엔 먹을 것 좀 챙겨 넣었다. 오이도 사서 넣고, 초코파이도 가방에 깊숙이 쑤셔 넣고, 지리산 둘레길 책자도 무겁지만 배낭에 집어넣었다.

남부 터미널에서 산청까지 3시간 10분 걸린다는데, 평일 아침이라 그런지 3시간 만에 도착. 산청 읍내에서 점심의 메뉴를 보니 확실히 전라도 지방과 경상도 지방의 음식의 차이를 느끼게 한다. 지난번 전라도 남원같이 푸짐한 반찬이 이곳에서는 보이지 않는다. 백반을 시켰는데 그냥 형식적인 반찬만 몇 개 보인다. 시골 장터의 음식점은 시골 아저씨들 아주머니들의 모임장소인지, 여기저기서 구수한 사투리들이 쏟아져 나온다. 아줌마들은 미장원에서 머리 파마하다가 나온 듯 빠글빠글하게 머리를 볶고 핑크색 비닐을 덮어 쓰고 있다. 남자들은 금방 밭일하다 나온 듯 옷에 흙이 묻어 있다. '우리가 남이가?'라는 억양이 이곳에선 흔하게 들린다. 장터에 봄나물이 지천이다.

간단히 점심을 먹고 나니 수철까지 가는 버스시간이 알아 보니 아직 많이 남아 있다. 여기서 시간 허비할 필요가 없어 택시를 탔다. 7000원. 수철리에 내려 개울가 다리 위에서 트레킹화의 끈을 단단히 동여맨다. 자, 이제 출발이다. 지도상으로 봐도 시작 지점에서 몇 km 정도는 700미터 고지의 산행을 해야 한다. 천천히 시멘트길을 올라가는데 어느 아주머니가 큰 솥에 나무를 때며 무언가를 끓이고 있다. 반갑게 인사하고 "뭐 끓여요?" 했더니 나물을 끓인단다. 나물을 끓여 마당에 넓게 펴서 말리고 있다. 조금 더 간 곳에서는 이제 막 산행을 마친 듯 보이는 두 여자가 인사를 건넨다. 주택의 축대를 호박만한 돌로 쌓아 지었는데 아슬아슬해 보인다. 요즘같이 지진이 많은 때 조금이라도 흔들리면 집이 그대로 무너질 것 같다. 때가 때인지라 개나리는 시절을 지났지만 시야가 뻗치는 모든 곳에 하얀 벚꽃, 진달래가 가득하다.

길이 갈라지는 곳에 첫 번째 이정표가 보인다. 반갑다, 이정표야. 너보기 위해 이 아저씨가 해가 지나도록 그리워했다. 동강-수철 간을 표시하는 빨간색 그리고 까만색 삼각형, 그리고 20번의 숫자가 보인다. 숫자를 곶감 빼먹듯 하나하나 빼먹다 보면 동강마을까지 갈 수 있을 것이다. 무슨 목적인지 몰라도 길가의 어느 집에 물레방아가 돌며 계곡에 물을 떨어트리고 있다. 벚꽃들의 화려함에 혹 빠져 천천히 길을 오르다 보니 어느덧 정상처럼 보이는 언덕의 저 아래로 지나온 길이 보인다. 길을 가는데 하얀 개 한 마리가 나를 쳐다보고 있다가, 내가 길을 계속 가니 '으르렁'거린다. 속으로는 무척 겁나지만 겁먹은 것을 보여주면 안 된다. 그냥 천천히 내 길을 가는데 계속 따라오며 '으르렁'거리고 있지만 나에게서 일정 거리를 유지한다. 어느 정도나 따라올까? 그 해답은 금방 풀렸다. 조금 더 올라가다 보니 벌통이 있는 사유지가 있다. 아마 그 벌통을 지키는 개일 것이다. 사유지 표시가 되어 있는 구간을 스쳐 지나가니 따라오던 개도 저기 뒤에 멈추어 더 이상 따라오지 않는다.

이제 막 물이 오르는 나무들을 따라가다 보니 쌍재로 가는 고동재의 팻말이 보인다. 재라는 것이 고개의 꼭대기인 줄 알았는데, 지나가는 아낙네가 재는 고개의 아래라고 가르쳐 준다. 쌍재로 올라가는 길부터는 드디어 둘레길의 아름다움이 시작된다. 좁고 작은 부드러운 흙길. 길옆에 진달래가 가득 피어 있다. 이제 막 잘라 낸 듯한 나무 밑동이 해바라기같이 보인다. 커다란 나무의 긴 그림자가 내가 가는 길의 해바른 양지에 길게 누워 낮잠을 청하고 있다. 갑자기 진달래가 소롯길에 잔뜩 떨어져 있다. 누군가 일부러 진달래를 따다 땅에 뿌려 놓은 것일까? 사뿐히 즈려 밟고 가시라고…. 그런데 산꼭대기의 산불 감시대 초소에 있는 아저씨가 하는 말씀이, 4월에 눈이 내려 진달래가 많이 떨어졌단다. 하긴 요즘은 날씨가 이상 기온이라 봄철인데도 산에 눈이 많이 내렸다. 여리디여린 꽃이 얼어 버렸으니 다 피지도 못한 채 떨어질 만도 하지.

호젓한 길은 계속되고 작은 정상에 올라 멀리 보니 작은 구조물이 하나 보인다. 지도상으로 보니 산불 감시초소. 멀리 보인 듯 했는데 산 정상의 평지를 걷다 보니 금방 그곳에 도착했고 나이 든 아저씨 한 분이 점심을 먹고 있다가 반긴다. 반갑게 인사한다. 오늘 사람들 많이 지나갔느냐고 묻자 한 다섯 팀 정도 지나갔단다. 혼자 지내야 하는 사람. 외로움이란 말조차 나이 들면 생각나지 않는 걸까? 아저씨 모습은 그저 무덤덤하다. 오늘 유난히 날씨가 맑아 지리산 천황봉이 보인다고 멀리 손가락으로 가리키며 사진 하나 찍어 주겠단다. 힘들지 않느냐, 외롭지 않느냐…, 이런 말은 하지 않았다. 당연한 일인 걸. 근무시간을 물었더니 여름엔 10시경 올라와서 6시경까지 있고, 겨울엔 4시경에 내려간단다. 요즘이 산불 철이 아니냐 했더니, 아직은 아니지만 곧 사람들이 많아지면 빈도 수가 높아진단다. 문제는 자연이 아니고 늘 사람이다. 배낭에서 사과 하나를 꺼내 드리고 나그네는 다시 길을 간다.

흰 껍질이 무수히 많이 벗겨져 있는 자작나무를 보면 늘 하는 생각이 있다. 무슨 사연이 있기에 이렇게 포스트잇을 수없이 나무에 붙여 놓았을까? 나무껍질을 벗겨 보니 그 안에 시 한 편 써놓아도 좋겠다. 내리막길. 커다란 개인 사유지의 울타리를 따라가다가 보이는 소나무 하나. 굵은 가지들이 얼키설키 얽혀 있다. 나무에 제목을 하나 붙여 볼까? 운우지락. 그 끝에 비닐하우스로 만든 간이 매점에 오니 막걸리가 마르다. 이미 안에는 먼저 4명의 아줌마들 얼굴이 막걸리에 발그스름하게 익어 가고 있다. 통나무를 대충 잘라 만든 의자에 전선을 감았던 나무 틀과 엉성한 식탁들. 막걸리 하나 달라니까 안주는 묻지도 않는다. 빈 주전자를 같이 내오며 막걸리는 이런 주전자로 마셔야 기분이 난단다. 하모 하모. 같이 나온 김치는 땅에 파묻었던 김치인 듯 얼마나 맛있는지. 막걸리보다 김치가 더 맛있다. 그리고 된장에 파묻었던 고추. 맵지는 않은데 너무 짜다. 시원한 냉막걸리에 등에 흐르던 땀들이 모두 들어갔다. 잔을 거의 비울 때쯤 한 무리의 남자들이 밀려 들어온다. 족히 20명 정도 되는 듯. 비닐하우스를 가득 채운다.

다시 배낭 메고 천천히 길을 내려가니 상사 폭포. 상사병의 상사겠지. 별로 크지 않은 폭포지만 물이 힘차게 떨어진다. 폭포 아래로 내려가 막걸리로 얼큰해진 기분을 시원한 물살을 보며 식히고, 쉬며 놀다가 하산. 도로가 저기 보이는데 물살이 막혀 갈 수 없다. 어쩌지? 가까이 가보니 이런 일을 예측이라도 한 듯 징검다리가 놓여 있다. 반가워라. 큰 도로로 나와 길이 꺾인 곳을 돌아가니 갑자기 거대한 구조물이 보인다. 산청 함양 추모공원. 별로 인적도 없고 이렇게 깊은 산중에 거대한 추모공원이 있다는 것이 다분히 정치적인 배려가 있어 보인다. 입구에 세워 놓은 솟대들. 멀리 지리산을 쳐다보고 있다. 대개 좋은 일을 위해서 세워 놓는 것이 솟대인데, 여기의 솟대는 무슨 의미일까? 화장실도 깨끗해 보이고, 가파르고 높게 솟은 추모탑과 계단들, 그리고 좌우로 질서 정연하게 늘어선 비석들이 숙연하게 하기보다는 남에게 보여주기 위해 노력했구나 하는 생각만 들게 한다. 국민을 보호해야 할 군인들이 지리산 내 깊숙하게 숨어 있는 빨치산 토벌이라는 명목으로 선량한 주민을 대규모로 학살한 슬픈 과거가 이곳에만 있는 것은 아니다. 거창 양민학살이 그랬고, 제주 양민학살 그리고 노근리 주민 학살 등…. 어느 나라나 전쟁은 수없이 많은 과오를 만들어 낸다. 수십 년 전에 죽은 사람을 DNA로 확인하여 신원을 확인할 수 있는 놀라운 문명의 세계에 살아도, 여전히 이라크를 비롯한 전 세계의 전쟁지역에서는 아군에 의한 아군의 피해가 자주 일어난다. 물론 그 당시의 군대를 옹호하는 말은 절대 아니다. 단지 공명심으로 그런 일을 저질렀다면 두고두고 불명예로 남겠지만, 역사는 그런 슬픈 과거까지 끌어안아야 한다. 그게 역사일 것 같다.

가파른 계단을 힘들게 올라갔다. 위패를 모셔 놓은 사당이 보인다. 색색의 조화로 깨끗이 다듬어 놓은 비석도 양쪽으로 날개 펼치듯 자리 잡고 있다. 그런데…, 내 뒤를 따라 내려온 둘레꾼들의 모습이 하나도 보이지 않는다. 몇 십 명의 젊은이들이 이곳을 지나쳤을 텐데, 아무도 이곳

121

에 들어오지 않았다. 추모공원에서 내려와 보니 모두 어디론가 사라져 버렸다.

자. 이제 지리산 자락에도 어스름 땅거미가 밀려온다. 나그네는 머리 둘 곳을 찾아야지. 미리 확인해 둔 동강마을에 전화를 거니 지금 내가 있는 곳에서 가까운 '지리산유'라는 민박집을 이용하란다. 추모공원에서 가까운 지리산유를 찾아간다. 그런데 금방 실망을 감출 수가 없다. 이건 민박이 아니라 도심지 뒷골목의 모텔 정도의 건물이다. 어찌되었든 굳게 닫힌 문을 두드린다. 아무 답이 없기에 돌아서려는데, 안에서 인기척이 난다. 나이 든 아저씨 한 분이 나오는데 손님을 반기는 기척이 전혀 없다. 잘 테면 자고 싫으면 그만두라는 어투. 잠시 다른 곳에 전화를 해보겠다고 했더니 문을 닫고는 나와 보지도 않는다. 동강마을에 전화를 걸어 다른 곳을 추천해 달라 했더니 알아보겠다며 길을 따라 오란다. 동강을 끼고 꺾어진 길에 있는 작은 마을 하나. 멀리 강 건너에 시원스럽게 달리는 차들이 보인다. 마을 길로 들어가니 어떤 아저씨가 기다리고 있다. 누추한 곳이지만 오늘은 이곳밖에 안 된다 하며 금방 밭에서 일하다가 나온 듯한 모습의 시골 아줌마를 따라가란다. 마을 안으로 들어가 내가 묵을 허름한 시골집을 보고 난 환성을 질렀다.

흰 개 한 마리가 컹컹 짖으며 손님을 맞이한다. 들어선 마당. 그래 바로 이런 곳이야. 이런 곳이야말로 시골에서의 하룻밤이야. 어릴 적 시골 사촌형님 댁이나 이모님 댁에서 보았던 사랑방. 금방이라도 무너질 듯한 그 사랑방. 그런 흙집은 사람의 온기가 있으면 절대 무너지지 않지만, 사람이 떠나고 아궁이에 불을 때지 않으면 저절로 무너진다. 아줌마는 내가 온다고 연락을 미리 받았는지 무쇠 솥에 물을 부어 아궁이에 불을 지핀다. 아궁이 옆 광에는 고르게 잘라 놓은 나무들이 가득 쌓여 있다. 방문을 열어 주는데 내부가 모두 흙벽, 흙천정이다. 천정은 마치 가뭄 때문에 갈라진 논바닥같이 쩍쩍 갈라져 있지만 무너질 것 같지는 않다. 방

안의 기둥을 이용해서 닭장에서 볼 수 있는 횟대를 걸어 놓았다. 아마 삶의 흔적들을 감추려는 듯 커다란 이불보 하나로 횟대에 걸어 놓은 옷들을 감추고 있다. 더욱이 놀라운 것은 이불을 가져다 주는데 베개가 없다고 했더니 방 구석에 쌓아 놓은 나무 목침을 보여준다. '이걸 베고 자라고? 아니, 이런 목침 베고 어떻게 자나?' 하면서 목침을 들어 보니 무척 가볍다. 오동나무란다. 가운데 구멍이 뚫려 있고, 누워서 머리에 대 보니 딱딱한 감촉이 전혀 없다. 좋아, 좋아. 오늘은 이렇게 자보자. 마당에 보이는 농기구와 옥수수 몇 개, 그리고 가장 반가운 요강이 있다. 어릴 때 쓰던 놋쇠나 도자기 요강은 아니지만, 스텐레스 요강이 내 눈을 반짝이게 한다. 이 밤에 저걸 끌어안고 자볼까?

질끈 동여맸던 신발끈을 풀어서 느슨하게 다시 매고 있는데, 방이 데워지기 전에 식사를 하라며 부엌으로 들어오라고 한다. 땀을 흘렸기에 막걸리라도 있으면 좋겠다고 했더니, 막걸리도 조금 있고 어제 동네에서 돼지를 한 마리 잡아서 안주도 있단다. 워매 좋은 거! 곱창과 순대 그리고 약간의 돼지고기를 앉은뱅이 소반에 내온다. 그런데 순대의 내용물이 특이하게도 모두 선지로 채워져 있다. 시골 막된장과 같이 내온 김치에 싸먹는 시골 돼지고기가 얼마나 맛있던지…. 포만감. 풍족함. 행복감.

저녁상을 준비하는 동안 마을 산책을 하며 뒷짐 지고 걸어가시는 동네 어른들께 인사하고, 마을 집 담 위에 핀 벚꽃, 그리고 작은 텃밭에 심어 놓은 마늘들이 반갑다. 동네 입구의 작은 우물, 동네 사람들이 어울리는 작은 정자 하나. 산책하고 돌아오니 저녁 밥상. 된장국 하나, 미나리, 김치 그리고 깍두기가 반찬의 전부. 그래도 얼마나 밥맛이 맛있던지…. 시골의 어둠은 빨리 스며든다. 밥을 먹고 나오니 벌써 어두워지고 마당의 개도 짖기를 멈추었다. 점점 뜨거워지는 방바닥 이불 밑으로 손을 넣어 따스함을 느껴 본다. 내일의 여정에 대해 살피느라 지리산 둘레길 책을 읽고, 한수산 씨 에세이집을 보며 긴긴 시골 밤을 견뎌 보려는데 똑똑, 아줌마가 호일로 싸서 아궁이에 구운 군고구마가 까맣게 익은 채 들어온다. 김이 모락모락 나는 고구마에 또 한 번 탄성. 황토방이라고 부르려니 너무 문명의 단어 같다. 흙집이라고 하자. 문명의 도구라고는 없는 흙집에서 먹는 고구마와 내 MP3에서 흘러나오는 노래들. 선한 눈 빛의 시골 아줌마. 이러한 것들 없이 살면 세상이 얼마나 황폐할까?

방이 서서히 뜨거워지고 한참 밤이 이슥해졌을 때 별이 보고 싶어진 다. 유난히 맑은 날씨라 하늘에 구름 한 점 없다. 마을 한가운데 있는 환 한 등 하나가 밤 별의 숫자를 잡아먹고 있지만, 그 등을 피해 어둠 속에 서 바라보는 별들은 그야말로 보석이다. 북두칠성이 보이고 그 너머 북 극성이 보인다. 지난번 둘레길 산행 때처럼 많은 별을 보지는 못했지만, 저 별들이 모두 내게로 쏟아지길 바라면서 오늘 5시간의 산행에 피곤한 나그네는 흙냄새 폴폴 풍기는 방으로 들어간다. 그리고 자정 넘은 시간 까지 TV와 벗삼던 평소의 금요일 저녁과는 완전히 달리 초저녁 잠을 청 한다.

밤새 방이 너무 뜨거워 자면서 방을 빙빙 돌았다. 등이 익는 것 같다. 우리나라 온돌방의 전형적인 시스템이라 얼굴은 따뜻한 줄 모르겠는데, 바닥에 닿는 모든 면은 그야말로 난로다. 몇 시 정도나 되었을까? 일찍 잠에 들었으니 일찍 눈이 떠졌지만 사방은 어두컴컴해서 일어나 봐야 나갈 곳도 없다. 이리 뒤척 저리 뒤척 하는데 어디선가 닭 우는 소리가 들린다. 그래도 아직 창은 훤하지 않아 몇 번 더 몇 번 뒤척이니 인기척 이 들린다. 아궁이에 불을 더 넣는 건가? 떠지지 않는 눈을 간신히 뜨고 방문을 여니 무쇠 솥에 김이 무럭무럭 난다. 아궁이에 작은 불씨가 이제 막 자라고 있다. 아마 내가 아침 세수 할 수 있도록 물을 데우는 것 같 다. 마당에 따로 떨어져 있는 화장실을 갈 때 어제는 날 보고 짖던 백구 (주인이 이 개의 머리 일부를 염색시키고 이름을 '놀순이'라고 지었다)가 오늘은 잠 잠하고 자꾸 나에게 안기려 한다. 하룻밤에 정이 들었단 말인가? 어쩜

그리 나그네의 심정을 잘 아는지. 미물도 이러하거늘 정 깊은 사람은 얼마나 더할까?

아줌마가 양동이에 찬물을 담아 온다. 뜨거운 물과 섞어서 사용하라는 것이겠지. 시원하게 머리를 감고 들어가니 소반에 어제 먹은 반찬과 같은 메뉴에 된장찌개 대신 멸치로 국물을 낸 걸쭉한 미역국에서 김이 모락모락 솟는다. 아침을 많이 안 먹기에 지난번 둘레길 올 때도 아침은 사양했는데, 다음 코스는 아무래도 점심시간을 넘길 만한 코스라 아침을 조금 먹어 두었다. 아침 7시 반. 아주머니에게 감사하다고 인사하고, 접었던 스틱을 길게 펼쳐 들고 2번째의 코스로 떠난다. 아직 조용한 마을을 벗어나 산길로 접어드는데, 이제 또 다른 코스의 이정표가 보인다. 멀리 산이 보인다. 저 산을 넘어가야 한다. 산으로 구불구불 올라가는 길이 모두 시멘트로 포장되어 있다. 아마 저 꼭대기에 절이 있거나 무슨 시설이 있을 것으로 보인다. 흙길을 걷고 싶은데 그건 외지에서 온 배부른 사람이 하는 이야기. 이곳 사람들도 편한 것을 좋아한다. 그들도 언덕 올라갈 때 차 가지고 올라가고 싶고, 옆 마을에 마실길 갈 때는 트랙터라도 끌고 가고 싶다.

아침에는 늘 커피를 한 잔 정도 마시는 습관이 있는데 오늘은 커피를 못 챙겨온 게 아쉽다. 커피 대신 오이를 빈 정자에서 씹어 먹는데 젊은 이들이 탄 듯한 승용차 한 대가 휙 지나간다. 언덕을 오르락내리락거리는데 어디선가 들리는 큰 물소리. 어느 집 앞에 큰 연못이 있고, 높은 곳에서 물을 떨어뜨리는 소리가 요란하다. 양어장인가? 저곳에 카페라도 있으면 조금 비싸더라도 커피 한 잔 마시고픈데, 그럴 만한 곳이 없다. 양옆 길가에는 멋진 소나무 전시장이 이어지고, 내가 나무장사라면 이곳 위치를 기억해 두었다가 저 소나무들을 사서 팔고 싶다. 어디선가 개 짖는 소리가 들린다. 벌통이나 목장이 있는 곳. 아니나 다를까. 사슴은 하나도 안 보이지만 사슴목장이라는 간판이 보인다.

어느 길 모퉁이에 예쁜 펜션이 보인다. 단체로 와서 숙박하기에 좋은 시설. 앞으로 이런 시설이 더 많아질 것 같다. 동네 앞에 이정표와 나란히 세워져 있는 소방용 시설이 묘한 대비를 이룬다. 이정표는 행복을 위한 것이고, 소방용 시설은 불행을 대비하기 위한 것이다. 다시 모퉁이를 돌아가니 갑자기 시야가 넓어지더니, '지리산 청정낙원'이라는 펜션이 너무 멋있는 곳에 자리 잡고 있다. 보기에도 건물이 깨끗하고, 앞에는 지리산 염천강의 넓은 공간이 있으며, 작은 공간에 닭을 키우고 있다. 구차한 민박이 꺼려지는 사람은 여기 청정 센터를 이용하면 좋을 것 같다. 둘레길을 다니다 보니 이젠 저런 개인 사유물의 이정표도 마치 지리산 둘레길 같은 모양의 이정표를 해놓아 잘 모르는 이들을 헷갈리게 한다. 짝퉁 이정표. 오늘의 둘레길 산행이 이 짝퉁 이정표 때문에 얼마나 힘들었던지….

지난 밤에 돼지고기를 먹어서인지 자꾸 큰일이 보고 싶다. 간밤의 민박집 화장실도 쪼그리고 앉는 식이라 자세가 영 불편하여 시원하게 용변을 보지 못했는데 자꾸 급해진다. 어디 인적 드문 곳이라도 있으면 뛰어 들어가려고 두리번거리는데 눈에 보이는 화장실 건물. 여호와 이레의 은혜인가? 비록 화장실도 깨끗하고 화장지도 비치해 놓았지만 역시 쪼그리고 앉는 식. 대충 용변을 해결하고 길을 가니 둘레길은 계속 강을 끼고 지방도로를 따라 달린다. 길을 가다가 또 한 번 보이는 화장실. 생각해 보니 여름에 이곳 강에서 물놀이하는 이들을 위해 특별히 여러 개의 화장실을 마련해 놓은 것 같다.

멀리서 손잡고 오는 둘레꾼 연인. 오늘 처음 만나는 사람이다. 분명히 다음 마을인 세동마을에서 자고 오는 것이리라. 시간이 딱 그 정도 되었으니…. 내 짐작은 맞았다. 반갑게 인사한다. 이 연인들은 내가 왔던 길을 따라 거슬러 올라간다. 강이 푸르다. 바위가 많은 강에 물결이 포말지어 내려가고 있다. 청정지역. 제발 저 청정이 둘레꾼들에 의해 훼손되지 말아야 하는데…. 버스 한 대가 휘익 지나간다. 저 버스를 타면 3박 4일 달리는 둘레길의 목적지들을 불과 한두 시간 안에 모두 갈 수 있다. 그러나 난 느림의 미학을 알고 느림의 철학을 실천한다. 음식을 꼭꼭 씹어 먹어야 건강한 것처럼 한 발 두 발 천천히 걷는 길도 신체와 정신 건강에 좋다.

길가에 허름한 안내판에 눈에 덮인 지리산 사진이 있는데 그 안의 설명들이 이 곳의 역사를 말해 준다. 빨치산 본부 및 주둔지. 이념과의 전쟁에 희생된 남북의 민족이 저 흰 눈 속에서 떨고 있는 것 같다. 길가에 있는 어느 펜션 같은 민박집 앞에 동백꽃이 아직 싱싱하게 살아 있다. 아직 동백꽃 떨어질 때가 아닌가? 강 건너편에 보이는 산에 지그재그로 길이 산 위로 나 있다. 승용차가 아슬아슬하게 내려오고 있다. 이렇게 계속 강을 따라 도로를 다니는 것도 별로 재미없다고 마음속으로 불평하고 있는데 저 앞에 마을이 하나 보인다. 세동마을. 길은 세동마을로 가는 길과 도로를 따라 직진하는 두 갈래 길로 나뉜다.

세동마을 앞에 조금 전 지나간 버스가 기사도 없이 멈추어 있다. 또 다른 주민들이 차 안에서 기다리고 있고, 그 옆에 보이는 팻말 하나. 지리산 둘레길. 마을길을 열어 주어 감사하다는 팻말. 그래, 분명 둘레길은 이쪽으로 갈 거야…. 마을을 지나가는데 길이 몇 군데로 갈라지는 곳이 보인다. 하지만 이상하게 이정표가 보이지 않는다. 이정표가 없으니 직진하라는 얘기인가? 조금 더 가니 지리산 둘레길을 걷다 보면 자주 보이는 단어 하나가 보인다. 범숙 학교. 대안학교라고 알고 있다. 범숙학교 옆을 지나는데 개 여러 마리가 동시에 짖어 대는데 따라오지는 않는다. 범숙학교 옆을 지나 언덕으로 올라가는 길. 이제야 오늘의 산행이 시작된다. 거의 700미터 높이의 산행이니 이제부터 고생할 각오를 해야 한다.

산은 구불구불…, 가파르고 걷기 힘든 시멘트 길. 한참 올라가다 보니 정말 탐스런 소나무 하나가 넓은 바위 위에서 보호받고 있다. 이름하여 세진대(洗塵臺). 먼지를 씻어 내기 위한 곳. 커다란 바위에 '세진대'라고 깊게 새겨 놓았다. 그 옆에는 어떤 사람 이름이 있다. 수령 400년이라는 소나무의 가지들이 바위 아래로 쭉쭉 뻗어 내려갈 것 같다. 내가 가진 책자에도 이 소나무가 소개되어 있으니 길은 맞을 것이라고 생각했기에 앞으로 가파르게 올라갈 길을 생각하여 이곳에서 간식도 먹어 가며 오래 쉰다. 자, 가자. 재를 넘어가서 점심 먹어야지.

하늘에 구름 한 점 없다. 산길을 돌다 보니 정자를 하나 만난다. 조금 더 쉬어 볼까? 배낭 내려놓고 파란 하늘에 취하고파 지붕 없는 정자 위에 길게 누웠다. 그리고는 깜빡 잠이 들었나? 어디선가 발자국 소리가 들린다. 여자 등산객. 반갑게 인사하고 어디서 오느냐고 물었더니, 벽송사까지만 다녀오는 길이라고 한다. 벽송사에서부터 길이 험해지고 자기는 오늘 안으로 수철까지 돌아가야 하기 때문에 일찍 내려가야 한다며 쉼터에서 쉬지도 않고 총총 걸음으로 발길을 옮긴다. 나는 다시 한참을 올라갔다. 저 아래 사찰로 보이는 건물과 넓은 공간이 보인다. 저게 벽송사일 리는 없을 텐데…, 하는 생각이 든다. 이상하게도 아무리 외길이지만 이정표가 하나도 보이지 않는다. 그리고 기어코 길이 갈라지는 곳에 있어야 할 둘레길 이정표가 보이지 않는다. 그러다가 옆길의 나무에 걸려 있는 빨간 리본 표시. 누군가 이곳에서 헤매다가 일행을 위해 저쪽으로 가라고 길을 안내한 것일 거야. 빨간 리본에 일련번호가 쓰여 있다. 무슨 뜻일까? 그런데 어느 순간 막힌 길 끝에 주택이 하나 서 있다. 더 이상 갈 길이 없다. 주택 저 아래 밭일 하는 아낙이 있어 둘레길 가는 길을 물으니 이곳이 아니란다. 이럴 수가 있나? 둘레길은 저 아래로 내려가 다리를 건너가면 된단다.

아니, 내가 아는 둘레길은 그렇게 길 가는 아낙의 말을 듣고 가는 곳이 아니다. 급히 지리산 안내책자에 나온 지리산 안내 센터에 전화를 했다. 지금 있는 곳을 설명해 주니, 내가 지금 있는 곳은 송대마을인데 길을 잘못 들었단다. 아까 세동마을에서 마을로 들어오지 말고 직진했어야 하는데, 마을 입구에 세워 둔 지리산 안내길 표시만 보고 이 길로 들어온 내 실수. 끝까지 빨강과 까망 표시판을 보고 왔어야 하는 건데 말이다. 세진대도 지나고 목장이 있는 곳도 지나왔다 했더니 이미 한참 멀리 왔다고 말한다. 지금 내가 있는 곳은 토지 소유주와 통행권 해결이 안 되어 길을 바꾸었다고 한다. 내가 가지고 있는 책이 거의 1년 전 책이니, 그간 업데이트 된 것을 모른 것이다. 아까 꼭대기에서 내려다본 절이 견불사이고 그 아래로 한참 내려가면 용유교가 있으니, 그 앞에 둘레길 표식을 해놓았다 한다. 이런, 허탈감. 미리 알았더라면 이렇게 힘들게 올라오지 않았을 텐데. 그러나 어쩌랴, 이미 한 고생인데. 덕분에 등산도 했다. 한참을 내려가니 견불사가 있고, 견불사에서 다시 가파른 비탈길을 내려가는데, 올라가는 것보다 내려가는 게 더 힘들다. 가끔씩 스님들이 탄 승용차나 SUV가 부릉부릉 소리를 내며 올라온다.

만약 내가 올라갔던 길만큼 다시 또 올라가야 한다면 오늘 산행을 포기하리라 다짐하고 내려간 길 끝. 용유교가 보이고 멀리 세동마을 방향으로 가는 둘레꾼들이 많이 보인다. 그제서야 지리산 안내 센터가 일러준 이정표가 보인다. 그 이정표 사이로 난 길. 사람들이 무더기로 내려오고 있다. 아침에 금계나 매동마을에서 출발한 둘레꾼들이 지금 이곳쯤 올 시간이다. 내려오는 이들에게 '금계에서 오는 것이냐'고 물었더니 그러자 맞다고 한다. 이제 안심. '혹시 금계까지 가려면 어느 정도나 더 올라가야 하느냐'고 물었더니 대답이 시큰둥하다. 그냥 오르락내리락 길이라 한다. 그 말에 안심하고 다시 길을 떠난다.

다행히 이곳부터는 강을 따라서 나란히 가는 길이다. 다른 둘레길은 모두 기존의 있는 길들을 이용해 가는 길이었는데, 지금 가는 이곳은 모두 온전히 둘레꾼들을 위해 만들어 놓은 길이다. 길을 새로 닦고 나무를 자르고 발 디딜 바위를 얹어 놓았다. 비록 새로 만든 길이지만 그다지 산림을 훼손한 것 같지는 않다. 하긴, 돈을 벌기 위해 만든 길이 아니니 자연보호에도 신경 썼을 것이다. 적어도 나는 믿는다, 지리산 둘레지기가 그런 자연보호 원칙을 세웠으리라고… 끝없이 이어지는 강변의 숲길. 좋다, 좋아. 멀리 맞은편 산 위에 이상한 그림이 보인다. 누군가 산을 깎아 바위를 캐고 그 거대한 빈 공간에 부처 그림을 그려 넣었다. 예술인가? 아니면 불심인가?

그 끝에 마을이 있다. 의중마을. 마을이어서 밭에 경작물이 많아 둘레지기가 경고장을 붙여 놓았다. 경작물을 훼손하지 말아 달라고. 여기저기 두릅이 보인다. 그냥 톡 따서 초고추장 찍어 먹으면 맛있는 두릅을 누구나 따고 싶어 할 텐데. 밭 여기저기에 막대기 하나씩 심겨 있는 것이 뭔가 했더니 모두 두릅일세. 지나가는 마을 사람들에게 인사하고 금계마을 가는 길을 물으니 바로 요기 재 너머란다. 재 넘어가는 길에 커다란 당산나무가 마을을 지키고 있다. 그곳에 앉아 쉬는데 아까 지나친 젊은 연인이 다시 온다. 길 끝까지 갔더니 시멘트 길이라 돌아왔단다. 그들에게 어젯밤 아궁이에서 구운 고구마를 나누어 주었더니 얼마나 둘이 맛있다고 먹는지, 보는 내가 행복했다. 여행은 이런 재미가 있다. 서로 나누어 주는 마음. 당산나무 아래로 내려가는 길에 가지가 기이하게 뻗은 나무 한 그루가 마을 가운데 있다. 어찌 보면 버펄로 같기도 하고 산양 같기도 하다.

배가 고프다. 산에서 내려오는 즉시 제일 먼저 요기할 곳을 찾았다. 반가운 간판. 무슨 무슨 가든. 저곳에 가서 점심을 먹자. 그런데, 그곳에서 나오는 주인 아줌마. 식사 안 된다며 저기 다른 민박집을 가르쳐 준다. 그곳에 가니 그곳 역시 식사는 안 된단다. 나보고 어찌하라고? 배가 고픈데…. 그래도 배고프면 라면이라도 끓여 주겠단다. 아이고, 아줌마 그거면 최고지. 그렇지 않아도 매주 토요일 아침이면 너구리 순한맛 라면을 먹는데…. 오늘도 내 생활 패턴을 우연히 즐기게 되네. 라면에 찬밥

달래서 포만감에 가득 찼는데, 이곳 막걸리가 맛있으니 나물을 안주 해서 한 잔 하고 가란다. 뭐…, 그럽시다. 차 시간을 물으니 30분마다 함양 가는 편이 있단다. 염려하지 않아도 될 듯. 커피까지 얻어 마셨다.

자, 이제 버스 타러 가자. 다리 저편에 관광버스가 많이 주차되어 있다. 가까이 가서야 그곳이 지난번 나들길 산행 시의 마지막 도착지임을 알았다. 지난번은 나마스테 카페 아저씨가 버스 타는 곳까지 나를 데려다 주었었지. 혹시 서울 가는 버스 시간을 알아보니 마천에서 3시에 있단다. 마을 사람에게 물어보니 마천까지 걸어서 15분이면 간단다. 뭐, 그 정도야. 그러나 내 발은 이미 여행이 끝났다는 시효 만료로 생기를 잃어버렸다. 얼마 멀지 않은 길인데도 걸어가기 싫다. 스쳐 지나가는 승용차를 향해 엄지손가락을 들어 올려 태워 달라고 했건만 아무도 서지 않는다. 이번 여행의 목적을 달성했기에 쉽게 정류장까지 가고자 했으나 실패하고 힘들게 걸어 버스 정류장에 도착. 이제 이번의 내 걷기여행은 끝났다.

돌이켜 보건대 걷기여행처럼 좋은 것은 없다. 걷는 것은 마음을 평온하게 한다. 땀을 흘리는 배설의 즐거움과 땅을 밟는 행복감. 나무와 산과 바람과 하늘이 내 몸과 하나됨을 느낀다. 걸으면 내 모습이 보인다. 이제 지리산 둘레길 다섯 개 코스는 일단 완주했다. 비록 현재까지는 지리산 둘레길이 반쪽밖에 안 되지만, 나중에 완전히 지리산을 순환하는 둘레길이 만들어지리라. 그때를 기다려 보자. 다음 목표는 제주도 올레길 전 코스를 걸어 보고, 할 수만 있다면 한국의 강산을 해남 땅끝 마을에서 강원도 통일 전망대까지 종단해 보고도 싶다. 틈틈이 서울의 성곽 길도 걸어 보고, 강화의 나들길도 걸어 보고, 강원도의 바우길도 걸어 보자. 그리고 인생의 마지막 목표는 스페인 산티아고 가는 길로 정하고 싶다. 그러기 위해선 제일 먼저 건강해야 하고, 경제적으로도 어렵지 않아야 하며, 내 신상에도 커다란 변화가 없어야 한다. 그러기 위해선…,

열심히 일하고 기도하는 수밖에 없다. 그렇게 살자, 기도하며…. 나에게 이 모든 것을 허락해 준 가족과 하나님께 감사, 감사.

3차 기행 덕산-위태-하동호 (2011. 8)

지리산 입산 금지. 올해는 유난히 비가 많이 오고 피해가 심하다. 지난 주 중부지방에 내린 폭우로 대규모의 인명 및 재산 손실이 발생했다는 사실을 전한 매스컴은 이번엔 남부지방 집중폭우 특집방송을 시시각각 쏟아내며 특히 지리산을 언급하고 있다. 지난 주 설악산에 갔을 때는 폭우로 설악산이 입산 금지였는데, 이번 주 내가 지리산에 오니 이번엔 지리산이 입산 금지란다. 올해는 내가 비를 몰고 다니는 건지, 비가 나를 따라다니는 건지, 아리송한 나그네가 되었다.

2009년도에 지리산 북단 1, 2, 3코스를 돌고, 2010년에 4, 5 코스를 완주한 이래, 둘레길 남단 연장 코스가 올해 5월에 개통되었다고 해서 지난 몇 개월간 얼마나 걷고 싶었던지, 먼저 걸어 본 사람들의 기행문과 사진을 보며 북마크를 해놓았다. 2009년 지리산 둘레길을 처음 걸어 본 후 걷는 재미에 끌려 북한산 둘레길, 시흥 늠내길, 강화 나들길, 강원도 바우길, 영덕 블루로드 등 여기저기 다니며 길을 밟는다. 산을 오를 때보다 더 성취감이 있고, 갈 때마다 또 다른 코스를 걸을 수 있다는 기쁨은 이제 나를 서서히 걷기 마니아 단계로 들어서게 하는 것 같다. 여름 휴가를 일부러 주일을 끼고 일주일을 신청했다. 지난 직장생활 30년간 여름휴가를 일주일 써본 적이 없는데…. 올핸 이상하게 객기를 부리고 싶었다. 휴가의 반인 수, 목, 금, 토는 아내와 강원도에서 지내고, 나머지 휴가는 나를 위해서 쓰기로 했다.

비가 오는 주일, 예배 후 차 안에서 예약해 놓은 진주행 버스를 타느라 서둘러 등산복 차림으로 갈아입고 남부 터미널 행 전철을 탄다. 타고 보니…, 이런, 셔츠를 뒤집어 입었네…. 아무럼 어떠냐, 사람들이 이런 내 모습을 보고 있지도 않을 걸. 원래 계획은 새로 생긴 코스 중 환상적이라는 위태-하동호-삼화실 구간을 꼬박 하루 돌고, 나머지는 2일차에 삼화실-대축 한 구간을 반 나절 걸은 후 서울로 올라오는 것이었다. 여정을 세워 놓고 보니 자주 있지 않은 지방 버스편 때문에 첫 날은 무조건 늦더라도 출발지인 위태까지 가서 민박을 해야만 했다. 고속도로 휴게소에서 지리산 안내 센터에 위태 출발 지역의 민박집을 전화로 알아보니 두 집의 번호를 알려 준다. 처음 알려 준 집에 전화를 했더니 민박집 주인 아저씨의 어투가 부드럽고 믿을 만한데, 방이 없단다. 이미 두 팀이 들어오기로 되어 있어 내가 잘 방이 없다는 것이다. 그래도 거실이나 다른 곳이라도 잘 수만 있으면 좋겠다 하니, 자신이 자는 황토방이 하나 있는데 그곳이라도 좋다면 오라고 한다.

버스가 진주에 도착한다. 하동 가는 버스 시간을 보니 약 50분 정도 시간 여유가 있다. 시외버스 매표소 안내원에게 이곳에 맛있는 음식점이 있냐고 물으니 장어구이가 좋다 한다. 그러나 밖으로 나오니 눈에 띄이는 장어구이 집이 없어 다시 사거리에 있는 젊은이들에게 진주의 유명 음식을 묻는다. 그러자 또 장어를 먹으라며 안내해 준다. 그런데 알려준 음식점은 한참 걸어가야 하는 곳. 버스 시간 때문에 어쩔 수 없이 근처에서 동태탕으로 대신한다. 버스 타기 전 다시 민박집에 전화하니 이미와 있는 사람들이 나를 기다린단다. 이건 무슨 뜻? 주인 아저씨가 나와 잠깐의 대화와 목소리만 듣고 품격 있는 사람이 오는 것 같다고 미리 귀뜸을 했단다. 한 번도 본 적 없는 사람이 나를 그렇게 평해 놓으니 갑자기 머쓱해진다.

옥종 행 버스를 타고 약 1시간 동안 어둠 속을 달려 종점에 도착하니 정류장 옆 택시회사 사무실도 비어 있고 택시도 없다. 다시 민박집에 전화하자 고맙게도 데리러 나온단다. 한 15분 후 까만 SUV를 가지고 온 주인 아저씨. 첫 모습이 시골 사람이 아니다. 나중에 알고 보니 부산에서 중학교 선생님을 하고 있단다. 어둠속을 굽이굽이 돌아 어느 산길 포장도로로 가는데, 우측에 반가운 둘레길 말뚝 표식이 보인다. 그 깊은 산골에 잘 지어진 별장 하나. 이미 거실에서는 두 부부가 앉아 하루의 회포를 막걸리로 풀고 있다. 둘레길 걷기도 전에 이미 둘레꾼들의 정부터 쌓아 간다. 갓 60대의 부부와 내 나이 또래의 부부는 이미 오늘 한 코스를 돌아 본 사람들이어서 연신 둘레길의 아름다움을 이야기한다. 이야기에 밤 깊은 줄 모르는데 이 민박집의 차림이 예사롭지 않다. 내부 인테리어도 신경을 많이 쓴 것으로 보이고, 여기저기 놓인 인테리어 소품들도 분명 무언가 다르다. 주인 아저씨의 할아버지 대부터 여기서 살았는데, 몇 년 전 집에 불이 나서 전소된 후 다시 지었단다. 둘레길이 생기면서 부산에서 주말마다 와서 지내고 요즘은 방학이라 계속 거주하며 민박을 운영한다고 한다.

그렇게 와자지껄 웃으며 떠들다가 흙 냄새와 쑥 냄새가 물씬 나는 황토방에 들어가 주인 아저씨와 이런 얘기 저런 얘기 두런두런 나누다가 잠이 들었다. 밤새 개울물 소리인지 빗소리인지 구분이 안 가는 물소리에 잠을 뒤척이다가, 새벽녘에 소리가 더 커지기에 가만히 들어 보니 비가 오는 듯하다. 그것도 아주 많이…. 주인 아저씨가 직접 뒷마당의 텃밭에서 가꾼 채소들로 만든 맛 있는 아침을 먹는 동안 TV는 연신 지리산 입산 금지, 이 지역의 경보를 발표하고 있다. 식사 후에 제대로 된 전통식으로 준비하고 끓여 주는 녹차를 마시고 밖을 보니 여전히 비가 억수같이 쏟아진다. 집에서 전화가 온다. 지리산에 입산 금지될 정도로 비가 많이 오니 떠나지 말아 달란다. 하염없이 앞마당에서 서서 건너편 숲을 본다. 새들이 비가 오는데도 이 나무 저 나무로 옮겨 가며 놀고 있다. 새들도 비가 오면 날개가 젖는 줄 알면서 저렇게 밖으로 다니는데, 난 뭐 하는 거야? 멀리 보이는 산자락들은 모두 회색빛 하늘 아래 먹구름에 싸여 하늘인지 산인지 구분이 잘 안 될 정도다. 오늘 내가 가야 할 10코스를 어제 다녀왔다는 분에게 물어 보니, 계곡이 몇 군데 있어 비가 많이 오면 갈 수 없을 정도라고 주의를 준다.

8시부터 거의 10시까지 잘 다듬어진 정원도 구경하고 텃밭도 돌아보며 혹시라도 비가 그칠까 지켜보았지만, 도무지 길 떠나는 것은 안 되겠다 싶다. 강원도에는 비 소식이 없기에 이대로 버스로 이동해 바우길이라도 가기로 내심 결정하고 주인 아저씨에게 버스 정류장까지 태워 달라 한다. 마침 비 때문에 오늘의 일정을 포기하는 부부를 데려다 주러 나가는 길이니 같이 나가잔다. 버스 정류장으로 가는 길에 주인 아저씨가 그냥 가기 너무 아쉬우니 이 근처 대나무 숲에 참 좋은 코스가 있으니 잠깐 보고 가잔다. 차를 숲길로 몰고 들어가면서, 위태에서 덕산으로 가는 9 코스는 약 20분간 걸어 갈치재만 넘으면 덕천강을 끼고 걷는 시멘트 길이고, 계곡 같은 것이 없으니 비가 와도 갈 수 있다고 말해 준다. 그 말에 순식간에 방향을 바꾸기로 결정하고 차에서 내려 다른 분들과 작별인사를 나누었다. 그리고는 우비를 꺼내 입었다. 쏟아지는 빗속을 뚫고 조심조심 언덕을 올라간다. 눈앞에 펼쳐지는 대나무 숲. 지난번 북쪽의 둘레길은 대나무가 별로 많지 않았던 것 같은데, 이쪽은 대나무가 많다 한다. 그렇게 언덕을 올라가니 우비 때문에 더운 데다 흘러내리는 땀과 얼굴에 부딪히는 비가 범벅되어 도무지 걷기에 불편해진다. 그래서 우비를 벗어 던지고 우산을 펼쳤다. 역시 비 맞는 것은 변함없지만, 그래도 답답한 것보다는 낫다.

이른 시간인데 벌써 마주 오는 이가 한 명 보인다. 나처럼 홀로 가는 젊은이. 우산도 없이 비를 맞고 가는데, 이미 오랜 길을 걸어왔는지 옷차림이 많이 남루하다. 반갑다고 인사하고 어디서 오느냐 물었더니 수철리에서 온단다. 수철리라면 5구간의 끝이다. 그곳에서 이 시간에 여기까지 오려면 적어도 6코스, 7코스와 8코스의 절반 정도를 하루 만에 걷고 오늘 아침 일찍 출발해야 한다. 비가 와서 그런지 그 둘레꾼은 별로 반가운 체도 안 하고 지나친다. 그렇게 땀 흘리며 갈치재까지 올라가 선 채로 잠깐 쉬고, 대나무가 양옆으로 가득한 오솔길을 따라 언덕 아래로 내려가니 작은 마을 하나가 비를 맞고 있다. 유점마을. 이제부터 중태마을까지는 편한 길이다. 그런데 길보다 더 좋은 것은 길에 손 닿으면 만질 수 있는 밤들과 이제 갓 작은 녹색 열매를 맺는 감나무들. 밤나무, 감나무가 오죽 많으면 밤나무 가지가 내 다리 옆에 있고, 주렁주렁 작은 감이 열린 감나무가 내 머리에 닿는다. 이 말을 도시 사람들이 믿을까? 이 둘레길 코스는 올 봄에 만들어졌으니, 앞으로 가을이 되면 둘레꾼들의 손이 저 과일들을 보고 그냥 지나치지 않을 것 같아 심히 걱정된다. 그래서 그런지 이 코스엔 유난히 길을 내어 준 주민들에게 감사하고, 둘레꾼들은 농작물에 손대지 말아 달라는 안내 표시판이 많이 보인다.

빗줄기는 더 거세지고, 길옆의 개울물의 물소리는 더 커지고, 산들은 모두 뿌연 털모자를 쓰고 있다. 평지는 그래도 신발이 빗물에 잠길 우려가 없지만, 땅을 부딪히며 흩어진 빗방울들이 조금씩 등산화 안으로 스며들어 오는 것을 느낀다. 길옆의 펜션에 묵은 피서객들도 비를 피해 안에서 쉬고 있는데 즐거운 모습은 보이지 않는다. 주민들 얼굴은 거의 보이지 않고. 월요일에는 문을 열지 않는다는 안내 표시가 걸려 있는 경로당은 노인들의 기척도 보이지 않으며 그 옆의 정자에도 사람들은 보이지 않는다. 뿌연 흙탕물이 흘러가는 끝없는 덕천강 길. 그렇게 걷다 보니 어느덧 빗방울이 잦아졌다. 멀리 산 위의 구름도 회색빛에서 하얀색으로 변한다. 비 때문에 신경 쓰지 못한 논의 녹색 빛깔도 상쾌함으로 눈에 들어온다.

이젠 좀 비가 멎으려나. 가늘어진 빗방울을 일부러 맞으며 마을길로 들어서니 산청 곶감을 생산하는 커다란 공장도 문을 모두 굳게 닫았다. 적막이 흐른다. 길가 주택의 벽화는 고종황제께 진상하던 곶감을 생산하는 곳이라고 자랑하고 있다. 그 길에 잘 지어진 별장 하나. 콩코드 비행기의 모형을 앞마당과 뒷마당에 세워 놓은 걸 보니 이쪽 분야 업무와 특별한 관련이 있는 것 같다. 덕천강을 가로지르는 천평교 다리를 지나니 오른쪽 정자에서 할아버지들이 화투를 즐기고 있다. 길 건너편에 경로당이 있는데도 월요일이라 정자에서 모일 수밖에 없는 것 같다. 원칙을 세우기 위해 불편한 것도 감수해야 하는 우리네 사고방식. 어느 것이 맞는지 모르겠다. 일부러 할아버지들 옆에 가고 싶어 잠시 앉았다 가도 되느냐며 양해를 구했더니, 이곳은 아무나 쉬는 곳이라며 걱정하지 말라 한다. 정자 입구에 벗어 놓은 신발들. 모두 고무신이다. 비가 와서 고무신을 신은 것인지, 아니면 원래 고무신만 신는지는 모르겠다. 그 앞을 이제 막 하교하는 듯한 중학생 또래의 여자아이들이 브랜드있는 운동화를 신고 재잘거리며 지나간다.

오른쪽에 덕산마을이 있다. 안내에는 약 10km를 4시간에 걷는다고 했는데 3시간 만에 도착했다. 대개 모든 코스에서 둘레길 안내에 적혀 있는 시간보다 한 시간 정도는 일찍 도착하는 것 같다. 근처 편의점에 들어가 점심 맛있게 하는 집을 물으니 조금 더 가서 '보현갈비'로 가라 한다. 소문난 집인지 식당 안에 사람들이 가득하다. 떡갈비 정식을 시켰는데 밑반찬이 상에 가득 놓인다. 비록 반찬 양은 적지만 하나같이 정갈하고 맛은 가득하다. 이곳에 오지 않고 그대로 지리산을 떠났다면 얼마나 후회했을까? 점심을 맛있게 먹고 다음에 이어지는 7코스의 덕산-운리 코스로 향하는 길을 걸으며 운리의 민박집을 알아보기 위해 둘레길 안내 센터에 전화를 한다. 인월, 산청, 하동 안내 센터 등 모두 월요일이 휴일인지라 전화를 받는 사람이 없다. 이 코스를 원래 오려던 것이 아니었기에 코스 도상 연습도 해놓지 못했지만, 어떻게 되겠지 하고 스마트폰으로 인터넷을 검색해 대충 코스만 확인했다. 덕산에서 맛있는 점심으로 포만감을 느끼고 마금단으로 가라는 이정표를 따라가는데 다시 빗방울이 떨어진다. 배낭에 방수포를 씌우고 우산으로 재무장.

그 마을길에도 여전히 감나무가 가득하다. 감이 손만 닿으면 딸 수 있을 정도이다. 가을이면 얼마나 이 길이 아름다울까? 도로 옆에 있는 청빈한 선비의 대명사인 남명 조식 선생의 기념관과 선비들이 모여서 공부했다는 산천재. 조식 선생 기념관은 월요일이라 휴관이다. 산천재는 오래된 고택과 역사만큼이나 오랜 세월 이 자리를 지키고 있는 매화나무, 은행나무 몇 그루와 길가의 이끼들, 넓은 잔디밭이 전부라 그냥 지나쳤다.

마금단으로 올라가는 길은 돌담 주위에 핀 꽃들과 검은 돌들을 휘감은 넝쿨의 자연미가 좋다. 빗줄기는 점점 거세지고 오른쪽 계곡물은 점점 물살이 덩치가 커진다. 끝없이 이어지는 감나무 밭. 이 도로는 확장공사 중인지 공터에 작업현장 사무실이 있다. 그 안에서는 아주 시끄러운 노래방 기계를 사용하여 마이크로 노래하는 소리가 울려 나온다. 얼핏 보니 사무실 안에 노래방의 싸이키 조명도 돌아가며 대낮인데도 반짝거리는 것이 보인다. 아마 비가 많이 오니 일을 못 하게 된 사람들이 쉬면서 한낮을 휴게실에서 즐기고 있는 듯하다. 그런 반면 어느 곳에서는 넓은 공간에 잘 지어진 저택이 있고, 마당에 보기에도 비싸 보이는 거대한 수석 작품들이 놓여 있다. 그곳에서 등산용 스틱을 꺼내느라 잠시 멈추어 있는데, 집 지키는 큰 개의 거센 외침이 나보고 관심 갖지 말고 그냥 지나치라며 주의를 준다. 시멘트 길이라 편할 줄 알았던 비탈길이 쏟아져 내리는 빗물을 피할 수 없을 정도로 걷기에 여간 불편하지가 않다. 어떤 곳은 도무지 물 웅덩이를 피할 수 없을 정도로 물이 많아 어쩔 수 없이 신발을 물에 담그어야 했다. 다시 땀과 비가 범벅이 되어 버린다. 가도 가도 끝이 없는 구불길. 가끔 자동차들이 스쳐 지나가지만, 힘들게 터벅터벅 길을 걷는 나를 보고 차에 타라고 권유하는 이는 아무도 없다. 내가 타지 않을 것을 미리 알았나? 이미 신발 젖고 양말 젖은 것은 포기한 지 오래. 바지도 젖고, 우산을 썼는데도 셔츠가 젖는다. 그렇게 비가 쏟아지는데도 어느 계곡에서는 가족과 함께 캠핑 준비를 하는 어처구니없는 사람도 있다.

이제 그만 올라갈 때도 된 것 같은데 구불구불 언덕길은 끝이 없고 계곡을 가로지르는 다리도 몇 개를 지나는지 모르겠다. 비탈길을 올라가면서도 수시로 옆의 산 언덕에 눈길을 주며 걸어야 한다. 이번 비에 전국적으로 유난히 피해가 많은 부분이 무너지는 토사인 데다, 이곳도 이미 산사태를 한번 겪은 흔적이 여기저기 보이기에 더욱 조심한다. 그래서 마금단으로 올라가는 고비 길을 걸을 때마다, 만약의 경우 대피할 장소까지 매번 눈여겨보며 걷는다. 어떤 곳은 너무 빗물이 많아 등산화를 벗을까도 생각해 보았지만, 이미 젖은 신발이라 완전히 자포자기다. 아무래도 이런 상태라면 내일 등산은 포기해야 한다. 젖은 신발을 신고 아침부터 새로운 길을 걷기는 너무 힘들 것 같다.

마금단까지 올라가면 거리 상으로는 8코스의 약 반 정도는 걸은 셈일 것이다. 마금단부터는 백운계곡을 지나가게 되어 있는데, 혹시 계곡물이 불어 가지 못하는 것은 아닌지 모르겠다. 워낙 비가 많이 오니 오만 가지 잡생각이 다 든다. 위태 덕산 구간에서는 그래도 맞은편에서 오는 둘레꾼이 몇 명 보였는데, 이곳에서는 정상에서 내려오는 이가 아무도 보이지 않는 것으로 보아 저쪽 백운계곡 쪽에서 마금단까지 올라오는 길이 쉽지 않은 모양이다. 그런 걱정을 하며 약 한 시간 반 정도 올라가는데 그 높은 곳에 마금단 펜션이 있다. 나그네가 힘들다고 좀체로 펜션까지 들어가지는 않는데, 앉을 곳도, 비 피할 곳도 없어 펜션으로 들어간다. 어떤 가족이 펜션 옆의 비를 피할 수 있는 마당 탁자에서 점심을 먹고 있다. 그 사람들이 앉아 있는 의자의 끝을 가리키며 잠시 앉았다 갈수 있는지 물었다. 그러자 나보고 어떻게 이곳까지 걸어왔느냐며 자리를 내주고 서둘러 물 한 잔을 가져다 준다. 혹시 점심을 안 먹었으면 자기들과 같이 먹자고 권하고 술도 한 잔 하라며 권한다. 하지만 모두 사양하고 물만 더 달라고 하니 따뜻한 녹차 한 잔과 떡을 가져다 준다. 낯선이에게 이렇게 친절을 베풀어 주는 이들이 고맙기만 한데, 내 배낭에는 아무것도 보답할 것이 없다. 그냥 고맙다는 말과 감사하는 마음으로 대신한다. 이곳 지리를 잘 알고 있다기에 내려가는 길을 묻는다. 백운계곡으로 내려가는 길이 시간상이나 비 오는 환경을 생각할 때 쉽지 않을 것이라며 걱정해 준다.

그렇게 힘든 결정을 해야 하는 중요한 순간에 내 핸드폰이 울린다. 민박집 주인 아저씨. 반가움에 내 사정을 얘기했더니 오늘 걷기를 그만하고 자기 집에 와서 하룻밤 더 쉬면서 내일을 기다려 보자 한다. 그러마 하고 대답했지만, 차로 이곳까지 올라오는 것도 보통 힘든 일이 아닐 텐데, 나보고 무조건 이 자리에서 기다리란다. 그러고는 펜션 아저씨에게 길을 묻더니 한참 뒤에 차를 가지고 가파른 길을 올라왔다. 솔직히 내가 걸어 올라온 길을 보건대 차가 다니기도 쉽지 않은 환경이었다. 그렇게 높은 곳까지 올라와 준 민박집 주인이 고맙다.

힘들게 올라온 길을 순식간에 내려오니 비는 거의 그치고, 어제 저녁에 같이 식사한 60대 부부와 오늘 아침에 도착한 가족 3명이 위태에서 덕산까지 걸어와 합류했다. 60대 부부는 오늘 일정을 끝내고 숙소로 들어가 온천을 간다 하고, 고등학생 남자애 한 명이 있는 새로 온 가족 3명은 내가 올라간 길을 올라가겠다고 한다. 혹시라도 몰라 그 가족에게 스마트폰으로 이곳의 택시회사 전화번호를 찾아 알려주고, 우리 일행은 산천재를 한 번 둘러보았다. 그러고 나서 저녁 먹거리인 삼겹살을 사기 위해 어디론가 한참 차를 타고 달려가는데, 그 사이 가늘었던 빗줄기가 굵어지더니 차 운행이 힘들 정도로 거세어진다. 도로에 물이 가득 고여 다른 차들이 옆으로 지나갈 때도 위험해 보이고, 차량의 와이퍼를 최고 속도로 올려도 전방 시야가 불편할 정도다. 이런 상황에서 산으로 올라간 가족은 어떨까…. 무척 궁금해진다.

민박집에 도착하니 방을 따뜻하게 데워 놓았다. 비에 젖은 몸을 시원한 물로 샤워하고 등산화에 신문을 구겨 넣는다. 그러자 주인 아저씨가 신발을 모두 말려야 한다며 어디론가 가지고 간다. 주인은 저녁 준비에 바쁘고, 나는 천천히 정원을 산책하며 시골 풍경을 즐기고 있을 때 산에 올라갔던 가족이 비에 푹 젖은 모습으로 들어온다. 내가 몇 시간 전 저런 모습으로 산에서 내려왔겠지? 저녁에 모두 모여 같이 밥상을 차려 고기를 굽고 맛있는 시골 반찬으로 지리산 깊은 산골의 낭만을 즐긴다. 스마트폰으로 내일 날씨를 알아보니, 다른 지역은 비가 오지만 이곳은 구름만 낀다고 되어 있다. 제발 일기예보가 맞기를. 내일은 비가 오지 말아야 할 텐데….

오늘은 피곤해서인지 식사 후 방에 들어가자마자 꿈나라로 빠져들었다. 날씨가 흐려 도심지에서는 절대 볼 수 없는 지리산의 무수히 많은 밤 별을 보지 못함이 심히 아쉽다. 밤새 황토방에서 귀를 쫑긋거리며 들려오는 소리가 계곡물 소리인지 빗소리인지 확인하느라 몸을 뒤척였다. 밖이 훤해진다는 느낌에 얼른 살짝 문을 열어 보니, 비가 오기는 오는 것 같은데 부슬비 정도. 이 정도면 가능할 거야.

주인 아저씨가 아침 식사를 준비하며 토마토를 먹으라며 준다. 이제막 밭에서 캐온 작은 토마토를 한 입 깨무니 아침이슬을 먹는 것같이 상큼하다. 모두 모여 어제 산행 후 이 지방의 별미라며 사온 맑게 끓인 추어탕으로 아침을 즐기지만 시선은 연신 밖의 날씨로 향한다. 밖을 보니 부슬비가 내리고 있다. 이 정도면 오늘 가야 할 코스에 있는 계곡물이 범람하여 건너지 못할 정도는 안 되리라. 하동호에서 하동읍으로 가는 버스가 1시에 있다고 하니, 짧은 만남이었지만 단체 촬영 후 서둘러 길을 떠났다. 다행히 오늘은 나 혼자 걷는 것이 아니라 어제 온 가족과 같이 동행한다. 고2 아들과 같이 온 거제도에 직장을 둔 부부. 아들이 둘레길 동참에 조건을 걸었단다, 하루에 4시간 이상 걷지 않기로⋯. 비록 혼자 있을 땐 게임밖에 안 하지만, 그렇게라도 부모님을 따라 나서는 아들을 둔 부부가 상당히 부럽다. 거기다 지금 군대 간 큰아들은 자기네 고등학교에서 유일하게 서울대에 입학했고 지금은 군 생활 중이란다.

민박집에서 시원한 얼음물병과 작은 토마토 몇 개를 간식으로 싸주며 하동호 둘레길로 가는 코스를 별도로 안내해 준다. 불과 하루 이틀 같이한 둘레꾼들이지만 그새 정들었다고 가방을 뒤져 서로 먹을 것들을 나누어 주고 사진을 찍었다. 다음에도 만약 둘레길을 온다면 이 민박집에서 묵고 싶을 정도로 애착이 간다. 주인이 운영하는 '하늘가애'라는 다음카페에 나도 회원등록을 했다. 그렇게 아쉬운 이별을 하고 이전에 왜정 시대 때 만든 길이라는, 사람들의 발길이 거의 없는 숲길로 해서 출발. 아직도 비가 부슬부슬 내리지만, 어제 내린 많은 비로 인적 없는 숲길이 질퍽질퍽하다. 작은 계곡을 지나가니 하동호로 가는 언덕길인 지네재 둘레길 이정표가 보인다. 습기 때문에 지네가 많아 그렇게 이름 붙인 것인지, 혹은 지네처럼 길이 구불구불하여 붙였는지 모르지만, 지네재로 올라가는 길은 가파르다. 처음부터 땀을 쏟는다. 같이 가는 가족의 아들은 성큼성큼 늘 앞장선다. 애들은 몸이 가벼워 산행을 아주 쉽게 한다. 오래 전에 중학생 남자애들과 설악산 정상까지 등반했다가, 애들 따라가기가 너무 힘들어 며칠 후 온 입술이 다 부르튼 적이 있었다. 오늘도 젊은 사람들 페이스를 생각하지 않고 내 페이스대로 천천히 올라간다.

지네재를 오른 뒤 잠깐 쉰다. 오율마을로 내려가는 길은 일부러 골을 만들어 놓았는데, 이 길도 어제같이 비가 많이 왔으면 도저히 걷지 못

할 길이다. 작은 집 몇 채가 있는 오율마을. 아주머니 한 분이 나와 있어서 반갑게 인사하고는 길을 가는데, 아주머니가 우리를 부른다. 줄자로 무엇인가를 쟀는데 숫자와 글자가 작아서 못 읽는지 우리보고 읽어 달란다. 이런 마을들을 지나노라면 젊은이나 애들을 보는 것이 쉽지 않다. 모두 노인들만 남아 있는 우리 시골 마을들. 세월이 지나 이분들도 모두 가시면 누가 이 마을들을 지키나? 그런 이유 때문인지 어느 마당 넓은 집 입구에는 돌기둥을 양옆으로 세워 놓고 대나무를 가로막아 놓았다. 아무도 없으니 들어오지 말라는 이야기겠지. 요즘은 이런 시골도 모두 CCTV가 설치되어 있어, 낯선 사람들이 오간 후 마을에 절도 사건 같은 문제가 생기면 경찰에 신고된다고 한다.

편한 내리막길. 그러다가 어느 길에서는 계곡물이 도로로 급히 흘러내려 신발을 벗고 맨발로 걸어야만 갈 수 있는 곳도 있었다. 오율마을에서 궁항마을로 가는 길은 산의 5부 능선쯤에 사람 2명 정도 걸어갈 만한 보폭의 평탄한 길을 만들어 놓았다. 축대에 쌓인 돌에 이끼가 없는 것을 보니 아마 이번 둘레길 조성을 위해 새로운 길을 만든 것 같다. 이토록 긴 길을 만들기 위해 만만치 않은 노동력이 들어갔을 텐데, 편한 길을 조성해 준 이 지역에 감사를 드린다.

양주동 씨의 시로 노래를 만든 가곡 '산길'을 흥얼거리며 지나간다. 그렇게 길게 이어지는 능선길. 둘레길들을 다니면서 제일 좋은 길이 이런 길이다. 숲속에 마을 사람들의 발자국으로 저절로 만들어진 길이거나, 혹은 길을 새로 만들더라도 숲속에 사람 하나 다닐 수 있는 작은 길들…. 비록 눈에 잘 보이지 않는 거미줄을 헤치며 다니느라 때론 얼굴이 불쾌할 수도 있지만, 등산 스틱을 앞에 들고 걸어 다니면 거미줄을 미리 제거할 수 있어 좋다. 궁항마을로 가는 일반 차도도 있겠지만 일부러 이런 숲길을 통해 궁항마을에 도착하니, 한 무리의 둘레꾼들이 우리를 반긴다. 그 중 이곳 마을 사람인 듯한 분이 지리산 둘레길 중 이 코스가 제일 아름답다고 칭찬을 늘어놓는다. 동네 어른들이 정자나무 밑에서 한담을 나누다가 우리가 인사하니 잠시 쉬었다 가라며 자리를 내준다. 우리는 조금 전에 쉬었다며 사양한다. 아마 내가 혼자였다면 그 자리에 앉았으리라.

하늘에 잔뜩 끼어 있던 구름이 숲속을 지나는 사이에 모두 사라져 버리고 뜨거운 태양이 내리쬔다. 잠자리들이 보인다. 그리고 양이터재로 향하는 긴 시멘트 길로 향하는데, 문득 흰색 개 한 마리가 절뚝거리며 우리를 바라보고 있다. 오른쪽 뒷다리를 다쳐 뼈가 다 보인다. 다친 지 오래되었는지 피가 다 굳어 있다. 자신의 처지를 잘 아는지 우리보고 짖지도 않는다. 하긴 저 백구에게는 모든 움직이는 것들이 공포의 대상이리라. 저런 다리로 밥이나 제대로 챙겨먹는지 궁금해진다. (이 사진을 내 블로그에 올렸더니 동물애호가협회에 있는 분이 댓글을 달아 신고하라고 하기에 불편할 것 같아 사양했다.)

이런 산중에 가끔 멋있는 별장이 있다. 일부러 마을하고 조금 떨어진 곳에 예쁜 집을 짓고 우체통도 외국처럼 길가에 만들어 놓는다. 이런 집들은 거의 집 지키는 개를 키운다. 하긴 돈 많이 벌어서 이런 곳에 집을 짓는 것도 좋으리라. 그들도 시골이 그리워서 오는 것일 테니까….

며칠 동안의 거센 비에 나무들이 뿌리째 산에서 쓸려 내려와 여기저기 길을 가로막고 있다. 양이터재로 가는 길은 계속 올라가는 코스이지만, 경사가 완만해 그다지 힘들지는 않다. 다만 더위가 심한 날은 뙤약볕을 걷느라 조금 힘들지도 모르겠다. 그 시멘트 길이 끝나는 곳에 작은 조약돌이 깔려 있는 임도와 둘레꾼을 위한 작은 쉼터가 있다. 둘레길을 다니면서 늘 느끼는 것이지만, 너무 힘들어서 아무 곳에서나 쉬고 난 후 조금 가다 보면 제대로 된 쉼터가 나오곤 한다. 쉼터 몇 미터 앞이라고 표시를 해놓으면 너무 교과서 같아서 안 좋을까? 둘레길 이정표 어느 곳에도 앞으로 몇 km 남았다는 표시는 없다. 차라리 그게 길 걷기에 편할까?

조금 전에 쉬었지만 그곳은 화장실도 있고 편한 의자도 있어 또 한 번 쉰다. 그저께 사놓은 캔 커피 한 모금이 시원한 물만큼이나 청량감을 준다. 넓은 임도를 따라 내려가다가 이정표가 다른 숲길로 인도한다. 숲길로 조금 내려가니 금방 입에서 탄성이 터져 나온다. 하늘을 뒤덮을 정도로 가득한 대나무 숲. 담양 소쇄원에서는 대나무 숲을 막아 놓아 못 들어가는데, 여긴 양옆으로 쭉쭉 뻗은 대나무 숲과 대나무 잎으로 가득한 길을 걸어가니, 마치 영화 '와호장룡'의 주인공처럼 저 대나무 위를 날아가고 싶다. 녹색의 대나무 밭. 자연스럽게 자란 대나무 밭은 사람 하나 지나갈 수 없을 정도로 빽빽하고 울창하건만, 왜 자꾸 그 사이를 비집고 들어가고 싶은지…. 중간 중간 계곡물이 흐른다. 그제 이곳을 다녀간 부부들이 비가 오면 물이 범람하여 못 갈 곳이라는 곳이 이곳을 말한 것이다. 다행히 지리산은 비가 아무리 오더라도 그치면 금방 빗물이 빠지기 때문에 괜찮을 것이라는 민박집 아저씨의 설명도 있어 오늘은 안심해도 될 것 같다.

손수건을 자주 계곡물에 적셔 가며 얼굴에 흐르는 땀을 씻는다. 벗어나고 싶지 않은 숲을 그렇게 한참 내려가니 나본마을. 이제 거의 다 온 건가? 시간상으로 현재까지 3시간 반을 걸었다. 언덕을 내려오니 눈앞에 펼쳐지는 하동호. 바다만큼이나 큰 하동호 옆으로 잘 다듬어진 아스팔트. 하동 가는 버스 정류장을 알아보려 안내 센터에 전화하니, 하동호 관리 사무소까지 아직도 갈 길이 멀다고 한다. 나는 1시에 도착 예정인 버스를 타야 하지만, 같이 걷는 가족은 민박집 아저씨가 차를 가지고 데리러 오기로 되어 있어 느긋하게 걷는다. 깨끗하게 다듬어진 하동호. 지난 주 설악산을 여행하며 본 다른 호수들은 이번 장마에 산에서 떠내려온 나무 조각들과 쓰레기들로 차마 눈뜨고 볼 수 없을 정도였는데, 여기 하동호는 호수에 쓰레기 비닐 하나 보이지 않는다. 그래서 그런지, 멀리 보이는 하얀 빌딩의 청학 콘도가 더 깨끗하게 보인다.

이제 이번 지리산 둘레길 여행은 끝났다. 하동호 밑으로 삼화실로 가는 이정표가 보여 가고 싶은 마음이 굴뚝 같지만, 다음 걸어야 할 둘레길은 여기서부터 시작하기로 하자. 비록 폭우로 인해 8코스는 다 끝내지 못했지만 몇 배 더 어려운 힘든 산행이었고, 이런 거센 빗속을 걸어본 것도 좋은 경험이라 생각하니 뿌듯하다. 그런 나 자신을 생각하니 어느 것 하나 부족함이 없다.

1시에 오는 버스를 기다리는데 빨간 고추잠자리 한 마리가 뒤집힌 채 일어나려 다리를 버둥댄다. 하지만 날개가 물에 닿아 있어 꼼짝 달싹 못하고 있다. 녀석을 마른 땅으로 옮겨 바로 세워 주었더니 한참 날개를 퍼득거리며 날아가려 애쓴다. 조금 노력하면 저 녀석도 날아갈 수 있으리라. 하늘을 보니 공중에 빨간 잠자리가 가득하다. 이제 곧 가을이 오겠구나…. 다음 지리산 둘레길은 가을에 찾아와 볼까? 1시에 예정된 버스가 1시 10분에 도착한다. 하동을 향해 달리는데, 오전 내 주춤했던 비가 또 마구 쏟아진다. 하나님, 감사합니다. 하동에 도착해 서울 가는 버스를 물어 보니 오늘 표는 완전히 매진. 진주에 가서 타기로 하고, 하동에 왔으니 재첩국이 먹고 싶어 주위를 둘러보았으나 터미널 빌딩에 있는 간판만 보여서, 손님을 기다리는 택시 기사에게 재첩국 집이 어디 있느냐고 묻는다. 그러자 왜 수입 재첩을 먹으려 하느냐고 나보고 안타까워한다. 하긴, 그럴 수 있다. 재첩국 포기. 터미널 옆 다른 식당에서 점심을 먹고 버스 타고 진주를 거쳐 서울로 올라오는데 빗방울이 더 거세진다. 멀리 지리산이 보인다. 빨간 단풍이 가득하거나 눈이 가득할 때 내 다시 오마.

길을 걸으면 내가 보인다

제주도 올레길

1차 기행 6코스 및 7코스 (2011. 5)

　내가 결혼 후 25년 동안 활동하고 있는 서울부부 합창단에서 정기행사 봄 MT를 위해 샌드위치 데이를 이용하여 제주도 2박 3일 여행을 떠났다. 합창단원들과의 여행은 노래를 좋아하는 우리들에게는 가장 뜻깊은 추억 만들기 행사였다. 밤새 노래하고, 허물없는 대화를 나누었다. 오랜 세월 동안 알고 지낸 격의 없는 사이들. 첫 날 밤에 새벽 4시까지 기타 치며 놀고 둘째 날도 그 노래하는 열정이 사라지지 않는다. 첫 날을 제외하곤 계속 비가 왔다. 그러다 보니 당초 예정되어 있던 야외 행사들과 올레길 7코스, 우도의 1-1코스를 걷기로 한 행사도 자꾸 취소된다. 못내 아쉬웠다. 쉽게 오지도 못하는 제주도인데….

　마지막 날. 오늘 밤에도 늦게까지 놀 것이 확실하니 내일 오전 행사는 10시에 시작된단다. 이래선 안 되지. 어제 본 제주도의 관광 코스들은 특별히 제주도가 아니더라도 충분히 볼 수 있는 것들이다. 그러므로 오늘 또 그런 곳을 가느니 차라리 혼자 올레길을 걷고 싶다. 그래서 진행하는 이들에게 양해를 구하고 혼자 올레길을 가겠다고 말하고 나는 저녁 행사에 빠져 버렸다.

　이튿날. 지난 밤 늦게까지 논 여흥으로 아직 잠에서 깨지 않은 이들을 두고 아침 일찍 혼자 살짝 빠져 나왔다. 여전히 비가 온다. 김녕 지역에 있는 펜션에서 서귀포 지역의 6코스를 가려면 시내버스만 2시간 타야 한단다. 교통수단이 이것밖에 안 되니 뾰족한 수가 없다. 20~30분에 한 대씩 온다는 버스가 다행히 오래 기다리게 하지 않고 버스 정류장에 기록되어 있는 시간표대로 7시 정시에 도착했다. 비 내리는 제주도의 마을들을 버스가 지나가며 학생들, 출근하는 직장인들, 아주머니들을 두루두루 태우고 내려 주고 한다. 걸어서 올레길을 시작하기 전에, 미리 버스를 통해 걸어 보지 못한 올레길을 눈으로 즐겨 본다. 시내버스 정류장 안내방송도 반드시 올레길 몇 코스임을 알려 주는 친절을 잊지 않는다.

6코스는 쇠소깍으로부터 시작된다. 버스에서 내려 버스기사가 안내해 준 대로 조용한 주택가로 가다 보니, 쇠소깍으로 이어지는 긴 계곡의 멋진 모습과 그 경관을 더 즐길 수 있도록 만들어 놓은 나무 도로가 관광지 제주의 실제 모습을 보여 준다. 도로에 발바닥 지압용 자갈 도로도 있어 건강을 생각하는 노인들과 놀기 좋아하는 애들이 무척 좋아할 것 같다. 조용하던 길이 바닷물과 민물이 만나 절경을 빚어 낸 쇠소깍의 멋진 모습에 이르자 사람들이 몰린다. 어디서 온 사람들인지 모르지만, 아직까지 올레길 표시가 없는 걸 보니 5코스와 이어진 도로 같다. 쇠소깍 휴게소가 있는 지역에는 사람들이 많이 몰려 이제 또 새로운 걷기를 준비하는 사람들과 싸이클을 준비하는 사람들, 이 근처에서 숙박하고 아침 산책 나온 사람들로 무척 붐빈다. 아침을 못 먹고 나왔기에 휴게소에서 컵라면 하나와 안내 책을 끼워 주는 올레길 여권을 15000원에 구입한 후 출발 스탬프를 찍고 출발.

6코스는 쇠소깍에서 시작하여 외돌개까지 가는 약 15km의 코스. 우산 쓰고 걷다가 사진 찍기가 불편하여 우비로 갈아입으니, 사진 찍기에는 좋은데 걷기가 영 불편하다. 하지만 어쩌랴. 천천히 마을을 벗어나 한적한 길로 접어든다. 올레길을 비롯한 모든 트레킹의 가장 뜻 깊은 일은 오가는 사람들이 서로 인사를 하는 아름다움에 있다. 서로 지나치면서 때론 눈도 마주치지 않고, 옷깃도 스치지 않은 사이지만, 같은 길을 가는 사람들의 동족 본능이랄까? 그러니까 신인류의 종목이 길을 걸으며 만들어지고 있다. 가족과 부부가 같이 걷고, 친구랑 같이, 연인이랑 같이, 그리고 나같이 홀로 걷는 다양한 모습들…. 이런 신인류와 같이 걷는 묵묵한 올레꾼 중의 하나, 제주의 상징 조랑말 구조물인 올레 이정표. 어느 둘레길에선 나무 방향표시나 혹은 솟대로 표시해 놓아 보기 좋았는데, 철 구조물로 만들어 놓은 이곳의 정책은 이정표의 수명을 장기적으로 보는 것일까? 그래도 제일 마음에 드는 곳은 지리산 둘레길의 이정표가 아닌가 생각된다. 자연 화적으로 말뚝형 나무막대로 만들어 양 방향으로 가도 전혀 헷갈리지 않도록 색깔로 구분해 놓았다. 제주도를 돌아다니면 가끔 중동지방에 온 것 같은 느낌을 주는 게 있는데, 바로 커다란 팜 트리들. 오래 전 중동지방에서 근무할 때 오아시스에 가면 이런 무수한 팜 트리들이 온 지역을 덮고 있었다.

파도가 친다. 안개가 가득하여 시야가 불분명하지만, 해안가로 몰아치는 파도가 하얀 포말을 거칠게 내뿜으며 사정없이 화산암들을 후려친다. 화산에서 뿜어져 나온 용암들이 온 대지를 불사르며 먹어 들어가다가 바닷물과 합쳐져 찢어지고, 삼켰던 온갖 만물을 토해 내느라 바위들이 모두 엉망이다. 그런 바위들의 형상이 공항 근처에 있는 용두암처럼 인간이 마음대로 상상하는 대로 이름 붙이고 애초에 없던 전설을 만들어 냈다. 어느 돈 많은 이는 이런 곳에 멋진 별장을 지어 살고 있어, 내가 직접 건물 속을 들여다보지 않아도, 또 그곳 사람들을 만나지 않아도 저 집 사람들은 행복할 것 같은 모습도 보인다. 멀리 지귀도의 머리가 비안개에 가려져 있다. 저런 곳에 사람이 살까? 계속 이슬비는 내린다. 때론 그냥 비를 맞으며 걷고 싶다.

6코스에 작은 제지기 오름이 있다. 작은 집 사이에 난 언덕길. 올레꾼들이 쉽게 올라갈 수 있도록 철도 침목을 놓아 오늘 같은 날 언덕길이 미끄러지지 않도록 배려도 해놓았다. 이런 낮은 오름에도 안개가 가득 끼어 앞이 잘 안 보이는데, 한참 올라가다 보니 어디선가 얘기 소리가 들린다. 가까이 가보니 쇠소깍으로 향하는 중에 만났던 두 명의 아가씨. 제주 올레길 여행은 주로 여자들이 많이 사랑하는 것 같다. 혼자 걷는 이들은 남자보다 여자가 더 많고, 무리 지어 걷는 이들도 단연코 여자들이 많다.

제지기 오름에 올라도 저 아래 갯마을은 안개에 덮여 보이지도 않다가, 사진도 찍고 시간을 조금 보냈더니 안개가 걷히는 것이 보인다. 나 먼저 내려가겠다고 내려오는데, 올라왔던 길들이 낯설다. 어? 이런 나무들이 없었는데, 하면서도 내려온 길이라 그냥 내려가고 보니 이런, 내가 올라갔던 곳이 아니다. 그만 오름의 반대편으로 내려와 버렸다. 지나가는 마을 사람들에게 길을 물으니, 잘못 내려왔다며 오름 옆 도로를 따라가다 보면 다시 올레길이 나온다고 한다. 탱고를 출 때 발이 조금 엇갈려야 진정한 탱고 맛을 느낀다는 영화의 대사처럼, 여행은 길을 잃어도 재미 있다. 사람 뜸한 길을 한참 빙 둘러가다 보니 아까 지났던 길을 다시 걸어가게 생겼다. 어쩔 수 없지. 파도와 안개와 팜 트리와 담쟁이 덩쿨로 멋진 돌담을 지나며 제주도의 정취를 한껏 누리며 걷는다. 가만히 보니 안개가 도로의 바닥을 타고 천천히 밀려오고 있는데, 그 위에 서 있으면 내 발목이 안 보일 것 같은 착각도 느낀다. 그런 편한 길을 가는 나를 나들길이 시샘했는지, 이정표를 작은 언덕으로 가는 곳에 세워 두었다. 그럼 그렇지. 편하면 재미없어.

비가 와서 습해 보이는 숲속 길을 걷는다. 마치 원시시대의 어느 숲길을 걷는 것 같다. 나무들이 얼기설기 길을 막아 서고, 그 길 끝에 조랑말 한 마리가 빨리 여기까지 오라고 부른다. 길이 갈라진 곳에선 여지없이 이 조랑말이 구원 투수처럼 여기 올라타라고 등을 내민다. 산길을 따라 휘휘 돌다 가니 다시 도로. 백록정이라는 국궁장이 보인다. 몇 명의 남자가 멀리 번호가 붙은 표적을 향해 힘껏 활시위를 당기고 있다.

그렇게 길을 가는데 볼썽스러운 모습 하나. 해변가에 비닐 텐트를 치고 무당이 굿을 하고 있다. 텐트 밖에 얼핏 보이는 제물들. 무당이 해변가에 무언가를 뿌린다. 저런 것들이 해변을 지저분하게 한다. 물론 파도에 쓸려 내려가긴 하겠지만 바위틈에 끼인 것들은 오랜 동안 남아서 자연을 훼손시킬 것이다. 낙엽이 돌담 옆에 운치 있게 뿌려진 길에 돌담 너머로 깨끗하고 넓은 잔디와 하얀 건물이 마치 유럽의 성처럼 아름답다. 저게 뭐지? 조금 더 가다 보니 칼 호텔의 커다란 표식이 보인다. 참으로 아름다운 곳에 호텔이 있네. 호텔 주변이라 나무들도 제법 잘 가꾸어 놓았다. 저런 곳에서 하룻밤 자면 행복을 느끼게 될까? 조금 더 가면 소정방 폭포가 있을 것이다. 폭포로 가는 길도 안전을 생각한 듯 나무 발판으로 잘 만들어 놓았다. 폭포 근처 자갈밭으로 파도가 친다. 내려가게 되어 있지만 우선은 그대로 진행한다.

그 소정방 폭포 근처에 제주 올레길의 사무국이 있다. 아담한 건물로 들어서니 나이 든 여자분이 반갑게 맞이한다. 물도 떠가고 잠시 쉬다 가라 한다. 힘들여 걸어온 이들에게 밝은 미소로 인사하고, 물 한 잔 대접하며 항상 고맙다는 인사를 늘 받을 수 있는 일이라니 얼마나 행복한 직업일까? 정말 가난하게 살아도 그 일을 하고 싶다. 그래서 봉사란 좋은 것이다 나에게 인사하는 분도 자원봉사다. 이런 일을 하고 싶어 88올림픽 때도 자원봉사를 했고, 회사에서도 봉사를 가는 일이라면 제일 먼저 신청한다. 수통에 물을 채우고 커피까지 얻어 마시고, 작은 기념품까지 하나 샀다. 올레길을 디자인한 서명숙 이사장이 쓴 책을 펼쳐 보이며, 내용 중에 자기 이름이 적힌 부분을 보여 준다. 이런 분의 봉사가 고마워 같이 사진 한 장 찍자고 부탁했다. 올레꾼들이 지속적으로 들어온다.

사무소에서 중간 스탬프를 찍고, 커피와 시원한 물 한 잔에 힘을 얻었으니 또 떠나자. 나그네에게 물처럼 귀한 힘과 용기도 없다. 가장 작은 것이 가장 가치 있는 것이다. 길을 걷다 보니 어제 합창단 일행과 점심 식사를 한 곳이 보인다. 우연히도 그 식사 장소는 8년 전에 친구 부부와 제주도에 처음 왔을 때 찾았던 곳과 같은 장소다.

이제부터는 별로 마음에 드는 길이 아니다. 도심지를 통해 걷는데, 그 익숙한 곳에도 반가운 곳이 있다. 초등학교. 그런데 이정표가 이상하다. 당연히 학교 담을 끼고 걸어야 하는데, 이정표는 일부러 학교 후문으로 들어가 정문으로 나오게 만들었다. 아, 너무 고마운 배려. 어느 누가 그 정겨운 학교 운동장 지나가기를 사양할까? 아이들의 하교를 기다리는 엄마들이 후문과 정문에서 기다리고 있고, 나이 든 여선생님 한 분이 하얀 블라우스를 입고 목에 큼지막하게 만든 노랑 나비 넥타이를 매고 하교하는 아이들에게 웃으며 무언가를 나누어 준다. 그 모습이 너무 아름다워 사진 좀 찍어도 되느냐고 물었더니 웃으며 사양한다. 아…, 사양하는 것도 미소로 사양하는 그 아름다움. 내 꿈이 저런 교사인데. 난 그 길을 가지 못하고 너무 험한 길을 가고 있나 보다.

학교 옆에 내가 가고 싶은 곳이 하나 있었다. 이중섭 미술관. 야수파 같은 풍으로 그린 소의 그림이 제일 먼저 떠올려진다. 그리고 담뱃갑의 은박용지에 그린 그림들. 이중섭이 살던 집의 구석방에 놓인 그의 흑백 사진은 병색이 짙은 사람 얼굴이다. 전시관에 이중섭 작품은 별로 없지만, 그와 뜻을 같이한 화가들의 그림이 전시되어 있다. 중광, 이응노, 장욱진 등…. 이곳 전시관에서 그림보다 더 눈을 끄는 것은 이중섭이 아내와 주고받은 애절한 편지들이다.

이중섭 미술관을 나와 어디로 갈까? 갑자기 이정표를 찾지 못하겠다. 인근 식당 아저씨에게 물어 보니 외돌개로 가는 두 개의 길을 알려 준다. 편히 가는 길, 그리고 바닷가로 가는 돌아가는 길. 후자를 택했다. 그런데 가다가 보니 이곳도 어제 일행들과 왔던 곳이다 세연교. 두바이의 7성급 호텔을 연상시키는 커다란 교각이 있는 다리를 넘어 해안의 바위섬을 돌아오는 코스. 다행히 올레길에는 그곳이 포함되지 않았나 보다. 점심을 간단히 먹기 위해 세연교 근처에 있는 식당으로 들어가니 모두 여러 명이 먹어야 할 비싼 메뉴들밖에 없다. 다른 곳에 가서 먹어야겠다고 표식을 따라가니 높은 나무 계단을 걸어 올라가야 한다. 아이고, 배고파 죽겠는데…. 괜히 이 길을 택했나 보다. 편한 길을 택할 걸.

앞서가는 올레꾼 여자 한 명. 직장을 그만두고 이곳에 한 달에 한번씩 와서 올레길을 걷는단다. 정말 부러운 팔자네. 다시 도로로 나와 길을 가다 보니 6코스의 종착점이자 7코스의 시작이고 7-1 코스의 종착점인 외돌개 올레에 도착. 시간을 보니 쇠소깍 휴게소에서 이곳까지 15 km를 꼬박 4시간 걸려 걸었다. 스탬프를 찍고 혹시 근처에 점심 먹을 곳이 있느냐 물어 보니, 앞으로 한 시간 반을 더 가야 식당이 있단다. 벌써 1시 반인데, 앞으로 1시간 반이면 3시나 되어야 식사를 할 수 있다니…. 근심하고 있는데 옆에 같이 스탬프를 찍던 올레꾼이 불쌍하게 보였던지, 한라봉이 있는데 먹겠느냐며 친절을 베푼다. 그 분도 더 걸어야 하는 형편이고 나는 견딜만 하기에 사양하고, 나는 7코스로 그 올레꾼은 7-1 코스로 발길을 돌린다

올레길 7코스

요즘은 제주도에 다녀왔다고 하면 누구나 다 묻는다. 올레길을 걸었느냐고…. 어느 해부터인가 한 사람의 작은 노력이 제주도의 관광문화를 바꾸어 놓았다. 이전에는 여미지 식물원이나 민속촌 혹은 한라산을 다녀왔느냐고 묻곤 했는데, 이제는 필히 올레길을 물어 본다. 이번에도 월요일에 출근하여 동료들과 대화를 나누던 중 몇 사람이 같은 시기에 제주도를 방문했다고 하자 하나같이 올레길 다녀왔느냐고 한다. 그리고 올레길에 대해서 관심 있는 사람이면 누구나 다 이구동성으로 7코스의 환상적인 코스를 주저하지 않고 얘기한다. 그만큼 7코스는 공들여 만든 코스다.

외돌개에서 선녀탕, 폭풍의 언덕, 돔베낭길, 수봉로, 범환포구, 일강정과 강정포구를 거쳐 월평포구까지 약 16.4km. 올레 안내 센터에서 점심 먹을 곳을 걱정하여 물어 보았더니 외돌개 근처에 오뎅 같은 것을 파는 곳이 있다고 한다. 우선은 그곳부터 찾자. 배고파서 여행이 피곤해질 수 있다. 외돌개는 바닷가 절벽 옆에 커다란 돌이 하나 솟아 있어 외돌개라 불리는가 보다. 많은 이들이 이곳에서 사진 찍기에 여념이 없다. 도로가 가깝고 인근에 숙박시설이 많아 굳이 7코스를 다 걷지 않아도 충분히 올레길 걸었다고 떠벌여도 될 만큼 인상적인 나무 발판으로 잘 만들어진 길. 그러나 7코스의 묘미는 그런 인공 발판보다 더 멋진 다양한 코스가 어우러진 길이다. 천지연 기정길을 따라 내려가니 우선 쭉쭉 뻗은 나무가 보기 좋고, 탁 트인 시야가 좋다. 그리고 멀리 자욱한 안개에 덮여 신비감을 만드는 운섬의 모습이 보인다. 사람들이 많이 몰린 곳, 허름한 가판대에 반가운 먹거리. 오뎅. 먹을 것은 오뎅과 부침개밖에 없단다. 꼬치오뎅 3개로 우선 허기를 채운다. 앞으로 길을 가는 중 때가 되어 먹을 것이 있으면 시간과 메뉴에 관계없이 먹어야 할 것 같다.

이 자연이 아름다운 곳에 아름다운 여인의 커다란 초상이 눈길을 끈다. 탤런트 이영애씨가 인기를 끈 드라마 '대장금' 촬영 장소. 외국에서도 너무 잘 알려진 한류 드라마이기에 이곳을 방문하는 외국인에게 이곳을 보여주는 것도 좋은 관광 포인트가 된다. 깎아지른 절벽 아래 건너편에 우뚝 솟은 바위봉 하나. 이것이 외돌개일 것이다. 모두 그곳을 배경으로 하여 사진을 찍는다. 나도 사람 많은 김에 사진을 찍어 달라고 부탁해서 몇 장 찍었다. 이런 깎아지른 폭풍의 언덕 주위는 모두 나무발판으로 길을 편하게 해놓아, 관광버스로 몰려 다니는 아줌마 부대의 방문이 제일 많다. 그리고는 그들은 말할 것이다, 7코스 다녀왔다고…. 제일 멋있다고…. 그렇긴 하겠지. 하나만 보았으니 그게 제일인 줄 알겠지. 그렇게 긴긴 나무발판 산책로로 이어지는 곳에서 한라봉 장수가 '1000원에 한라봉 3개'라고 외치고 있다. 우와, 다른 곳에서는 한 개에 1000원인데, 무려 3개에 1000원. 사고 싶지만 가방이 무거워질 것 같아 포기.

돔베낭길을 따라 걸으니 나무발판이 급하게 떨어지며 그 끝나는 지점에서 두 갈래 길이 나선다. 하나는 절벽 아래로 내려가는 길, 또 하나는 등산화가 준비되어 있지 않거나 약한 사람들이 가는 평탄한 길. 나는 당연히 절벽 아래로 가야 하는데, 그만 간판 하나에 못이 박혔다. 용궁 식당. 메뉴…. 시간을 보니 이미 2시가 훨씬 넘었고, 안내소에서 얘기하는 점심 식당을 찾기 위해선 1시간을 더 가야 한다. 어쩔 수 없이 가까운 식당을 찾아갔다. 조용한 펜션 타운에 자리 잡은 허름한 식당. 혼자 밥을 먹으면 늘 메뉴가 부실하다. 만 원짜리 전복 뚝배기를 시켰다. 뚝배기 이외의 밑반찬을 보니 도무지…, 3000원짜리 가정식 백반도 이보다는 잘 나오리라. 바닷가인데도 전혀 해물 밑반찬은 하나도 없고 콩나물, 콩자반, 김치, 나물 한 가지 등 모두 농촌 반찬밖에 안 보인다. 그 흔한 오징어 젓갈도 없으니… 뚝배기 안에도 전복 사촌 몇 개, 조개 몇 알, 새끼 가재 2마리. 아까 6코스에서 지나친 많은 메뉴들이 아쉽기만 하다. 어쩔 수 없지. 내 선택이다. 누구를 탓하랴.

배낭을 둘러메고 도로로 나와 큰길로 가는가 싶더니, 서귀포 여고를 지나 다시 ㄷ자로 꺾어져 이정표가 해안가로 인도한다. 멀리 섬 하나가 아래 위로 안개에 싸여 있어 환상적이다. 이곳에 오니 바닷가 절벽 밑의 루트를 통해 온 사람들이 많이 보인다. 가족도 많다. 멀리 보이는 정자에는 한 가족이 소풍을 즐기고 있다. 인공적으로 만든 징검다리를 건너 언덕 위로 올라가니, 어린 딸과 아들을 데리고 온 부부가 계속 갈지 말지 고민하고 있다. 이미 아빠를 제외하곤 얼굴이 모두 발그스름하여 걷기에 지친 모습이다. 모든 트레킹 코스의 가장 큰 고민이 이럴 때 발생된다. 앞으로 가자니 멀고, 되돌아가자니 그것도 멀 때쯤. 특히 걷기에 익숙하지 않은 이들이 오면 둘 중 하나를 택해야 한다. 무리를 하느냐 아니면 포기하느냐. 그래서 가능한 한 걷기는 평소 잘 걷는 사람과 동행하는 것이 좋다. 적어도 한두 사람 때문에 일정을 포기하는 불상사가 없도록….

그 집 아빠에게 내가 온 길을 가르쳐 주었다. 조금 위로 올라가면 큰 대로가 나오니 거기서 택시를 탈 수 있다고…. 그렇게 지나치는 사람들과 눈인사도 나누고 정보도 나누고 먼저 길을 가본 사람으로서 안내도 하고…. 사람과 사람의 만남이 길에서 이루어진다. 이 길에서 짜증 내는 사람을 보지 못했고, 아무리 힘든 얼굴을 지어도 입에서 불평을 내는 사람은 없었다. 길을 따라가니 무수한 팜 트리들이 주변에 가득하다. 나는 팜 트리로 알고 있는데, 안내서에는 소철나무로 표시되어 있다. 그게 다른 건가? 열대를 상징하는 것은 이 나무뿐만이 아니다. 멕시코에서 수없이 많이 보았던 아주 큰 선인장, 즉 알로에가 여기저기 자라고 있다. 해외로 일컬어도 전혀 손색이 없을 정도로 제주도는 비행기로 서울에서 불과 50분 거리밖에 안 되는데, 완전히 다른 기후를 가진 나라의 모습이다. 그러니 미국이나 중국같이 큰 나라들은 어떠할까?

커다란 바위에 뿌리를 박은 큰 나무가 자라고 있다. 저 나무는 습기를 어디서 얻을까? 비 오면 바위 위로 모두 흘러내릴 텐데, 뿌리는 낙타만큼이나 적은 물로도 세상을 살 수 있나 보다. 그 나무들 사이로 저 아래 바닷가에 거칠게 파도가 밀려온다. 여기저기 온실 속에서 팜 트리의 모종이 이루어지고, 마치 개구리 알처럼 어린 팜 트리들이 무수히 자라고 있는 저 하늘 위에 커다란 기구가 떠 있다. 기구 밑에 사람들 모습이 있는 것 같기도 하다. 다시 흙길로 가는데, 이 길은 수봉로라 한다. 농부가 염소를 몰고 다니는 길을 올레꾼에게 제공했단다.

이곳까지 오니 사람들이 점점 더 많아진다. 특히 젊은이들의 모습이 자주 보인다. 아마 느지막하게 일어나 7코스 출발점에서 출발한 것 같다. 그렇게 깔깔거리며 지나가는 여자아이들에게 웃음을 보낸다. 어느 아가씨는 길가 그늘 아래 신발을 벗어 놓고 배낭에 있는 물건도 잔뜩 꺼내 놓은 채 편하게 쉬면서 낡디낡은 지도를 보고 있다. 아마 이 길을 오랜 동안 걸은 것 같다. 대충 현재 위치를 가르쳐 주었다. 한참을 더 걸어 가니 드디어 어촌 마을이 보인다. 법환 포구 마을. 나도 그곳의 그늘 아래 배낭을 풀고 앉아 있는데, 중학생들로 보이는 아이들이 내 주위로 몰려든다. 알고 보니 내가 주저앉은 곳의 담벼락에 수없이 많은 낙서가 쓰여 있다. 일부러 올레꾼들을 위해 벽을 낙서장으로 제공했다. 아이들과 웃으며 같이 사진을 찍었다. 애들은 하나같이 손가락으로 브이를 그리고, 나는 장승처럼 웃고 서 있다. 법환 포구에는 커다란 해녀 동상을 세워 사진 찍기 좋은 장소를 제공한다. 점심을 굶고 왔더라면 이곳에 보이는 몇 개 식당에서 골라 맛있는 점심을 즐겼을 텐데, 아쉽다.

이 코스는 사람들이 많이 찾다 보니, 여기저기 집들도 예쁘게 꾸며 놓았다. 이곳을 지나고부터는 다른 둘레길에서 경험할 수 없는 환상의 코스를 지나게 된다. 화산바위를 헤치고 지나가는 길. 한라산에서 용암이 바다까지 흘러내려와 이곳에서 바닷물과 심각한 혈전을 벌였다. 바닷물 속으로 들어가지 못한 놈들은 이곳에서 온갖 처절한 모습으로 멈추어 버렸다. 화산돌들은 아직도 표면이 거칠다. 다른 바닷가의 바위들은 모두 매끈하게 다듬어져 있지만, 제주도 화산은 아직도 파도와 싸우는 듯 아물지 않은 상처를 가지고 있다. 그 화산바위 사이를 어린애 주먹만 한 갈색 게들이 파고 든다. 어떤 녀석들은 물기도 없는 수풀 속으로 기어 들어가고 있다. 게들이 갯벌에만 있는 줄 알았는데, 이곳 게는 화산을 더 좋아하나 보다. 화산바위로 만들어진 올레길을 지나니 개인 농지의 둘레를 표시하는 쇠말뚝에 제주 삼다수 페트병을 거꾸로 엎어 꽂아 위험도 줄이고 특색 있는 풍경을 연출한다.

풍림콘도로 가는 출렁다리를 지나 잠시 카메라와 핸드폰의 배터리를 교체하고 콘도로 들어가니, 잘 다듬어진 넓은 잔디에 깨끗한 시설물들이 갑자기 다른 나라에 온 것 같은 느낌을 준다. 점심도 올레꾼들을 위

한 특별 뷔페로 7000원. 이 정도 금액이면 횡재다, 횡재. 아까 만 원 주
고 부실하게 먹은 점심이 못내 아깝다. 화장실도 이용하고 콘도의 레스
토랑에 들어가 수통에 물도 채운다. 콘도 옆으로 난 길을 따라가는데
나 같은 나그네를 위해서 밖에 음수대를 설치해 놓았다. 고마운 배려.

이곳을 지나 평탄한 길을 간다. 내 걸음이 조금 빨라 대부분의 올레
꾼보다 조금 앞서 가는데, 어떤 아줌마들 4명이 나를 바짝 추격한다. 잘
걷는다고 칭찬해 주었더니 원래 이런 운동을 많이 한단다. 자기들도 일
행이 있는데 올레길 걷기 위해 따로 나왔단다. 이때부터 줄곧 이 아줌
마들과 같이 걸었다. 곧게 뻗은 아스팔트 도로 밑으로 안개가 밀려온다.
때로는 깎아지른 절벽 위로 걸어가고, 때론 이곳 강정마을에 해군항 설
치를 반대하는 온갖 현수막 숲을 지나기도 한다. 동행이 있으면 걸음이
빨라지던가? 보폭이 잦아지고 쉼 없이 걷다 보니 강정포구란다. 안개 속
에 묻혀 가는 바닷가 바위 위에선 낚시꾼들이 낚싯대를 바다에 드리우
고 있고, 그런 풍경을 묵묵히 바라보는 커다란 나무들 뒤로 개인 소유인
듯한 커다란 집이 유럽의 어느 대 저택을 연상시킨다.

드디어 종착지 도착. 버스가 다니는 길에 도착했다. 완주 스탬프를 찍
어야 하는데 아무 표시가 없다. 물어 보니 버스가 다니는 길이 두 군데
있어 조금 안쪽으로 들어가야 한단다. 눈에 보이는 깨끗한 가게에서 한
라봉을 팔고 있기에 그곳에서 스탬프를 찍어 주느냐고 물었다. 그러나
점원은 내가 보여주는 올레길 여권이 뭔지도 모른다. 그 점원이 주인에
문자 주인이 앞의 송이수퍼라고 가르쳐 준다. 송이수퍼에서 7코스 도착
스탬프를 찍고 버스 편을 물어 보는데, 나 같은 올레꾼들이 그 가게에
우르르 몰려들어 이것저것 물어 댄다. 물건을 팔아야 하는 여주인을 무
척 귀찮게 하는데, 여주인은 그 모든 사람들에게 친절하게 웃으며 대답
하고 버스 타는 것을 안내 해 준다. 내가 그분에게 송이수퍼 이야기를
내 여행기에 쓰겠다고 했다.

서귀포 시외버스 터미널로 가는 버스를 기다리는데, 나를 따라왔던 4명의 아줌마가 옆에 서 있는 모범택시와 흥정하더니 나를 부른다. 택시 기사와 합의 봤으니 이 택시를 타란다. 정원 초과라 탈 수 없다고 사양하는데, 굳이 나보고 타라고 강권하기에 어쩔 수 없이 승락했다. 나는 앞에 타고, 4명의 아줌마들은 모두 뒷좌석에 비좁게 앉아 있다. 택시비가 얼마냐고 물으니 6000원. 아이고, 난 몇 만 원 하는 줄 알고 미안해했는데…. 내가 택시비 지불했더니 제주시 가는 버스비는 아줌마들이 제공했다. 2500원.

안개가 자욱한 먼 길을 달려 제주공항에 도착. 뻐근한 다리를 풀어 주며 일행을 기다린다. 물어 보니 오늘 올레길 7km를 걸었단다. 나는 그냥 시늉만 내는 올레길이 아니라 32 km를 걸었다고 하니 모두 놀란다. 이런 과정들은 모두 산티아고 순례자의 길로 가는 연습 과정일 뿐이다. 뿌듯한 하루…. 나에겐 큰 보람이다. 비록 오늘은 6코스, 7코스 두 군데의 스탬프밖에 못 받았지만, 기회 되는 대로 내려와 다른 코스도 둘러보고 싶다. 한라산 둘레길도 생겼다는데…. 가자, 가자.

2차 기행 5코스, 8코스 (2011. 10)

제주도에 도착한 첫 날 게스트 하우스에서 자다가 꿈을 꾸었다. 내가 어떤 큰 모임에 참석했는데, 내 모습이 조금 돋보였는지 정장을 차려 입은 누군가가 나를 부른다. "회장님이 잠깐 보고 싶어 한다"며. 황금빛으로 기억되는 문으로 들어가니 그곳에 회장으로 보이는 전 아나운서 차인태 씨가 앉아 있다. 그리고 주위에 어떤 나이 든 사람들이 내 주위를 둘러싸고 있는 엄숙한 가운데 차인태 씨가 나를 보더니, "돈 많이 벌게 해주겠다. 나랑 같이 일하자."고 제안한다. 그 제의에 즉시 내 생각을 말했다. "난 돈 많이 버는 것 관심 없습니다. 내 인생을 즐기고 싶습니다."라고. 그리고는 귓가에 앵앵거리는 모기 소리에 잠을 깼다. 며칠 전 케이블 TV 프로그램 중 차인태 씨와 제주도 올레길을 개발한 서명숙 씨의 대담 프로그램을 보았더니 이런 개꿈을 꾸었나 보다.

15년 전에 캐나다로 이민 간 친구 부부가 조만간 한국에 들어와 몇 년 살고 싶다며, 여행을 좋아하는 나보고 여행 다닐 곳 중 어디가 좋은지 조언해 달라고 부탁한 적 있었다. 대충 내 계획을 미리 알려 주고 난 후 한국에 들어오자마자 강화도 나들길을 다녀오고, 이번에는 제주도 올레길 여행을 떠나기로 했다. 다른 이 같으면 렌터카해서 땅값이나 집값 알아보러 돌아다니는 편한 생각을 했겠건만, 삶의 생각이 모범된 사람이라 힘들더라도 올레길을 걷기 원했다. 친구는 5박 6일, 나는 금요일 하루 휴가를 내고 다녀오는 2박 3일의 일정으로 준비했다. 나는 다행히 이전에 사놓은 제주도 항공 티켓이 2장 있었고, 친구는 저가 항공으로 내가 예약해 두었다. 올레길 코스가 좋은 서귀포에 게스트 하우스를 예약하고, 나는 지난 5월에 6코스와 7코스를 혼자 걸어 보았으므로 이번엔 5코스와 8코스를 걸어 보기로 스케줄을 잡았다. 그런데 '싼 게 비지떡'이라는 말같이 저가 항공인 '제주항공'에서 떠나는 날 아침에 연락이 왔다. 오늘 특별한 기상 변화도 없는데 제주 행이 단지 연결편이 안 된다는 이유로 결항된다고 한다. 그러면서 조금 일찍 떠나거나 늦게 떠나는 비행기로 바꾸란다. 인터넷 조회해 보니 그마저도 풀 부킹(full booking)이다. 서둘러 다른 저가 항공으로 찾아보니 마침 예정 시간보다 조금 이르지만 자리에 여유가 있었다.

첫 날 묵은 게스트 하우스 주인은 이전에 내가 다니던 직장의 상관인데, 유난히 클래식 음악을 좋아해서 나와 이야기가 잘 통하는 분이었다. 직장을 접고 제주도에 '외돌개 나라'라는 이름의 게스트 하우스를 새로 지어 운영을 시작했다. 이제 1년 정도밖에 안 되었지만 제주도 올레길 중 제일 아름다운 길이라는 외돌개가 있는 7코스의 시삭섬에 사리 집고 있어 손님이 많이 찾는 곳이다. 그런데 이분의 전력이 모두 독특한 분야의 건설회사에 몸 담았었기 때문에, 낡은 집을 구입한 후 리모델링해서 지은 게스트 하우스의 디자인이 남과 다르다. 보통 남들이 생각하지 못하는 게스트 하우스 상징물을 전체 공사비의 3분의 1 정도를 투자해서 입구에 외돌개를 상징하는 거대한 예술품을 제작해 놓았다. 이 길을 지나가는 사람들의 90퍼센트가 이 앞에서 사진 찍고 싶은 마음이 들었으면 좋겠다는 주인의 바람이 있었는데, 정말 어떤 이들은 예술품의 가치를 알고 이것저것 물어 보기도 한단다.

밤 늦게 도착하니 마땅히 저녁 먹을 곳이 없었다. 그래서 인근 가게에서 막걸리를 사고 마당에서 즉석 마련한 두부와 아삭한 김치, 그리고 파김치로 시작된 야외 식탁. 정담이 가도가도 끝이 없다. 이곳에 정착하게 된 이야기, 게스트 하우스를 짓는 과정의 이야기, 이곳 사람들과 어울리게 된 이야기, 요즘 색소폰도 즐기고 관광대학에 입학하여 학생회장도 맡고, 사이클을 즐기며 얼마나 날마다 재미있게 사는지…. 내 친구의 관심과 가려운 곳을 속속들이 긁어 주는 이야기들을 밤이 이슥하도록 쏟아 낸다. 도대체 끝이 없을 것 같던 이야기들은 결국 비가 한두 방울 떨어지는 바람에 그칠 수밖에 없었다. 방 구석구석 흔들의자 등 앤티크 (antique)한 물건이 가득한 곳에서 기분 좋은 첫날 밤을 자고, 아침에 토스트가 무상으로 제공되는 레스토랑에 들어서니 바하의 바이올린 샤콘느가 가득 울려 퍼진다. 지난 밤에는 안 보였던 사람들이 홀에 가득 모여 빵을 굽고 아침을 즐긴다. 어젯밤에 어두워 제대로 보지 못했던 외돌개 조형물의 조각 작품을 세세히 보고 있노라니 과연 화가가 만든 역작

임을 알 수 있겠다.

이곳에서는 7코스 올레길을 걷는 이들이 편하게 시작점을 찾아갈 수 있도록, 아침 시간에 원하는 손님들에게 6코스의 시작점인 쇠소깍까지 데려다 준다. 우리도 5코스를 역으로 걷기 위해 쇠소깍에서 내렸다. 비가 온다. 그것도 아주 많이. 이번 제주 여행을 끝내고 서울로 돌아오는 비행기에서 『조선일보』에 난 한비야 씨의 대담 기사를 보았다.

"산에 '그냥' 가고 싶은 사람은 그날 비가 오면 산에 가지 않는다. 하지만 산을 정말로 좋아하는 사람은 비가 와도 간다. 진심으로 그 일이 하고 싶은가를 아는 것이 중요하다."

나는 길 걷기를 그냥 좋아하는 것이 아니다. 정말 좋아한다. 그래서 비가 오니 렌터카 이용해서 돌아 다니자는 아내의 궁시렁거림도 무시하고 떠나기로 한다. 다행히 친구 부부도 이런 점에서는 적극적이다. 이런 코드가 맞으니 오랜 세월 어울리며 살았다.

6코스의 출발점이자 5코스의 종점인 쇠소깍에 내려 물병을 몇 개 사고 출발 스탬프를 찍으려는데, 밖에 도장이 마련되어 있다며 가리킨다. 이전에는 가게에서 찍던 스탬프와 도장이 비를 맞은 채 밖에 나와 있다. 너무 많은 사람들이 모이니 가게에서 관리하기도 힘들어진 것 같아 그런 시스템을 만들었지만, 이런 날은 관리가 안 되는 것 같다. 올레길 여권에 물에 풍덩 젖은 스탬프 잉크로 도장을 찍고 나중에 5코스 걸은 뒤에 도착 도장을 찍으려고 보니, 출발 도장이 사라져 버렸다. 하긴, 물과 다름없는 잉크로 찍었으니 남아 있을 리가 없지.

지난 5월 이곳에 왔을 때보다 몇 가지의 올레길 안내판이 더 많이 세워졌다. 자, 이제 4명이 흰 비닐 우비를 뒤집어쓰고 출발. 시간 9시 20분. 민물과 바닷물이 만난다는 쇠소깍. 소가 누운 듯한 모습의 연못 소(沼)라 해서 쇠소깍이라 한다. 비가 안 오면 투명 카약을 타는 사람들로 붐빌 텐데, 오늘은 출발점 앞 정자 안에 많은 젊은이들이 모여 얘기를 즐기고 있다. 나무로 만든 긴 쇠소깍 계곡의 발판을 지나, 이정표를 따라 조용한 동네로 접어든다. 아직 감귤 출하기가 아닌지, 눈에 보이는 모든 감귤의 색이 일부는 노랗고 일부는 아직 나뭇잎 색과 같다. 귤이 포도송이처럼 오밀조밀하게 붙어 있으니 가히 수확량이 엄청날 것 같다. 어제들은 얘기에 의하면 감귤 농사처럼 쉬운 것이 없단다. 그다지 손도 많이안 가고 병충해도 별로 없다. 대개 1년 만에 수확이 나오며 판로도 많아그다지 손해 보는 장사는 아니라 한다.

마을길 옆의 좁은 소로를 지나는데 오솔길에 물이 홍건하다. 바지 젖는 것은 당연하고 피할 수 없이 밟고 가야 할 물 웅덩이들이 있어 신발까지 서서히 젖어들어 온다. 이런 날 신발 안 젖게 걷는 방법이 없을까? 30년 전쯤에 겨울 등산을 가면, 눈길 걸을 때 등산화 속으로 들어오는 눈을 막기 위해 미리 신발에 왁스를 발라 신발이 젖는 것을 방지했던 기억이 있다. 다행히 많은 길들이 시멘트 포장길이라 아주 불편하지는 않았다. 하지만 그 도로를 흐르는 물살까지 피하지는 못했고, 신발 위로 떨어지는 빗방울까지 막지는 못했다. 그래서 한 시간 정도 걸은 뒤 어느 인적 없는 마을의 2층 정자에 들어가서 아내가 신발을 벗어 양말에 배인 빗물을 짜내는데, 마치 젖은 행주처럼 빗물이 바닥에 주르륵 떨어진다. 그러나 2층 정자에서 바라보는 비 오는 바다 풍경은 방금 양말을 짜야 했던 불편함을 견뎌 내기에 충분했다. 파도가 넘실대고, 비가 온다.

검푸른 바다 위에 비가 내리면, 어디가 하늘이고 어디가 뭍이요
그 깊은 바다 속에 고요히 잠기면, 무엇이 산 것이고 무엇이 죽었소.

내가 좋아하는 김민기의 노래가 절로 흥얼거려진다. 저 바다에서 물고기들이 마구 뛰어노는 풍경을 조금만 배를 타고 나가면 볼 수 있을까? 마을길과 숲길이 이어진다. 바다가 마을을 파고들어 동네 일부가 깎

여 나간 듯한 바닷가. 검은 모래가 덮여 있고 돌들이 파도에 뒹굴고 굴러 동그란 몽돌이 되어 버렸다. 5코스를 정방향으로 걷는 남녀 커플이 이른 시간에 출발했는지, 벌써 비에 폭 젖은 채로 인사하며 스쳐 지나간다. 그런데 우비를 안 쓰고 다니네. 제대로 된 비옷을 입었나?

바닷가에 커다란 집 한 채가 보기에 좋다. 이곳에 정착하고 싶은 친구 부부의 눈에 이런 모습이 자주 들어온다. 그렇게 큰 집인데 대문은 돌기둥에 나무 세 개를 가로 걸쳐 놓아 아무도 없음을 말해 준다. 그 집 앞 큰 과수원에서 귤이 익어 가고, 잔디도 잘 다듬어져 있다. 이런 집을 사서 게스트 하우스나 할까? 자꾸 욕심이 생긴다. 아니면 제주도에 '깔세'라고 있던데, 깔세 얻어 일년 정도 살아 볼까? 깔세는 일정 금액을 일 년 동안 집 주인에게 맡기고, 일년 뒤 집세를 제하고 그 중 일부를 찾아가는 제주도만의 독특한 전세 방식이라고 한다.

작은 텃밭을 건너뛰어 지나가니 차가 다니는 도로가 보인다. 설마 저 길을 걸어가게 하진 않겠지. 키 작은 아가씨 한 명이 우산을 쓰고 맞은 편에서 걸어온다. 5코스의 근처에 있는 큰엉을 출발한 지 2시간이 지났단다. 하긴 우리도 1시간 반 정도 걸은 것 같다. 바다가 마을로 들어와 막혀 있는 곳에 작은 안내 돌판이 있다. 이름도 익숙하지 않은 '넙빌레'라 하여 읽어 보니, 이곳이 용천수가 흘러 나와 주민들이 노천욕을 즐기는 장소라 한다. 넙빌레라는 말은 넓은 바위라는 뜻이다. 길은 그렇게 마을로 흘러 들어온 갯골 길을 굽이굽이 돌아간다. 수없이 많이 보이는 귤밭들. 귤밭 속에 집이 있는 건지 집 옆에 귤밭이 있는 건지 구분이 안 될 정도로 귤밭이 끝이 없다. 오렌지꽃 향기는 바람에 날리지 않더라도 우린 노란 귤밭 사이를 걸어간다.

그렇게 돌아간 길을 가다 보니 차가 다니는 도로로 나서게 된다. 워낙 온몸이 젖어 어딘가 쉴 곳이 필요한데 쉴 곳이 마땅치 않다. 마트 옆의 비를 피할 수 있는 곳에 잠시 주저앉아 다시 신발을 벗어 양말 속에 배인 빗물을 짜낸다. 한 번 짜낸 뒤에 다시 신발을 신고 조금 기다리면 다시 양말이 신발 속의 물을 빨아들여, 조금 전에 짜 버렸는데도 다시 흥건하게 물에 젖어 있다. 길을 계속 갈까 하다가 오늘 저녁에 멋진 회를 먹기로 되어 있는데 점심을 늦게 먹으면 맛있는 저녁을 많이 못 먹을까 봐, 이르긴 하지만 바로 옆에 있는 중국집에서 짜장면, 짬뽕을 시킨다. 그런데 예상 밖으로 짜장이 진하고 맛있다. 하긴, 외국에서 이런 진한 시골 짜장을 먹을 기회가 없었을 것이다.

혹시라도 식사 중에 비가 멈추지 않을까 하는 기대감으로 문을 열고 나온다. 기대가 여지없이 무너진다. 아침 예보에 12시 정도까지 비가 온다고 했는데, 지금 12시인데도 비가 멈출 기색이 없다. 큰길로 나와 다시 이정표를 찾아가는데 사거리에서 이정표를 잃었다. 어디로 가야 하나. 길모퉁이의 보험사 사무실에 들어가 물어 보니 직원이 식사하다 말고 나와 친절하게 길을 가르쳐 준다. 가르쳐 준 대로 길을 찾아가다가 갑자기 복통. 혹시 아침에 먹은 우유 때문인가? 이래서 아침에는 우유를 먹지 않는다. 게스트 하우스 사장님이 주시는 바람에 먹었더니 아니나 다를까. 안 하던 짓을 하게 되면 이렇게 탈이 난다. 제일 먼저 눈에 보이는 횟집으로 뛰어 들어가 화장실 좀 이용하겠다 했더니, 나중에 볼일 보고 나올 때 여행 잘하시라고 격려도 해준다. 고마운 사람들. 이제 신발이 비에 젖지 않도록 빗물을 피해 걷는 것은 포기했다.

길을 가는데 커다란 백구 한 마리가 내 앞으로 먼저 걸어가며 지속적으로 발을 들어 나무와 바위에 영역 표시를 한다. 개들이 소변 보는 것으로 자신의 영역 표시를 한다는 게 확실한 정설이긴 하지만 이 백구는 얼마나 자주 소변을 보는지, 자신의 영역 표시를 확실하게 해두고 싶은 것 같다. 그런데 이 백구가 계속 올레길을 앞장서 가고 있어 계속 따라가는데 어느 순간 막다른 길이 되어 버리고 말았다. 속았구나. 아니…, 내가 너를 너무 믿었구나. 내 잘못이지. 다시 알바를 했다.

올레길은 비교적 역방향 표시도 잘되어 있다고 하는데, 그래도 군데군데 역방향 이정표를 잘 찾을 수 없는 곳이 있어 헤매기도 했다. 그러나 대개 이런 길을 많이 걸어 본 사람이라면 금방 길을 찾을 수가 있다. 갈라지는 곳에 이정표가 없으면 잘못 온 것이고, 그래도 구분이 잘 안 되면 사람들의 흔적을 찾으면 된다. 비가 오는데도 딸 둘을 데리고 걷는 엄마도 있고, 혼자 열심히 걷는 아가씨도 있다. 길은 사람을 참으로 용감하게 만든다. 아마 산이라면 저렇게 혼자 다니거나 여자들끼리 다니기 힘들었을 것이다. 여기저기 게스트 하우스에는 비가 와서 길 걷기를 포기한 듯한 사람들이 어울려 놀고 있다. 인터넷 게스트 하우스 전문 카페에서 보지 못한 이름의 숙소들이 무척 많아 보인다. 한꺼번에 너무 많이 생겨서인가? 다른 게스트 하우스 소개 사이트가 있는 건가?

동백나무 숲으로 이루어진 길을 걷는다. 이제는 모두 아름다운 빨간 꽃들이 져버렸지만, 그래도 울창하게 나무가 자라고 있다. 쭉쭉 뻗은 소나무들은 많이 병들어 있다. 아주 간간이 감나무도 보이고 모과나무도 보이지만, 나무들의 99퍼센트는 감귤나무라 해도 틀린 말이 아닐 것 같다. 전망이 좋은 곳에 철문이 닫혀 있는 콘크리트 구조물이 하나 덩그러니 놓여 있다. 군 초소인가? 문이 열려 있으면 들어가 비를 피하고 싶었다. 바닷가에 남탕 여탕이 노천에 있어 가까이 가보니 노천욕을 즐기는 곳이다. 여름철엔 이곳에 사람이 무척 많을 것 같다. 주차장도 넓다. 욕탕은 비록 크지 않지만 지나가다 잠시 들러 즐기기에 적당한 곳이다.

얼마나 더 가야 하는가? 비가 오지 않으면 자주 가방을 열어 여행 안내서를 읽어 보겠지만, 배낭을 내려놓기도 힘들 정도로 쏟아지는 비에 모든 것이 여의치 않다. 카메라가 물에 젖을 것 같아 사진 찍기도 불편하다. 매번 쉴 때마다 우비를 벗었다 다시 입어야 하고…. 그렇게 쏟아지는 비가 조금 잦아드는가 싶어 하늘을 보니, 비는 오지만 회색빛 구름 사이로 작은 햇빛이 새어나오고 있다. 시야가 넓어지며 바다도 시원하게 보이는 저편 바위 끝에 낚시꾼들이 비를 맞아 가며 낚시를 즐기고 있다. 이곳이 '큰엉'이라는 곳이다. '엉'이란 동굴을 뜻한다고 한다. 절벽 끝에 가보니 절벽 구석에 동굴 하나가 크게 뚫려 있다. 이곳은 바닷가를 끼고 산책로를 잘 만들어 놓아, 근처 펜션에 있는 사람들이 이곳에서 산책을 하며 제주도의 낭만 속에 들어가 있다. 굽이굽이 돌아가는 큰엉 산책로. 가끔 보이는 절벽의 바위는 마치 제주도 전통가옥의 바위 담처럼 절벽이 바위들로 차곡차곡 쌓여 있는 것처럼 신비롭다.

비가 어느 정도 그친 것 같다. 우비를 벗었더니 윗도리도, 속옷도, 바지도 신발도 모두 퐁당 물에 젖어 있다. 배낭 속에 들어 있던 물건들도 모두 축축하다. 빗물이 뼛속까지 깊이 들어와 있는 듯하다. 이제 목적지인 남원포구에 거의 다 온 것 같다. 마지막으로 다시 한 번 양말을 벗어 물기를 짜 내고 벗은 내 발을 보니 물에 불어 쪼글쪼글하다. 바닷가의 긴 둑길을 걸어가는데 둑 위에 세워 놓은 바위에 '남사랑' (남원포구를 사랑하는 사람들의 모임) 회원들이 시를 새긴 석판을 하나씩 기증해, 나그네가 스쳐 지나가며 시를 읽도록 배려해 놓았다.

이제 5코스 시작점인 남원포구 도착. 이곳에 있는 올레 코스 안내소에 두 분의 봉사자가 교통편을 친절하게 안내해 준다. 비 때문에 정말 힘들긴 했지만 그래도 좋은 추억으로 남은 5코스. 아마 날씨 맑은 날 걸었으면 더 진행하고 싶었을 텐데 비 때문에 너무 지쳐 버렸다. 넷이 손을 모으고 '파이팅'으로 오늘 5코스 완주를 축하하고, 버스를 타고 새로 옮긴 숙소인 달팽이하우스로 돌아온다. 우리가 묵을 숙소의 외부는 거의 제주도 전통가옥이었다. 비록 누추해 보이긴 했지만, 그런대로 아늑한 기분이 들게 꾸며 놓았다.

폭 젖은 신발들을 라디에이터에서 마르게 해놓고, 기대했던 저녁식사를 위해 서귀포의 유명한 '쌍둥이 횟집'으로 가 13만 원짜리 회를 시켰다. 그랬더니 정말 가지가지의 회가 가득 나왔다. 갈치회, 고등어회, 전복, 광어 등의 귀한 회와 멍게, 개불, 소라 등의 어패류, 옥돔구이, 전복찜 등등…. 너무 많아 열거하기 힘들 정도로 나오는 회를 즐기다가 카운터 쪽을 보니 사람들이 얼마나 많이 기다리고 있는지, 앉아 있기가 미안할 정도였다. 세상에~, 이렇게 장사가 잘될까?

긴 저녁시간에 어디 갈 데도 마땅치 않아 어제 저녁 묵은 '외돌개 나라'로 놀러 갔다. 맛있는 제주 흑돼지 고기와 함께 긴긴 밤을 클래식 음악 이야기로 즐기다가 밤이 늦어서야 달팽이 하우스로 돌아오니, 비어 있던 방에 손님들이 들어와 있다. 어느 방에선가 영어로 대화하는 소리가 들렸는데 나오는 손님은 동양인 얼굴. 수의사 국제회의가 있어서 한 사람은 홍콩, 한 사람은 호주에서 왔단다. 그리고 또 한 가족은 전남 장흥에서 페리호에 차를 가지고 와서 별채에 묵고 있다. 작은 아이들이 낯선 곳에서 재롱 부리는 모습을 보면서 제주도의 두 번째 밤을 끝냈다.

지난 밤에는 조금 일찍 잤던가. 아침 일찍 눈이 떠졌다. 아니, 지금은 눈뜨면 안 되는 시간이다. 평소 5시 37분이면 잠이 깨고, 앞으로 3분 뒤에 울릴 알람을 기다렸다가 벨이 한 번 울리면 즉시 일어나서 꺼야 한다. 자면서도 밤새 내 귀는 혹시 빗소리가 들리나 하는 염려를 쉬지 않았다. 그 때문에 제일 먼저 게스트 하우스의 창문 커튼을 열어 본다. 뒤뜰 빨랫줄 너머로 보이는 하늘의 맑은 날씨. 기분이 좋다. 어제의 고생이 너무 심했던가? 친구 부부와 함께 레스토랑에서 게스트 하우스 손님들에게 무료로 제공하는 토스트를 구워 먹으며, 기분 내려고 원두커피를 갈아서 향 좋은 맛있는 커피도 마셨다. 신발도 깔창까지 고슬고슬하게 말라 있다. 신어 보니 아직 신발 윗부분이 축축한 기분은 있지만, 신발 바닥이 잘 말라 신는 데 전혀 불편함이 없다. 날씨도 좋아 오늘은 점퍼를 입지 않아도 될 것 같아서 긴 팔 상의에 조끼를 걸쳐 입었다.

콜택시를 불러 7코스 종점이자 8코스 시작점인 월평 포구로 갔다. 택시 기사에게 목적지를 말하니 '송이수퍼요?' 하고 훤하게 알고 있다. 7

코스 종료 후 종료 스탬프를 찍는 송이수퍼 아줌마의 친절로 인상 깊었던 곳. 스탬프를 찍고 올레길에서만 먹을 수 있다는 올레 꿀빵도 챙겼다. 반바지를 입고 늘씬한 각선미를 가진 애인과 함께한 젊은 남자가 우리와 같은 시작점에 섰다. 나는 그들에게 8코스는 바위길이 많으니 운동화 끈을 꼭 조여 매라고 했다. 6코스와 마찬가지로 이곳도 송이수퍼 외에 스탬프를 찍는 장소가 야외에 하나 더 생겼다. 잔디와 나무 정리가 잘된 작은 공원에 동네 사람들을 위한 운동기구도 놓여 있는 조용한 곳. 이미 아침 산책을 즐기는 여행객들이 있다.

잠시 이정표를 따라가다가 길가 아래의 계곡으로 내려가는데, 이미 첫눈에 보이는 올레길의 아름다움이 우리를 사로잡는다. 계곡 아래로 내려가 물길을 따라 걷다가 징검다리를 건넜다. 계곡의 잘 다듬어진 돌밭길을 지나 바다가 보이는 곳에서 다시 징검다리를 건너는데, 반대편 쪽에서 건너오려던 한 무리가 우리가 먼저 건너기를 기다리며 이곳 코스정말 멋있다고 이구동성으로 말한다. 그렇게 좋아? 7코스가 워낙 좋아별로 기대하지 않았었는데 어느 정도일까? 길을 따라가다 조금 올라가니 순식간에 낮은 절벽 아래로 바다가 보인다. 아니, 바다는 예나 지금이나 같지만, 사각의 수정 바위로 쌓아 놓은 절벽의 암층이 인상적이다. 이곳은 거의 모두 제주 해안의 절경 중 하나인 주상절리에 있는 다이아몬드 형태의 암벽 모습이다.

멋진 모습을 배경으로 사진을 찍기 위해 포즈를 잡는다. 지나가던 아줌마 한 분이 부탁도 안 했는데 자기는 제주도민이라며 우리의 단체사진을 찍어 주겠단다. 역시 제주도민은 다르다. 대개 올레길을 걷는 이들은 거의 모두 이방인이라 그냥 스쳐 지나가지만, 제주도민은 무언가 자기가 할 '거리'를 찾는다. 나는 강화도 나들길을 자주 걷는데, 같이 걷는 강화도민들은 혹시 나들길에 무언가 불편함이 있으면 가능한 한 제대로 해놓고 가는 모습을 보여 준다. 사진을 찍어 주면서 자기는 5년 전에 제주로 이사 왔는데 제주도가 너무 좋단다. 갑자기 같이 걷는 캐나다에서 온 우리 친구가 귀가 솔깃해진다. 무언가 정보를 얻을 수 있을 것 같았나 보다.

오늘은 날씨가 맑아 무리 지어 길을 걷는 이들이 유난히 자주 보인다. 잘 다듬어진 길을 따라가니 외국인들이 자주 스쳐 지나가고, 가끔 편하게 앉아 쉴 수 있는 공간도 준비되어 있다. 이곳이 제주 컨벤션 센터의 배후 산책길이다. 조금 전에 사진 찍어 주었던 아줌마가 앞서 가는 것을 보고 친구 부인이 아무래도 꼭 이야기를 전해들어 볼 필요한 사람 같았던지, 일부러 불러 세워 사정을 얘기하고 같이 걸으며 제주도에서의 생활을 묻기 시작한다.

어제 5코스를 걸을 때는 비가 와서 길을 걸으며 간식 먹을 생각도 못했는데, 오늘은 날씨가 좋아 간식거리가 필요할 것 같다. 제주도에 와서 귤 한 번 제대로 먹지 못하는 것이 아쉬워서, 길거리에 널린 귤을 따먹진 못하고, 길가 상점에서 귤을 3000원어치 사서 나누어 주었더니 모두들 맛있다며 한 봉지를 금방 해치운다. 국제회의장이 있는 곳이라 정원도 잘 가꾸어 놓아 눈을 돌리는 곳마다 쭉쭉 솟은 열대나무들이 잘 정리되어 있다. 사진 찍기에 배경이 좋아 아가씨 둘이 갖가지 포즈로 사진 찍기에 여념이 없다. 우리도 나란히 모여 사진을 찍고 길을 간다. 이곳의 관광 명소는 주상절리인데, 나도 이전에 두 번이나 들어가 본 적이 있고 친구 부부도 보기를 원치 않아 쉬지 않고 길을 계속 가기로 했다. 이제껏 제주도에 오면 늘상 차만 타고 다녔기에 유명 관광지의 외모만 보고 다녔지 그 이면의 아름다움은 볼 수 없었다. 그런데 이젠 보이지 않던 제주도의 매력을 올레길 때문에 폭 빠져 있다.

주상절리를 지나 큰 다리를 건너 제주도민 아줌마는 다른 길로 가고, 우리에게 다리 아래편으로 내려가라고 한다. 그런데 아까 다리 위의 이정표는 분명히 다리 저편으로 건너가는 것으로 되어 있었는데 이정표

표시와는 반대로 가라 하니 이상했지만 그래도 내려가 보기로 했다. 돌고래 쇼를 볼 수 있는 관광지가 바로 옆에 있는데 어디에도 이정표가 보이지 않는다. 올레길 안내 센터에 전화해도 받지 않기에 지나가는 할머니께 여쭤 보니 조금 아래로 내려가면 된난다. 이찌할까 고민하다가 할머니 말씀대로 내려가니 반가운 이정표가 보인다. 옆에서 귤과 용과 등 제주 과일을 팔던 아주머니가 '~소까로 끝나는 제주 사투리로 뭘 도와 줄까 묻는다. 올레길을 찾는다 하니 작은 자갈이 깔려 있는 지압 식의 보도를 따라가란다. 이미 길은 찾았지만 그 신경 써줌이 무척 고맙다.

이곳은 대형 관광 코스인지라 화장실을 비롯한 야외 시설물들도 현대식이다. 바로 앞에 고운 백사장이 있는데, 백사장에서 놀다 오는 이들을 위해 모래를 씻을 수 있는 샤워 시설과 간단하게 발이나 손을 씻을 수 있는 시설도 배려해 놓았다. 드넓은 백사장 한가운데서 외국인인 듯한 사람이 비키니 차림으로 일광욕을 즐기고 있다. 하얀 모래는 햇빛을 받아 더 희게 보인다. 걷기 힘든 모래밭이지만, 주위 모든 사람들의 표정이 밝으니 그 사이를 걷는 나도 좋다. 특히 이 백사장은 신라 호텔, 롯데 호텔 등 최고급 호텔들 뒤편에 자리 잡고 있어 객실 손님들이 쉬다 갈 수 있는 작은 공간과 넓은 평상, 천정에 달린 혼들의자, 칵테일 바 등 고급 시설들이 마련되어 있다.

백사장 위편에 나무로 길을 해놓아 편한 길을 가다가 언덕으로 통하는 길을 가니, '해병대길'이라는 이정표와 함께 폭우로 인한 낙석 위험이 있어서 해병대길을 잠정 폐쇄한다고 해서 실망했다. 그 언덕에 외국인 둘이 바다를 향해 있는 벤치에 앉아 시원한 바닷바람을 즐기고 있다. 외국에 갔을 때는 내 모습이 저렇게 보였겠지? 어찌할까나…. 우회하는 코스로 가야 하나, 고민하고 있는데 맞은편에서 올레꾼 복장의 건장한 젊은이들이 몇 명 무리 지어 걸어온다. 그들에게 해병대길 폐쇄되어 못 가는 것 아니냐고 물으니, 걷기에 이상 없으니 그냥 가도 된다고 한다.

야호! 위험 안내 표시는 시효가 끝났는데도 아직 제거하지 않았나 보다.

하얏트 호텔 뒤편의 넓은 잔디가 바다만큼이나 시원해 보인다. 게다가 산책하기 좋게 만들어 놓은 나무 발판과 넓은 잔디밭에 멋진 조각품과 더불어 열대 지방에서나 볼 수 있는 용설란까지, 볼 거리가 가득하다. 언젠가는 이런 발품을 파는 여행 말고 호텔에서 며칠 쉬는 여행도 해볼까. 호텔 주변이라 산책하는 사람들이 많다. 절벽에서 밑으로 내려가는 나무 계단 끝에 머리를 짧게 깎은 사복 입은 해병이 애인과 멀리 바다를 보고 있다. 얼마나 행복한 시간일까? 오른쪽에는 깎아지른 기암괴석의 절벽, 왼쪽에는 파란 바다, 그 가운데는 커다란 돌들이 공간을 채우고 있다. 조심스레 돌을 밟으며 긴 길을 가다가 절벽 밑 바로 옆길을 가는데, 두 명의 아줌마가 마주 오며 우리보고 파도 때문에 길을 갈 수 없으니 돌아가란다. 그럴 리가…. 이쪽 방향에서 온 사람들이 이상 없다고 했기에 아내와 친구에게 내가 먼저 가보겠다고 하고, 바위를 밟으며 절벽을 의지해 걸어가 본다. 그런데 절벽 모퉁이의 바위 길이 좁아 파도가 절벽까지 튀는지 바위가 젖어 있다. 가만히 서서 관찰해 보니 매번 파도가 그렇게 절벽까지 튀는 것 같지는 않다. 조심스레 걸어가 보니 몇 미터의 거리만 파도가 가끔 칠 뿐 전혀 위험하지 않다. 우리 일행에게 와도 된다고 손짓을 보냈다. 돌아간 아줌마들은 우리가 가는 것 보고 다시 온다고 했는데, 우리 뒤를 따라왔을까? 절벽 뒤에 초등학생 정도로 보이는 애들이 우리처럼 갈 길을 고민하고 있다가, 우리가 이상 없다고 하니 그들도 우리가 온 방향으로 향했다. 돌다리도 두들겨 보고 건너라고 했지, 두들겨 보지도 않고 건너지 말라고 하지는 않았다.

해병대길 이정표가 보인다. 13.4 km. 해병대길은 올레길을 걷는 사람들과 해녀들을 위해 해병대원들이 닦아 놓은 길을 말한다. 얼마나 힘들었을까? 돌을 정리해 놓은 것을 보면 그들의 노고가 바위에 모두 스며 있다. 제주도 올레길에 해병대길이 몇 군데 있다. 해병대길을 지나 이젠 길고 편한 바닷길이 이어진다. 바람이 분다. 모자를 벗어 손에 들었다. 땀 흘린 머리카락 사이로 바닷바람이 들어와 땀을 식혀 준다. 좀 출출하여 길가의 작은 가게에 들어가 점심 먹을 만한 곳을 찾으니 8코스 종점인 대평 포구에 가야 한단다. 그곳 동네 주민들이 마을회관에서 파는 보말 칼국수가 유명하다고 하니 아내의 귀가 번쩍 뜨인다. 칼국수? 맛있는 칼국수라면 그 어떤 메뉴보다 우선인 아내. 오래 전 제주도에 장모님과 같이 왔을 때도 점심 때 칼국수 집 찾는다고 여기저기 많이 다녔다. 그 가게에도 제주 올레길에서만 판다는 올레꿀빵이 있어 우리 아이들을 위해 몇 개 사놓았다.

바닷길 옆 작은 언덕에 억새들이 휘날린다. 이곳에서는 귤밭이 전혀 보이지 않는다. 작은 포구와 펜션 몇 개, 그리고 정박해 있는 작은 배들이 묵묵하게 길을 안내한다. 어떤 어른과 아이가 배 위에서 사진을 찍고 있기에 내가 한 장 찍어 주겠다고 했더니 무척 고마워한다. 대개 둘이 여행하게 되면 한 사람의 사진만 주로 찍게 되고, 혼자 여행하게 되면 사진 속에 내 모습은 거의 보이지 않는다. 친구가 길을 지나다가 어느 집에서 보말 칼국수 메뉴를 보았다고 되돌아가잔다. 얼마를 돌아가다가 지나치는 동네 할머니에게 인사하며 여쭤 보니 이 동네는 보말 칼국수가 없단다. 갑자기 우리의 관심사는 칼국수가 되어 버렸다. 지금 좀 출출하지만 칼국수를 위해 참자.

길을 가다가 자연적인 멋진 광경 목격. 주로 둘레길을 잘 나타내는 장면인데, 정면에 숲이 아치처럼 드리워져 있고 그 먼 곳에 보이는 공간에 멋진 바다가 펼쳐져 있다. 여긴 사진 잘 찍으면 오래도록 간직하고픈 기념 사진이 나올 만한 곳이다. 이곳 바닷가에는 개인 묘지가 자주 보인다. 육지와 묘지 모습은 같은데, 주위에 제물을 놓는 제수대도 없고 절할 공간도 없이 돌로 전체를 둘러 놓았다. 우리같이 산소 바로 앞에서 절하지는 않는가 보다. 길을 가다가 바닥에 문득 보이는 낯익은 물건.

작은 뱀의 허물이 바짝 마른 채로 숲 옆에 놓여 있다. 스틱으로 살짝 뒤집어 보니 뱀의 허물이 맞다. 이런 것도 보약 재료가 될까? 그리고 또 이상한 흔적 발견. 커다란 갯지네 같은데 지나가는 차량의 바퀴에 깔려 눌러붙은 흔적만 도로에 남아 있다. 또 다른 발견. 손바닥만 한 바위에 갯지네가 화석처럼 붙어 있고, 작은 고동이 바위를 파고들 만큼 깊게 박혀 있다. 돌이 무거워 보이지만 가방에 챙겨 넣었다. 집에 와서 보니 갯지네는 화석이 아니라 오래된 것이라 떨어져 나갔지만, 고동은 바위와 한 몸이 되어 있었다.

작은 언덕을 올라가니 눈앞에 보이는 커다란 반원형의 바닷가와 절벽의 모습이 가히 환상적이다. 이 멋진 광경을 보고 노래를 사랑하는 사람들의 만남으로서 어찌 노래가 없을소냐. 우리는 나란히 서서 즐겨 부르는 찬양을 화음으로 부른다.

주 하나님 지으신 모든 세계, 내 마음속에 그리어 볼 때
하늘의 별 울려 퍼지는 뇌성 주님의 권능 우주에 찼네…

숲속이나 험한 산골짝에서 지저귀는 저 새소리들과
고요하게 흐르는 시냇물은 주님의 솜씨 노래하도다…

모두 행복해 한다. 노래만 있어도 행복한데, 친구도 있고, 자연도 있고, 여행의 즐거움도 가득하다. 오랜 시간 걷는 것을 걱정했던 아내도 이 정도쯤이야 걸을 수 있다고 생각했는지, 다음에 제주 올레길 올 때는 꼭 따라온단다. 올레길을 걷다 보면 많은 낚시꾼들이 위험한 곳에 서서 낚시를 즐기는 것을 볼 수 있다. 어쩌다 파도가 심하게 치면 쓸려 내려갈 수도 있는 위치에 있는 이들을 보면 심히 걱정된다. 욕심 부리다 사고 날라….

드디어 도착한 대평리. 마을 주민들이 자기 마을을 스스로 대평아트 마을이라고 부르는지 마을 지도도 재미있게 만들어 놓았다. 이제 8코스의 종점이다. 대평리 입구에 오늘 '대평 All來'라는 제목으로 아트 콘서트가 있나 보다. 선착장 둑에 빈 낚싯대를 든 이가 우아하게 음악에 맞추어 태극권처럼 춤을 추고 있다. 그리고 알프스에서 부는 긴 호른 같은 것을 들고 뱃고동 소리도 내고 있다. 지난번 6코스에서 보았던 해녀 조형물이 여기에도 있고, 멀리 빨간 등대의 난간에는 인형으로 보이는 여자가 멀리 바다를 응시하고 있다. 마을로 향하는 길의 둑도 작은 도형을 만들어 놓았고, '용왕 난드르'라는 곳에서는 무언가 체험하는 코스도 있나 보다. 이런 것들이 일반 관광지처럼 많아지면 안 되는데. 길을 걷는 이는 시끄러움을 원하지 않는다.

8코스 종착점에서 도착 스탬프를 찍고 우리는 서로 수고했다고 손을 모아 파이팅을 외친다. 보말 칼국수 집을 물어 보니 시내버스 타는 길로 나가면 있다고 한다. 천천히 걸어 나가다가 예쁜 카페에 눈이 멈춘다. 공간의 제약이 없어 마음껏 아름다움을 표현해 놓았다. 작은 꽃밭으로도, 작은 세면대로도, 작은 인형으로도…. 이제 막 새로 짓고 있는 어느 집은 색깔을 아주 원색으로 해놓아 지나가는 이의 눈길을 억지로 끌고 있다. 유럽에 이렇게 마을 전체를 같은 색으로 통일시키는 마을이 있다는데, 우리도 그런 디자인을 도입해 볼 필요도 있다. 여기저기 통나무 펜션이 보이는 곳에 농부 한 분이 모자를 깊게 눌러쓰고 파밭에 비료를 주고 있다. 우리같이 여행객도, 농사를 짓는 주민도 제주도는 평온한 곳이 되길 바라는 마음.

보말 칼국수를 판다는 마을회관에 도착해 메뉴를 보니 칼국수와 강된장 비빔밥이 있어 각각 2개씩 시킨다. 내부를 보니 벽에 낙서할 수 있도록 해놓아 전국에서 온 여행객들이 저마다 재미있는 기록을 남겨 놓았다. 보말 칼국수인 줄 알았는데 수제비였다. 재료는 갯우렁을 국물로 내서 만든 쑥 수제비라는데, 국물 맛이 참 좋아 하나도 남김없이 다 마셔 버렸다. 강된장 비빔밥도 맛있어서 밥 공기를 하나 더 시켜 배가 터지도록 먹었다. 이곳 마을회관은 식당 일을 하는 사람들이 모두 종업원이 아니라 부녀회에서 돌아가며 한다고 한다. 가만히 보니 얼굴 모습이나 옷 모습이 종업원은 아닌 것 같다. 여행은 먹는 것이 중요하다. 그 지방의 맛있는 음식들을 즐기기 위해서는 한두 명이 다니는 것보다 서너 명이 몰려 다니는 것이 여러 가지 메뉴를 시킬 수 있어 갖가지 음식 체험에 도움이 된다. 버스 정류장의 의자도 아트 개념을 도입해 재미있게 해놓아 여행을 즐겁게 한다.

이렇게 제주도 올레길 두 개의 코스를 마쳤다. 7코스를 혼자 걸을 때만 해도 그곳이 제일 좋은 줄 알았었는데, 8코스는 더 멋진 풍광들이 가득하다. 또 다른 코스들은 새로움으로 나를 유혹할 것이다. 언제나 다시 오려나. 어느 날 한 달 정도 시간을 잡고 게스트 하우스에서 자며 1코스부터 마지막 18코스까지 걸어 보고 싶다. 그날이 언제일까? 행복한 걷기. 나, 그 속에 푹 빠져들고 싶다.

영덕 블루로드 (2011년 4월)

내가 하루에 얼마나 걸을 수 있을까? 요즘 스페인 산티아고 순례자의 길에 대한 여행기를 읽으면서 그런 생각을 한다. 스페인 까미노의 길 800 km를 40일 동안 걷기 위해 어떤 능력이 필요한가?

하루 평균 20km. 평탄한 길이라면야 상관없겠지만, 산길을 걷는 것은 쉽지 않으리라. 그래도 시도는 해보자. 그런 관심으로 샌드위치 데이에 휴가를 하루 내고 찾아간 영덕 블루로드. 당초 포항의 해파랑길을 검색하다가, 아무래도 돌아오는 교통편이 여의치 않아 영덕 코스로 바꾼 것이 제대로 선택한 코스가 되었다. 이미 영덕 대게 축제가 지나 그다지 사람들이 많지 않을 것이고, 주일 저녁 때 쯤 영덕에 도착해 월요일, 화요일 꼬박 걸으면 화요일 저녁에 무사히 서울로 돌아올 수 있는 거리였다. 블루로드는 전체 A, B, C의 3개 코스로 총 50km이며, 매 코스마다 약 17km를 6시간 동안 걷는 여정이다. 그런데 나에게 주어진 시간은 이틀. 하루는 30km를 걷고, 둘째 날은 20km를 걸어야 한다.

그렇게 일정을 잡고 부활절 주일 저녁, 예배를 마치고 승용차 안에서 여행복으로 갈아입고 영덕으로 가는 버스를 타기 위해 출발. 안동을 거쳐 쉬임 없이 어둠에 묻혀 달려간 4시간 반. 한밤중인 11시경에 터미널에 도착하여 출발점인 강구항으로 택시를 타고 도착하였으나 저녁 요기를 못 해 배가 고프다. 숙소도 문을 닫은 곳들이 있어 몇 군데 찾다가 겨우 한 군데 발견. 그것도 문 앞에 붙인 전화로 주인을 호출해야만 했다. 일요일 저녁, 그것도 늦은 밤이라 거의 철시한 상가들을 여기저기 기웃거리며 저녁거리를 찾았지만, 가끔 손님들 소리가 들리는 곳은 치킨집들뿐. 그러나 우연히 물회 파는 집이 불을 켜고 있어 평소에도 즐겨하던 물회에 폭 빠져 버렸다.

아침 일찍 신발끈을 굳게 매고 출발. 환한 거리로 나오니 강구항의 재미있는 모습들이 펼쳐진다. 영덕의 상징물인 영덕 대게가 마치 외계인처럼 거대한 몸집으로 작은 마을을 휘감고 있다. 영화에서나 나올 것 같은 대형 대게의 모습들이 식당 간판 대신 자리 잡고 있고, 빌딩의 한 구석을 완전히 대게 다리 하나로 커다란 장식물을 만들어 놓은 집도 있다. 관광을 왔다면 여기저기 그런 풍경들을 사진에 담고 싶지만, 내 목적은 걷는 것. 우선 블루로드 시작점을 확인해 주는 '대게종가'라는 이름의 식당에 들어가 이름을 적고 블루로드 지도와 여권을 챙긴다. 이제 서서히 잠을 깨는 조용한 도시마을을 지나 블루로드 이정표가 알려 주는 대로 교회 옆으로 난 길을 따라 처음 목표인 고불봉으로 향하는 산길로 올라간다. 산길에도 여기저기 대게 부스러기들이 흩어져 있다.

가파른 언덕길. 아직 발이 안 풀려서인지 작은 언덕인데도 가쁜 숨을 몰아쉰다. 그러나 곧 언덕 위의 편편한 길이 이어지고 눈 아래로 펼쳐지는 강구항 마을. 작은 마을에 바다가 깊숙이 들어와 있다. 오래된 듯한 다리와 새로 지은 듯한 현대식 다리가 급하게 변해 가는 마을의 모습을 보여주는 듯하다. 고불봉까지는 7.4km로 표시되어 있다. 상당히 먼 거리다. 대충 산세를 보건대 그다지 험하지 않고 높지 않은 산이지만, 그래도 산은 산이니 편하게 갈 만한 코스는 아닌 것 같다. 급한 경사길마다 버팀목으로 잘 다듬어 놓았다. 양옆으로 고불고불거리며 자란 소나무들이 자연미가 물씬 풍기는 이곳은 산책 코스로 인기일 것 같다. 길을 천천히 가다 보니 아나나 다를까, 천천히 앞서 가는 사람들이 자주 보인다.

배가 고파 벤치에 앉아 싸가지고 온 초코파이와 물로 아침을 때우는데, 아까 내가 지나쳤던, 지팡이에 의지해 걸어가는 할아버지가 눈길도 주지 않고 걷는다. 이 코스에서 유난히 눈에 자주 띄는 것은 길가에 떨어진 수많은 솔방울들. 여느 소나무밭을 가도 이렇게 솔방울이 많이 떨어진 것을 볼 수 없었는데, 이곳에는 유난히 솔방울이 많다. 소나무숲이 너무 좋아 자꾸 카메라의 셔터를 눌러 댄다. 캠코더도 가지고 갔지만 아무래도 캠코더보다는 카메라가 좋을 것 같아 진즉 포기해 버렸다. 삼림욕으로 적당한 코스라고나 할까. 소나무에서 뿜어 내는 피톤치드의 향긋한 숲내음이 아침부터 코로 들어오니 발걸음도 가볍고 기분도 더 상쾌하다. 눈을 옆으로 돌리면 파란 동해바다, 여유롭고 한적한 항구와 멋진 다리. 도무지 내 입에서 찬사가 끊이질 않는다. 일부러 먼 곳까지 떠나온 나그네가 보람을 느낀다.

낮은 언덕길을 오르락내리락거리며 길을 가는데, 어! 이것 봐라? 더 재미있는 걸 발견했다. 산과 산 사이에 있는 도로 때문에 나그네의 발걸음이 끊이지 않도록 겨우 사람 한두 명이 지나갈 수 있는 예쁜 다리를 만들어 놓았다. 산을 깎아 길을 만들 때 동물의 이동을 위해 다리를 놓는 것은 자주 보는데, 사람을 위해 이렇게 간이다리를 만들어 놓는 것도 보기 좋다. 다리 건너편 작은 공간에서는 벌통을 가득 쌓아 놓고 관리하고 있다. 저 벌들이 혹시 사람을 공격하지는 않을까? 워낙 소나무 길이 좋다 보니 시간 가는 줄 모르고 걷는데, 앞에서 마주 오던 이가 지나치며 하는 말. "고불봉 너무 멀어요. 새벽 5시 반에 나왔는데 이제야 돌아갑니다." 하긴, 1시간 반 정도를 걸어왔는데 이정표는 이제야 반 정도 왔음을 알려 준다. 이정표가 '힘들면 강구 항으로 돌아가.'라고 놀리는 것 같다.

싸리꽃으로 보이는 하얀 꽃잎의 나무와 철쭉, 작은 제비꽃, 그리고 이름을 알 수 없는 분홍빛 꽃나무들…. 유난히 긴 겨울을 지내고 나온 녀석들이라 여느 해보다 색깔이 더 진해진 것같이 보이는 것은 아마 측은지심일 것이다. 거기다 군데군데 소나무의 밑동이 시커멓게 불타 있는 것을 보면, 근간에 이곳에 산불이 있었음을 보여 준다. 그렇게 아픈 상처를 입었는데도 여전히 봄이 되면 자신의 살을 찢어 잎을 내미는 걸 보면, 이보다 더 깊은 모성본능이 자연계에 없어 보인다. 소나무숲속 한가운데 넓은 평상이 있어 거기에 편히 누워 낮잠을 자고 싶은 충동을 느낀다. 이대로 한숨 자다 갈까? 쭉쭉 뻗은 소나무가 너무 아름다워 스마트폰으로 찍어 페이스북에 올려 놓았다. 소나무숲이 사라질 때마다 보이는 시원한 동해 바다, 그리고 앞길에는 멀리 고불봉이 보인다. 그야말로 고불고불 돌아가는 길이다. 그다지 높지는 않지만 대충 보아도 언덕을 몇 개 넘어야 한다. 오늘 먼 거리만 걱정하는 편한 여행 좀 하려 했더니, 이런 작은 산이 나를 힘들게 한다. 그래도 좋다. 내 인생에 이런 기회가 얼마나 자주 있겠냐.

언덕길에 계단으로 만든 오래된 통나무 밑의 작은 제비꽃이 나무와 흙을 비집고 자라고 있다. 칡나무 등걸이 나무를 휘휘 휘어감으며 버티고 있다. 정말 끈질긴 자연의 생명력이다. 정말 다행인 것은 이곳에선 다른 산에서 흔히 볼 수 있는 자연계의 깡패 가시박이 줄기가 전혀 보이지 않는다는 것이다. 순간 나를 섬뜩하게 하는 노란 경고 글씨. '멧돼지 출몰 지역.' 아, 산악 지팡이를 가지고 올 걸. 그거라도 있으면 안심될 텐데. 그 시간부터 나는 멧돼지가 오면 도망갈 나무를 주의 깊게 보며 걷는다. 그런데 앞에서 마주 오던 4명의 여자들이 갑자기 화들짝 놀란다.

방금 자기들 앞으로 뱀이 지나갔다고, 뱀이 사라진 방향을 바라보며 호들갑을 떤다. 시야가 확 트일 때쯤 저 멀리 보이는 거대한 조형물. 풍력 발전을 위한 거대한 바람개비. 이곳이 블루로드라고 하기에 단지 바다를 끼고 가는 길이라서 블루로드인 줄 알았는데, 푸른 바다 외에도 해송들이 즐비하고, 블루 에너지인 풍력발전의 3박자가 잘 맞아 블루로드라 하나 보다.

고불봉으로 올라가는 길목에서 잠시 주춤. 고불봉으로 올라가는 길은 무척 가파르게 보이고, 풍력 발전소로 가는 길은 우회해서 가게 되어 있어 발걸음을 잠시 주저한다. 그러나 여기까지 왔는데 올라가지 않을 수 없지 않은가. 정말 깔딱고개라는 표현이 잘 어울릴 정도로 아주 가파른 길을 올라가는데, 어떤 아주머니가 행주치마 같은 옷에 무언가를 잔뜩 싸들고 오고 있다. 주머니를 열어 보여 주는데 봄나물이 가득하다. 고불봉에 올라가니 몇 개의 운동기구가 있고, 오른편으로는 멀리 거대한 풍력발전, 왼편으로는 작은 동네가 저 멀리 보인다. 이곳은 저 아래 동네 어른들의 좋은 산책 코스일 것 같다.

이제 오전에 A코스의 겨우 반을 온 셈이다. 그런데 시간은 이미 11시가 넘었다. 다른 이들이 써놓은 여행기에는 A코스가 끝나는 해맞이공원까지는 점심 먹을 곳이 없다고 한다. 급히 서둘러야 한다. 아침도 변변찮게 먹었는데, 점심이나 잘 먹어야지. 시장기에 발길을 재촉한다. 산의 7부 능선쯤으로 난 길을 따라 길게 굽이굽이 돌아서 멀리 산 너머 아득히 풍력 발전소 쪽으로 걸어간다. 산을 내려와 한적한 도로 하나. 어디로 가야 하나? 바로 앞 폐차장 쪽으로 이정표를 따라간다. 아직도 쓸 만해 보이는 차들이 버려져 있다. 소비도 미덕이라지만, 때로 우리 국민들의 차량 교체 주기가 너무 빨라 안타까울 때가 있다. 그래서 나는 적어도 차는 10년 이상 타야 한다고 강조한다.

폐차장에서 걷기 불편한 아스팔트 고개 길을 따라 주욱 따라가니 폐기물 재생 처리장이 있다. 반가운 마음에 뜨거운 물을 좀 구걸하니, 일하는 직원들이 친절하게 대해 주며 커피도 한 잔 하고 가란다. 고마운 분들. 보온병에 뜨거운 물을 가득 채우고 나니 이제 아스팔트 길이 곧 끝난다며 배웅해 준다. 폐기물 재생 처리 하는 곳이 이제 막 만들어진 곳인지, 거대한 공간에 조금 쌓인 폐기물들을 일꾼들이 정리하고 있다. 끝없이 이어지는 구불길. 가끔 나물 캐는 할머니 무리들이 지나가고, 때론 자가용으로 나물을 캐기 위해 이동하는 아줌마들도 보인다. 오가는 사람 없는 한적한 길이 좋다. 그 길에서 발견한 500원짜리 동전 하나. 흠, 이건 내 저금통 용이다. 내 책상에 저금통이 하나 있는데 어쩌다 거스름돈으로 받은 10원짜리와 50원짜리는 거의 모두 이곳에 넣어 연말에 자선기금으로 낸다. 이런 횡재도 역시 그곳으로 보내진다.

　아득히 보이던 바람개비가 점점 더 선명해지는데 크기가 어마어마하다. 평지를 걷는 것도 힘이 들 때쯤 정자 하나가 보인다. 이것도 나 같은 나그네들을 위해 지어 놓은 것인가 보다. 며칠 전 구입한 삼발이에 카메라를 놓고 '셀카'를 찍으려 하니 잘 안 된다. 마침 지나가는 나물 캐는 아주머니에게 사진 한 장 부탁드린다. 거대한 바람개비가 모여 있는 곳 가운데로 들어가니 주변을 제법 아름답게 꾸며 놓았다. 디자인 감각이 있는 벤치들과 나무들 사이에 흰 밧줄로 경계를 만들어 여러 가지 다른 화초를 심었다. 쉴 수 있는 의자도 많고, 멀리 단체 여행객들이 쉴 수 있는 커다란 정자도 보인다. 이런 시설물들은 자칫 주민이나 환경 단체들과의 마찰을 없애기 위해 주변 시설물에 대해 특히 신경을 쓴다. 바람개비 돌아가는 소리가 마치 거대한 톱니바퀴 돌아가는 것처럼 날카롭고 크다. 그런데 어느 멈추어 서 있는 바람개비의 꼭대기에 사람이 한 명 올라가 있는 것이 보인다. 저렇게 높은 곳에서는 두려움이 얼마나 클까? 물론 안전장치야 있겠지만, 금방이라도 바람이 불면 떨어질 것 같아 올라가 있는 사람보다 보는 내가 더 고소공포증이 느껴진다.

그렇게 이정표를 따라가다가 넓은 곳으로 나오니 그만 방향을 잃는다. 오른편에 해맞이 캠핑장으로 가는 길이 있고, 전방은 황량한 언덕. 어디로 가야 하나? 이럴 때는 전화로 물어 보는 것이 최고다. 영덕군청에 물어 보니 직진하란다. 혹시 이 근처에 식당이 있느냐 묻자 조금만 가면 휴게소에서 먹을 것을 팔 것이라는 희망적인 이야기를 해준다. 고마워라.

그 황량한 비포장 도로 끝에 아주 잘 지어진 풍력발전 관리 사무소가 있고, 그 아래 '바람개비'라는 식당이 있는 휴게소 빌딩 2층에 입맛을 다실 만한 메뉴가 적혀 있다. 칼국수, 오뎅, 냉면, 떡볶이. 냉면만 빼고 다 먹어야지. 아, 너무 배가 고파. 아침도 초코파이로 때운 데다 지금 시간이 거의 2시가 다 되어 가니 배에서 쪼르륵 소리가 날 만하다. 바람개비가 끝나는 곳에 발전소 관리 건물이 있어 발전 현황을 알려 준다. 총 24개의 바람개비와 높이 80미터, 그리고 발전 용량 약 4만kw. 이 정도면 2만 명의 인구가 연간 사용할 수 있다고 한다. 영덕군 인구가 얼마나 될까?

휴게소 1층의 기념품과 과자 파는 곳을 지나 2층 식당으로 올라가니 문이 닫혀 있다. 어? 이런…. 아래로 내려와 점원에게 물으니 평일엔 손님이 없어 영업 안 한단다. 이곳 풍력발전을 보기 위해 많은 관광객이 오는데 식사하는 이는 없어 보인다. 배가 고프니 어쩌나? 얼마나 더 가야 식당이 있느냐고 묻자 한 30분 내려가면 하나 있단다. 못 참겠어. 먹을 것이 있냐고 하니 컵라면, 핫도그 그리고 어묵이 있단다. "컵라면 큰 걸로 주고 어묵도 주소." 배가 고픈데 우선 아무 것으로라도 배를 채워야겠다.

이곳엔 야간에 별을 보는 산책 행사도 있는지, 주변에 깨끗하게 만들어진 시설이 많다. 그리고 때가 때인지라 교회 버스로 보이는 대형 버스와 중형 버스들이 도착하고, 계속 노인들이 차에서 즐거운 얼굴로 빠져나온다. 언덕 아래로 향하는 시멘트 길을 조금 가니 오른편 숲속 길로 표시가 나 있다. 그 아래로 들어서는 순간 양 옆에 화려한 꽃나무가 꽃을 활짝 피운 채 도열하고 있다. 이게 무슨 꽃이냐. 매실같이 생겼는데 색깔이 무척 진하다. 검색해 보니 홍매실. 이렇게 화려할 수가…. 언덕 아래로 내려가는 길에 미끄러지지 않도록 만들어 둔 버팀목이 거의 썩은 수준이다. 얼마나 오래된 길이기에 이렇게 버팀목을 받쳐 주는 철사만 남았을까? 원래 도로의 굽은 길에서 승용차를 위해 있어야 할 야광용 화살표가 이런 산속의 사람 다니는 길에 세워 놓은 걸로 보아 이것도 트레킹하는 이들을 위한 배려다. 거기에 태양열을 이용하여 밤에도 이정표를 볼 수 있도록 만들어 놓았다.

한참을 내려가니 큰 거리가 나온다. 그리고 식당 하나. 할머니 한 분이 미역을 널고 있다. 미역 말린 지가 조금 되었는지 색깔이 희게 변하고 있다. 이거 먹을 수 있느냐고 물으니 저쪽에 미역귀가 있으니 먹어 보란다. 좋지, 금방 바다에서 따온 듯 아직 물기가 남아 있는 미역귀를 씹으니 아드득 소리가 나며 바다의 짭짜름한 기운이 입안 가득 퍼진다. 도로를 따라 올라가니 이곳이 A코스의 종착점인 해맞이 공원이다. 하얀 기둥으로 받쳐든 빨간 등대를 거대한 대게의 발이 감싸고 있다. 마치 SF영화에서 보는 외계동물을 보는 것 같다. 이런 것들이 사람들의 눈길을 끌고 차를 멈추게 한다. 여기저기 그런 조형물이 많다. 조금 더 가니 밤에는 화려한 조명으로 밝힐 루미나리에 장식이 언덕 아래 준비되어 있다. 그런 인위적인 조형물이 내가 원하는 것은 아니라서 쉬지 않고 길을 걷는다. 길바닥의 노란 원 속의 화살표가 드디어 해변 쪽으로 인도한다.

해변 아래의 방파제에는 낚시를 즐기는 사람들이 줄지어 있고, 길 한편에는 익살스럽게 남성의 성기 모양을 한 천하대장군 모형이 줄 지어서 있다. 어쩌면 짓궂은 아줌마들이 단체로 지나가면서 한 번씩 쓰다듬고 지나갔을 법한 모형들. 해변의 바위들 옆으로 사람 하나 겨우 지나다닐 만한 길이 만들어져 있고, 그것도 위험해 보이는 지역은 나무로 다리를 만들어 놓았다. 좋다, 좋아. 파도가 심히 치는 날이나 비가 올 때는 걷기 힘들겠지만, 오늘같이 맑은 날은 산길보다 이 길이 더 구미가 당긴다. 바닷가에서 어느 아주머니가 긴 장대를 바다에 집어넣고 무엇을 건지고 있다. 무엇일까? 가만히 보니 장대 끝에 갈고리가 달려 있다. 미역을 건지는 것이다. 그런데 바닷가 곳곳에 저렇게 개인이 미역 채취하지 말라는 경고판이 붙어 있으니, 저 행위는 불법이다. 곳곳에 해안을 감시하는 초소가 많은 것으로 보아 이전에는 이곳 통행이 금지되었었는데, 블루로드 조성을 위해 어느 정도 군부대의 양해를 구한 것 같다. 위장막을 두른 초소에 사람 흔적이 있는 것으로 보아 낮에는 보초가 없고 밤에만 서는 것처럼 보인다.

그렇게 끝없이 이어지는 해변길. 때론 바위 위를 걷기도 하고, 때론 모래사장을 걷기도 한다. 아직은 길을 조성한 지 오래되지 않아 훼손된 곳이 별로 없다. 이런 둘레길의 갈림길에서는 늘 방향 표시가 있어야 하는데, 어쩌다 발견한 길바닥의 방향 표시는 나그네를 헷갈리게 한다. 직진과 우회전을 동시에 그려 놓았다, 그것도 겹쳐서…. What shall I do? 그래도 마을로 들어가는 것이 낫겠지?

가끔 지나치는 마을 곳곳에는 미역이 널려 있고, 개울가에서는 오리가 먹이를 찾고 있다. 어느 마을의 할머니들께서 미역을 다듬고 계시기에 "할머니, 사진 좀 찍어도 돼요?" 하고 물었다. 그러자 찍지 말란다. 지난번 누가 할머니 모습을 찍은 걸 아이들이 인터넷에서 보고 할머니에게 싫은 소리를 했단다. 아, 그럴 수도 있구나. 할머니 대신 할머니 이마같이 쪼글쪼글한 미역 더미만 찍었다. 한참을 걸어가다가 두 번째 도장을 받아야 할 석동 횟집을 찾았다. 그런데 문이 닫혀 있네. 나중에 확인해 보니 도장 찍어 주는 할머니가 몸이 불편해 병원에 입원해 계시단다. 그 옆에서 동백꽃이 시들하게 말라 가고 있다.

블루로드 이정표에는 시간이 없고 지도도 형상화만 해놓았기에 거리를 가늠하기 힘들다. 그래서 다시 영덕군청에 전화하니 B코스의 종점인 축산항까지는 앞으로 4시간을 더 걸어야 한단다. 그때 시간이 4시가 넘었는데…. 그런데 나중에 알고 보니 그 시간 정보는 잘못된 것이었다. 그렇게 멀었던가? 별로 쉬지 않고 걸었는데도 지도에 표시된 소요 시간보다 더 걸리는 것 같다. 어쩔 수 없이 중간 기점인 대게마을까지 가서 하룻밤 자는 것으로 생각하고, 너무 많이 걸어 힘들지만 계속 진행. 너무 힘들어 빨리 대게마을까지 가서 여장을 풀고 푹 쉬어야겠다. 아침 8시 20분부터 걸었는데 지금 거의 10시간째 걷고 있다. 원조 대게마을이라고 해서 무척 큰 마을인 줄 알았는데, 집 몇 채 있고 민박과 모텔이 하나 있을 뿐. 모텔로 들어가니 문도 닫혀 있다. 전화로 주인을 불러 겨우 방 하나 얻고 씻지도 않은 채로 인근 대게 파는 식당으로 들어간다. 대게 2마리와 대게 뚜껑의 국물로 만든 밥 한 공기로 허기를 채우고는 밖으로 나와 하늘을 본다. 북두칠성이 바로 머리 위에서 비춰 주고 있다.

바닷가 정자에 올라가 혼자 흥얼거리며 노래도 부르고 총총한 별을 보다가, 모텔로 돌아와 뜨거운 물에 몸 푹 담그고 피곤한 몸을 녹여 본다. 이렇게 힘든데 내일 아침에 또 걸을 수 있을까? 이튿날 아침에 해돋이를 보고 싶어 바다 근처에 숙소를 정했는데, 새벽부터 우르릉 쿵쿵, 번쩍 하며 비를 뿌린다. 새벽의 옅은 잠에 트레킹을 계속해야 할지 말아야 할지 고민하며 이리 뒤척 저리 뒤척. 혼자 고민한다. 스스로 자꾸 핑계를 만들 생각만 하고…. 그러다가 다시 눈을 뜨고 밖으로 나오니 비가 그다지 많이 오지는 않는다. 그래서 계속 가자 하고 보온병에 뜨거운 물을 준비한다. 그리고는 우비를 덮어 쓰고 우산을 받쳐 들었다.

도저히 못 걸을 줄 알았던 내 다리도 언제 아팠느냐는 듯 힘차게 걸음을 재촉한다. 블루로드의 노란 이정표는 나보고 다시 산으로 올라가라 하지만, 아무래도 비가 오기에 산이 위험할 것 같아 축산항 이정표를 확인하고 차가 다니는 도로 길을 택했다. 어차피 축산항에서 만날 것이 확실하니까. 그러나 찻길보다는 농로가 좋을 것 같아서 확실하지 않지만 논둑 길을 한참 가다 보니 길이 막혀 있다. 다시 되돌아와 걷는다.

낮은 산들이 비안개로 덮여 동양화 같은 풍경을 만든디. 비가 오고 아침이라 차도 별로 안 나니지만, 안전을 생각해서 차가 오는 방향을 보고 걷는다. 산으로 올라갔으면 한참 고생하고 많이 걸었을 텐데, 도로로 편하게 한참 걷다 보니 축산항 입구 표시가 보인다. 멀리 보이는 죽도산 유원지에 하얀 등대가 선명하게 보인다. 일부러 동네 뒷길로 해서 길을 가니 멋진 다리가 산에서 내려오는 길에 놓여 있다. 그리고 발견한 노란 블루로드 이정표. 일부러 이정표를 거슬러 가보았다. 멋진 다리는 일부러 나그네들을 위해 만들어 놓은 것으로 보인다. 겨우 사람 한 명이 지나 다닐 만한 좁은 다리. 가운데쯤 오니 다리가 출렁인다. 다리 끝에 이르자 바닥에 노란 화살표가 그려져 있다. 시야를 높게 들자 그 화살표는 바닷가 모래밭을 통해서 오고 있다. 그 옆에 깨끗한 화장실 건물.

원래 코스로 왔으면 심히 고생했을 것 같다. 등대로 올라가자. 이정표도 올라가라 한다. 등대로 올라가는 계단은 최근에 만든 것인지 거의 손상이 없고 나사 하나까지 금방 박아 놓은 듯 윤이 난다. 등대가 있는 죽도산은 이름대로 대나무가 작은 섬 전체를 뒤덮고 있다. 아침을 안 먹어서인지 많은 계단을 올라가는 발걸음이 무척 힘들다. 허위허위 정상으로 올라가 등대로 들어가니 이제 막 만든 아직 개장이 안 된 작은 휴게소 같은 것이 보인다. 문이 열려 있다. 들어가 보온병에 담긴 뜨거운 물로 일회용 커피를 타서 초코파이 한 개로 간단히 요기를 한다. 그리고는 등대 난간으로 나가니 비 오는 동해의 맑은 물이 끝없이 내 발아래 펼쳐져 있다. 등대에 아무도 없을 것 같아 신나게 바다 노래를 불렀다. 가만히 보니 이것은 전망용 등대이고, 실제 등대는 조금 아래에 별도로 만들어 놓았다. 반대편 길로 해서 등대 아래로 내려오니 바로 항구가 나온다. 아침에 유리등이 주렁주렁 달린 오징어잡이 배에서 어부들이 그물을 손질하고 있다.

제대로 된 아침을 먹어야지. 대개 횟집 전문이다. 아침 식사가 되는 식당에 들어가 정식을 시키니 반찬이 모두 해물로 만들어진 것이다. 멸치, 미역, 도루묵, 작은 쥐치포, 그리고 아구의 사촌이라는 정시로 끓여 낸 맑은 국. 정시는 아침 배로 들어온 것을 가지고 끓였다 한다. 조금 전 깊은 바다에 노닐던 생선이 불과 몇 시간 만에 내 입으로 들어와 버렸네. 정말 맛있는 아침을 먹고 세 번째 도장 받는 식당에서 도장 꽝 찍고 길을 나서니 C코스로 향하는 이정표는 다시 산길로 안내한다. 길을 따라 걷자. 무리하지 말자. 바다를 끼고 돌아가는 길에 위험하지 않도록 나무로 발판을 만들어 놓았다. 또 운전하는 이들이 항구 도시에 온 걸 알 수 있도록 산사태를 막아 주는 방패막에 여러 가지 물고기 장식품으로 벽을 디자인해 놓았다. 해변을 따라 걷는 재미가 좋다. 어제는 해변의 바위 옆을 걸었는데, 오늘은 깨끗한 해변 길을 걷는다. 빗방울은 거세지고 회색빛 하늘에서 떨어지는 빗방울을 고스란히 받아 내는 바다의 넉넉함을 보며 내 입에선 김민기의 '친구'라는 제목의 노래가 흐른다.

길가의 작은 펜션도 예쁘고, 마당의 나무에 걸어 놓은 그네도 정겹다. 얼마나 더 걸어야 하나? 끝없이 길을 걷는다. 가다 쉴 곳이 없어 버스 정류장에 잠시 들어갔는데, 이빨이 하나밖에 남지 않은 남루한 옷차림의 할아버지가 비를 피하고 계신다. 웅얼거리는 사투리로 무언지 알아들을 수 없는 동문서답의 대화를 나누고는 "할아버지 오래오래 건강하세요." 하고 인사하고 다시 출발. 비가 어느 정도 그치자 방파제에서 낚시하는 이들이 가끔 보인다. 항구에 몇 명의 아줌마들이 이제 막 도착한 배에서 걷어올린 그물에서 게를 골라 내는 작업을 하고 있다. 그물 속에 걸려 있는 게를 사진 찍으려는데 찍지 말란다. 이런 작은 게는 잡으면 안 되는데, 그물질에 어쩔 수 없이 잡힌 것이란다. 그렇구나, 그런 제한도 있구나.

그런데 신기한 것 발견. 소라가 그물 옆에 있는데, 그 소라 속에서 가재가 빠져 나오려 기를 쓴다. 가재의 모습도 무척 신기했다. 아주 큰 앞발을 가지고 있는데, 그 앞발이 투명한 보랏빛을 띠고 있다. 빈병 있으면 담아오고 싶을 정도로 넘나는 가재였다. 몇 개의 방파제를 지난다. 작은 공원에 영덕 대게를 크게 형상화하여 작은 쉼터를 만들어 놓았다. 그 옆 빨간 등대로 들어가는 길에는 크게 원을 그리는 디자인과 가드레일도 멋있게 해놓았는데, 큰 파도가 밀려왔는지 아스팔트가 손상되고 쇠로 된 가드레일도 심하게 부서져 있다. 이런 파도가 갑자기 밀려오면 아마 사람도 그대로 떠밀려 내려가 버릴 것이다.

대진 해수욕장이 있는 인근 식당에서 네 번째 도장을 받는다. 최종 목적지인 고래불 해수욕장까지 얼마나 더 가야 하느냐고 물으니 바로 코앞이란다. 에이 설마, 지도상으로도 한참 먼데 코앞이라니…. 대진 해수욕장 바로 앞에 있는 고래불 대교를 막 지나자마자 오른편 백사장으로 내려가니 거대한 소나무숲이 바닷바람을 막아 준다. 길 안내도 그 소나무숲의 한가운데로 나 있고, 볼수록 잘 만든 트레킹 코스다. 빼곡한 소나무밭에 비가 부슬부슬 내리고, 난 우비를 뒤집어쓴 채 감탄한다. 소나무를 전문으로 카메라에 담는 배병우씨가 이곳을 모델로 작품을 만들지 않았을까 하는 추측. 한여름에 해수욕객들이 이곳 소나무 방풍림에 들어와 즐기는 상상을 하니 불현듯 어느 해 한 번 이곳에서 여름 휴가를 즐기고 싶다는 욕심이 생긴다. 그렇게 긴 소나무숲을 지나 다시 아스팔트로 나와 마지막 종점을 향해 힘있게 걷는데 이젠 발이 아프다. 무릎이 아프다. 이미 먹을 것 다 먹어 가벼워진 배낭도 더 무겁게 느껴진다. 드디어, 커다란 고래상이 보인다.

은빛 고래의 머리 부분과 꼬리만 밖으로 나와 있다. 아마 맑은 날은 고래가 반짝반짝 빛날 것 같다. 그리고 고래 머리에서 물구나무서기 하는 예쁜 아가씨 모습. 기분을 더욱 좋게 만드는 마무리네. 그런데 마지막 도장 받는 고래동상 옆 식당 문이 닫혀 있다. 전화를 해도 받지 않는다.

요기는 해야겠기에 근처 식당에서 식사하다가 전화를 다시 해보니 오늘 영업 안 하지만 마침 잠시 들어왔단다. 밥 먹다 말고 서둘러 나가 확인 도장을 받았다. 식사 후 버스 정류장으로 가다가 발견한 길가에 떨어진 물체 하나. 누가 통통한 멍게 한 마리를 아스팔트에 떨어뜨리고 갔네. 비닐봉투에 넣어 가지고 온 멍게는 집에 와서 먹고 싶었으나 아내의 강력한 반대에 부딪혀 그만 쓰레기통으로 들어가 버리고 말았다. 아까워라.

오늘은 이제껏 몇 번의 트레킹 중 가장 멋진 길을 힘들게 걸었다는 보람에 혼자 싱글벙글하며 복숭아꽃이 흐드러지게 핀 영덕 길을 따라 집으로 돌아온다.

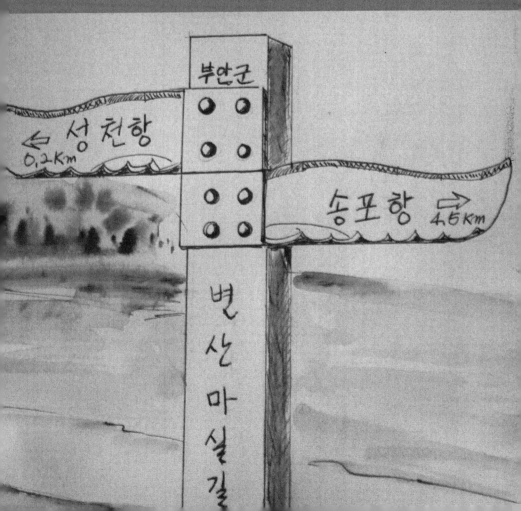

변산 마실길 (2012. 4)

　"베토벤은 키가 땅딸막했으나 어깨가 딱 벌어지고 뼈대도 역도 선수 처럼 굵었다." 부안으로 가는 버스 안에서 읽으려고 배낭 속에 찔러 둔 로망 롤랑의 '베토벤의 사랑' 첫 구절을 읽다가, 까만 활자 너머로 보이는 하얀 설원이 눈을 끌어 책을 덮고 창가를 본다. 하얀 배꽃이 고속도로변에 지천이다. 어쩌다 남들이 쉴 수 없는 날, 징검다리로 생긴 2박 3일 나만의 휴가 동안에 무언가 의미 있는 여행을 만들어 보고 싶어서 먼 길을 떠났다. 부안의 변산 마실길. 새만금 전시관에서부터 변산반도를 채석강, 적벽을 거쳐 반원형으로 돌아 부안 자연생태공원까지 가는 66km의 대 여정. 쉽지 않은 긴 코스지만 2박 3일 정도 발에 물집 잡힐 각오로 걸으면 가능할 것이다. 비록 내 몸에 큰 수술을 한 지 3달이 지났고, 의사도 이젠 큰 문제 없다고 진단한 터라 걱정은 하지 않지만 그래도 큰 다짐을 했다. 너무 힘들면 중간에 포기하겠다는 생각으로….

　부안은 생각보다 멀지 않았다. 강남 고속터미널에서 3시간. 내리자마자 돌아오는 표를 예매하고 매표소 아가씨에게 근처의 점심 먹을 곳을 물으니 '정자나'무라는 곳을 가르쳐 준다. 손님 가득한 그곳의 음식은 확실히 전라도 음식이라 그런지 맛깔스럽다. 주위에서 진하게 들려오는 전라도 사투리만큼이나 진한 맛이 입안에 가득하다. 다시 새만금 전시관 가는 버스를 타면 30분 정도 걸린다고 한다. 어느 버스를 타야 하는지 정류장 앞의 여러 약국 중에 아줌마들이 제일 많이 앉아 있는 약국에 들어가 물으니, 노선 표시도 없는데 앞에서 기다리면 온다고만 한다. 그런데 이상하게도 약국 안에 앉아 있는 아줌마들은 약국에 볼일이 있어 온 것이 아니라 버스를 기다리는 사람들이다. 인근의 다른 약국은 그렇게 기다리는 사람들이 없는 걸로 보아, 그 약국만 버스를 기다리는 주민들의 편의를 위해 여자 약사가 운영하는 약국 내의 의자들을 개방한 것으로 보인다. 나이 든 아줌마들의 심정은 아줌마만 알기 때문일까?

버스를 기다리면서 보니 신기하게도 버스 시간표가 상가 건물 사이의 벽마다 붙어 있다. 참으로 어린 시절이 생각나게 하는 가게 이름들과 길거리의 물건 파는 아줌마들, 시골에서 쓰는 부인용 물건들과 부엌용 물건들. 뒷모습만으로도 알 것 같은 시골의 나이 든 할머니로 가득 찬 버스를 타고 달리다 보니 어느 순간 광활한 새만금 방조제가 보인다. 끝이 보이지 않는 방조제. 차가 뜨문뜨문 달리고 있다. 아직 새만금 방조제 전시관은 오픈되지 않아 임시 전시관이 준비되어 있는데, 안의 전시된 내용물은 그다지 많지 않다. 새만금 방조제를 보기 위해 몰려든 관광버스에서 나이 든 시골 어른들이 무더기로 차에서 내려 임시 전시관으로 밀려 들어간다. 임시 전시관 앞에는 마실길 안내소가 비치되어 있다. 몇 개의 마실길 안내도와 홍보물을 챙긴 후 트레킹화의 끈을 질끈 매고 출발.

인터넷에서 조사한 마실길은 총4개 코스가 있어, 1코스는 3개로 나뉘어져 있고 2구간과 3구간이 각각 2개 코스씩, 그리고 4개 구간은 1개로 구성되어 있었는데, 안내소에서 받은 구간표에는 전체 8개의 해안 코스와 5개의 내륙 코스로 재구분되어 있었다. 그 사이 코스들을 재정립하고 내륙 구간을 늘려 놓은 것이다.

해안 누리길인 1코스 1구간은 밀물 때와 썰물 때 가는 코스가 다르다. 미리 물 때를 조사해 보니 오늘 지금 시간엔 간조 때라 바닷길을 걸을 수 있다. 이곳 새만금 앞바다는 물이 나간 후 갯벌이 나타나도 갯벌이 단단해 충분히 걸을 수 있다. 입자가 고운 갯벌이 발에 닿는 촉감이 좋다. 바닷물은 아주 멀리 보이지만, 밀물 시간이 다 되었는지 서서히 다가오는 것 같다. 물이 들어오길 기다리며 휴식을 취하는 동안 해안가를 기분 좋게 팔을 벌리고 걷는다. 어제는 종일 비가 왔으나 오늘은 구름 한 점 없는 맑은 하늘을 머리 위 높은 곳에 두고, 첫 발을 내딛는 황홀한 기분을 위해서 오늘 나는 아침부터 먼 길을 달려왔다.

1차 목적지인 변산 해수욕장. 밀물 때는 위의 길로 올라가라는 안내 표식을 보니 괜히 기분이 좋다. 물론 하루에 2차례씩 바닷물이 들어오고 나가지만, 낮과 밤을 생각하고 주말을 이용하여 걸을 수 있다는 생각을 하면, 이런 좋은 기회도 그리 자주 있는 것은 아니다. 갯벌 바닥에는 죽어 있는지 살아 있는지 확인해 보지 않았지만 조개들이 우수수 밝힌다. 가끔 온전한 것을 손으로 집어 보면 아직 살아 있는 것도 많다. 오랜 세월을 두고 바닷가 바위들이 깎여 나가고 있다. 어떤 큰 바위는 멋있는 곡선을 그리며 여자의 치맛자락 같은 모양을 만들고 있고, 어떤 바위는 거인의 발 같은 모양으로 파도가 조각하고 있으며, 어떤 바위는 파도가 울퉁불퉁 곰보로 만들어 버렸다. 자연만큼 멋진 예술가는 이 세상에 아무것도 없으리라. 음악도, 미술도, 영화도, 사랑도….

때론 4륜 모토 바이크를 즐긴 듯 갯벌 위에 커다란 흔적이 있다. 사람 발자국 옆에 있는 새들의 희미한 발자국과 게들이 집을 만들며 파헤쳐 놓은 작은 흙더미들도 눈길을 끈다. 문득 해안가 숲이 있는 낮은 하늘에서 무언가 쌩 날아간다. 제비다. 흰 배를 자랑하는 날렵한 제비. 도심에서는 절대 볼 수 없는 제비가 이곳에서는 지천으로 날아 다닌다. 좋은 망원 카메라가 있으면 멀리 파도를 향해 날아가는 갈매기들의 멋진 모습을 끌어당겨 보고 싶다. 하지만 아스라히 먼 수평선을 향해 날아가는 그들은 내 시야에서 더 작아질 뿐이다. 파도가 밀려온다. 먼 곳에서 물빛만 보였던 바닷물이 벌써 성큼 내 눈앞에서 흰 포말의 파도와 함께 층층이 밀려오고 있다. 순식간에 내 발을 덮을 것 같아 언덕으로 올라가니 새로운 마실길 표시 이정표. 한눈에 이곳 마실길은 군부대의 해안 경계 초소로 이동하기 위한 통행로임을 알 수 있다. 민간인들의 출입이 오랜 동안 통제되어 자연이 그대로 살아 있는 통로에 낙엽이 가득하다. 자주 보이는 군 초소도 밤에만 이용하니 아직 풋풋한 느낌이 든다.

해안의 넓이에 따라 바닷물이 밀려오는 위치가 달라서 때론 다시 갯벌로 나가 걷기도 하고, 바닷가 바위 위에 올라가 간식을 먹기도 하면서 바다를 즐겼다. 어느 곳에서는 어부들이 버린 조개 껍질들이 산더미처럼 쌓여 있기도 해서 어린 시절 내가 살던 집을 새로 짓느라 파헤쳤을 때 집터에 수없이 많은 조개더미들이 쌓여 있던 일을 새삼 기억나게 한다. 그 야생의 바다가 끝나는 지점쯤의 언덕에 펜션들이 있다. 넓은 해수욕장이 지난 겨울의 텅 비었던 모습을 그대로 보여준다. 우주의 모든 것을 표현하는 듯한 민들레 홀씨가 바람 불면 날아갈 때를 기다리고 있으며, 신비의 자연들, 움트는 나무들과 한창 꽃피고 스러지는 동백나무들, 벚꽃이 비 되어 흩날린다. 진달래의 황홀한 색깔도 아직 남아 있다.

인근 펜션에서 묵는 관광객들이 바닷가로 산책을 나와 추억을 만들고 있다. 바닷가를 걷고, 다시 숲을 걷고, 군인들이 경계를 서고 있는 초소 옆을 지나며, 잘 만들어진 나무막대 이정표, 간이 막대 이정표 그리고 리본 이정표를 따라가다 보면 누군가의 소망을 적어 걸어 놓은 나무토막이 있고, 그 소망을 축하해 주는 새소리도 있다. 언덕을 오르고 바위를 건너뛰고, 잘 만들어진 벤치에서 싸가지고 온 오렌지를 까먹으며 걷다 보니 어느 새 송포항. 조용하고 작은 항에는 바닷물이 빠져도 배가 정박할 수 있는 작은 도크가 준비되어 있다. 낚시하는 이들도 있고, 배 일을 준비하는 사람들이 무표성하게 한 낮을 채우고 있기도 하다.

송포항에서 다시 언덕으로 올라가니 내가 지나온 길들이 멀리 보인다. 몇 시간 걷지 않았는데 벌써 많이 왔네…. 다음 목적지는 고사포항. 이름부터 재미있다. 왜 고사포항일까? 가다 보면 사망마을이라는 이름도 보인다. 死亡이 아니고 士望. 한 선비가 이곳에서 북향을 바라보며 때를 기다렸다 해서 사망마을. 전라도는 우리의 역사에서 주로 선비들의 귀양지였다. 그래서 북쪽의 한양을 바라보며 복권을 기다리는 선비들이 많아 이런 사연의 지명이 많아졌다. 계속 해안선을 끼고 걸으며 때로는 다시 갯벌로 내려가기도 하고, 때론 들쑥날쑥한 해안선 때문에 다시 언덕 위로 올라온다. 다양함이 있어 좋다. 가끔 언덕 사이로 바라다보이는 V자형의 바다가 정감이 넘쳐 보인다. 그러다가 다른 언덕으로 올라가면 여지없이 보이는 펜션들. 서로 전망 좋은 곳을 차지하기 위해 끊임없이 펜션이 지어지고 있다. 펜션 아래에는 고운 모래밭이 가득한 백사장들. 여름에 이곳에 오면 호젓함을 즐길 수 있을 것 같다. 백사장과 바다 그리고 솔밭이 어우러진 곳의 벤치에서 배낭을 내려놓고 길게 누웠다. 발끝으로 보이는 하얀 파도와 맑은 하늘. 이곳에서 잠이나 잘까?

고사포 백사장의 깨끗한 화장실에서 용변을 보고 인근 솔밭으로 향하는데, 어디서 힘찬 남성들의 소리가 들린다. 해안경비를 담당하는 군인들이 검은 막으로 둘러싸인 영내에서 운동을 즐기고 있다. 그 뒤로 이어지는 해안 솔밭. 소나무들이 춤을 춘다. 끝없이 이어지는 소나무밭에서 혼자 드라마를 찍는다. 소나무를 안아 보기도 하고, 빙글 돌아도 보고, 솔방울을 한 움큼 집어 하늘로 던져 보기도 한다. 이렇게 멋진 곳에 나밖에 없다니…. 세상에 이런 호사가 어디 있나.

처음 떠나올 때 이번 여행 때는 가족 외에는 아무도 연락하지 않기로 스스로 생각했다. 문명을 떠나고 자연과 호흡하고 싶었다. 그 어떤 끈과 도 떨어지고 싶었다. 떠나고 싶지 않았던 솔나무 밭도 지나치고 나니 작은 텃밭에서 할머니 한 분이 혼자 밭일을 하고 계신다. 수고하신다고 인사 드리니 어디서 왔느냐며 관심을 보여 주신다. 우리 민족은 늘 소속을 강조한다. 혹시 나와의 어떤 인연이 있나 알아보고, 그 작고도 먼 인연을 따라서 친하게 지내야 할지 말지 결정한다. 아까 부안 버스 정류장에서도 어떤 아저씨가 나보고 어디서 왔느냐고 물으시기에 서울이라 했더니, 서울 어디냐고 묻는다. 내가 다니는 직장이 있는 동네를 말씀 드리자 자기도 그쪽에 아는 사람이 있다며 자꾸 나와의 어떤 인연을 찾아 내기 위해 애를 쓴다. 그 모습을 보고 혼자 속으로 웃었다. 지나가는 펜션 앞에 수북이 쌓여 있는 술병들. 저 술병 속에 얼마나 즐거운 추억들을 담아 놓았을까?

　성천마을을 지난다. 마실길을 만든 이들이 여기저기 애쓴 흔적이 보인다. 언덕에 자연 친화적인 나무 계단을 만들고 도로 옹벽에도 편히 갈 수 있도록 옆에 작은 통로를 만들어 놓았다. 어쩌다 물이 흥건히 고여 있는 곳에는 나무를 묶어 안전하게 건너게 해놓은 것으로 보아 주기적으로 마실길을 다니며 보수하는 것 같다.

　여기까지 오니 해안 건너 저편에 하섬이 또렷이 보인다. 하섬은 국내에서 몇 안 되는 모세의 기적을 볼 수 있는 곳이기도 하다. 한 달에 한두 번, 물이 가장 많이 빠지는 썰물 때는 걸어서 하섬을 갈 수 있다. 저런 곳에 집 하나 짓고 살면 행복할까? 아니면 너무 고독할까? 그 어떤 것이 될지는 몰라도 그런 기회가 있다면 얼마나 좋을까? 길을 가는데 멈칫, 언덕 윗길 한가운데 커다란 바위 하나가 우뚝 가로막고 있다 혹시 영화 '인디아나 존스'처럼 저 바위가 굴러 내려오는 것은 아닌가? 그러다가 또 한 번 멈칫. 작은 뱀 한 마리가 움직이지 않고 또아리를 틀고 있다. 가까이 가서 보니 머리가 으깨 진 죽은 뱀. 어쩌다 이렇게 되었을까?

걷다 보니 커다란 호를 그린 절벽 바위가 눈앞에 펼쳐진다. 마치 제주도에 와 있는 것 같은 느낌. 여러 가지 모습의 자연 경관들이 나를 기분 좋게 한다. 부지런히 걸었는지 해도 많이 넘어갔다. 이정표 뒤로 보이는 햇빛이 이정표의 둔탁함을 뚫지 못해 반짝이고 있다. 시간 개념이 없어진 지 무척 오래다. 단지 걸을 수 있을 때까지 걸어 보자.

어디까지 갔을까? 이정표가 내 발길을 차가 다니는 도로로 인도한다. 도로 한 편에 자전거가 다닐 수 있도록 밝은 색깔로 입혀 놓은 곳으로 타박타박 걷는다. 자, 채석강으로 가자. 그런데 오늘 거기까지 갈 수 있을까? 그러다가 잠시 숲속으로 가는 길이 있기에 들어가 보니 호젓한 숲속에 대나무 밭이 양쪽으로 도열되어 있는 숲속 저 끝에 바다가 작은 웅덩이만큼 보인다. 오늘 이곳쯤에서 노을을 봐야 할 것만 같다. 멀리 오늘의 숙소인 대명콘도가 보이지만, 거기까지 가면 노을의 정경을 놓칠까 봐 서둘러 노을을 제일 잘 볼 수 있는 바닷가로 내려갔다. 구름이 조금 있다면 더 멋진 노을을 볼 수 있겠지만, 오늘 종일 하늘엔 구름 한 점 보이지 않았다.

바닷가 나무 계단 앞에 앉아 카메라의 초점을 이제 서서히 빛을 잃어 가는 태양에 맞추었다. 하늘과 바다에 티 한 점도 보이지 않는다. 아마 오늘은 바다가 태양 하나를 생선가시도 발라 낼 필요도 없이 꼴깍 삼키려 하나 보다. 이제 오늘 하루의 임무를 끝내고 들어가는 태양을 향해 머리 속의 온갖 노을에 관한 노래를 흥얼거리며 카메라를 들이댄다.

어린 시절, 얼마나 노래에 심취해 있었던가? 모든 풍경에 맞는 노래를 알고 있고, 모든 감정에 맞는 노래가 내 머리 속에 가득했다. 늘 혼자 중얼거리며 노래를 했지만, 지금 시선이 닿지 않는 곳까지 펼쳐진 바다에서 해가 지는 모습을 보니 감정이 복받친다.

아내에게 이 광경을 찍어 카톡으로 보내며 내 즐거움을 같이한다. 해가 수면 아래로 빛을 잃어 가며 사라진 뒤로 바지에 묻은 모래를 툭툭

털고 일어나 나그네 쉴 곳을 찾는다. 예약한 콘도 인근의 해변 식당에서 생선탕 하나 먹고 나오니 어둠이 깊이 찾아들었다. 하늘엔 실같이 가느다란 초승달과 반짝이는 별들 몇 개. 숙소로 들어가기가 아쉬워 바닷가 벤치에 앉아 고개가 아프도록 별을 바라보며 최근 몇 달간 나에게 닥친 수많은 일들에게 감사를 드린다.

지난 밤에 방이 부족하다고 더블 베드 룸을 받았다. 그냥 아무렇게나 하룻밤 자면 되겠지 했는데, 혼자 자도 침대가 좁아 제대로 뒤척이기 힘들 정도였다. 방바닥에 내려가 자면 될 것을 워낙 피곤해 다른 방법을 생각할 겨를도 없이 일찍 잠에 들고 일찍 일어났다. 8시도 안 된 시각에 배낭 메고 출발. 원래 어제까지 1구간 3코스 종착지인 격포항까지 완주할 생각이었으나, 가다 보니 해가 떨어져 3코스 중간에서 하룻밤 자야만 했다. 2구간은 거리상 4시간 정도면 완주할 수 있기에, 오후 시간에 적당히 걸으면 남은 1구간 3코스와 2구간 그리고 3구간의 1코스 정도까지 갈 수 있을 것 같다. 숙소를 나왔지만 갈 방향을 잃었다. 숙소가 원래 마실길 코스가 아닌지라 어디에도 이정표가 없다. 그렇다면 우선 바닷가를 찾자. 그러면 어딘가 있겠지.

아니나 다를까. 어제 저녁 밥 먹던 곳에 격포항 가는 나들길 이정표가 있다. 안내가 있으니 다리에 힘이 생긴다. 이전 같으면 하루를 먼 길 걸으면 그 다음 날 아침에는 다리가 아파 잠시 절룩거렸는데, 이상하게 오늘 아침은 그런 증상도 없다. 격포 해수욕장을 지나 멀리 낮은 산의 정상에 정자 하나. 지도를 보니 닭이봉이라 한다. 그곳에 올라가면 이쪽 저쪽 바다 풍경을 모두 시원하게 볼 수 있겠지만, 이미 수없이 많은 바다 풍경을 보면서 걸어왔기에 정자로 올라가지 않고 우회하여 능선을 따라 가니 제법 큰 격포항이 눈앞에 펼쳐진다. 아침 바다를 보기 위해 관광객들도 구경 나와 있고, 여기저기 이른 아침 나온 어민들을 위해 포장마차도 몇 군데 열려 있다. 아침밥은 이곳에서 핫도그와 김밥으로 대신하고 부두에 마련된 벤치에 앉아 쉬고 있는데, 밝은 색 조끼 유니폼을 입은 할머니들이 부둣가에 버려진 쓰레기들을 줍고 있다.

이곳은 바닷가의 성격에 맞지 않는 전역한 각종 전투기, 대공포, 군용 트럭 등이 진열되어 있다. 아마 어른들은 바다를 보고, 자연에 별로 관심을 두지 않는 아이 들은 이런 군사 무기를 구경하게 하여 여행의 재미를 분산시키려는 의도인 것 같다. 격포항 옆의 해안 절벽은 채석강에서 제일 유명한 책 바위. 절벽이 책을 쌓아 놓은 듯한 지형의 단층 모습이 중국의 채석강과 비슷하다 하여 이곳을 채석강이라 불렀다. 저 멀리 방파제 끝에 등대가 보이고 그곳까지 긴 목조 다리가 놓여 있다. 이제까지 경험으로 볼 때는 그 목조다리 끝쯤에 해안절벽을 돌아가는 길이 있을 줄 알고 채석강의 기기묘묘한 해안절벽을 보며 끝에까지 걸어갔는데, 그만 그 끝에는 넘실거리는 물결만 가득 차 있다. 방파제에 앉아 녹차 한 잔을 마시며 바다를 즐겼으나, 멀리 보이는 등대까지 걷는 건 포기. 다시 긴 목조다리를 돌아오니 관광객들이 천천히 마주 온다.

목조다리 입구로 돌아오니 반가운 마실길 이정표. 이곳부터 2구간 1코스 시작. 다시 언덕으로 올라가는데 길 양옆에 철쭉이 화려한 색깔로 열병식을 벌인다. 그 끝의 산길에는 투명 플라스틱으로 터널을 만들어 놓았다. 터널의 주위는 소나무로 둘러싸여 있다. 무슨 의미일까? 그 이후 호젓한 산길. 이 산속에서 차 소리가 들린다. 근처에 군부대가 있구나. 그런데 군부대보다 더 큰 부대가 산 뒤에 자리 잡고 있다. 드라마 전라 좌수영 '이순신' 촬영 장소. 아무도 없는 세트의 마루에 앉아 휴식을 취해 본다. 마루에 먼지가 가득 쌓인 것으로 보아 최근에 촬영한 흔적이 없다. 비록 세트지만 견고하게 지어졌고 기둥이나 서까래들도 무척 튼튼해 보인다. 작은 공간에 장군들 숙소, 장병들 숙소, 마굿간, 해우소 등이 마련되어 있다. TV에서 보이는 것은 겨우 40~50인치 정도의 작은 세상일 뿐이다. 카메라를 들이대는 작은 부분을 우린 크게 봐야 하고,

어둠 속에서 움직이는 것들이 마치 거대한 전쟁터를 연상케 한다. 가까운 곳에 부대가 있으니 엑스트라도 충분히 확보할 수 있고, 세트장 앞에 바위로 둘러싸인 작은 바다 공간을 이용하여 카메라 트릭으로 대양의 전투를 재현할 수 있다. 이런 세트를 보면 우린 모두 속고 사는 듯이 보인다. 그래서 매스컴은 무조건 100퍼센트 믿을 바가 되지는 못한다. 트릭을 마치 진실인 것처럼 왜곡하게 만드는 것이 카메라다. 세트장의 전라 좌수영 깃발은 배우가 있으나 없으나 펄펄 휘날리고 있다. 오늘은 내가 이순신이나 되어 볼까?

그곳을 내려와 언덕을 돌아가니 다시 한적한 시골길. 작은 언덕 위에 잘 지어진 건물 하나가 서 있다. 그 언덕 아래는 작은 활처럼 생긴 항구. 항구라고 하기에는 그다지 크지도 않고 정박한 배도 없다. 그러나 그 바닷가 바위 위에 앉아 어머니의 자궁같이 편안해 보이는 궁항을 바라보니 세상 모든 시름을 이곳에 떨쳐 버리고 가도 될 것 같다. 마실길을 다니다 보면 이런 장소를 무척 많이 볼 수 있다. 어느 곳을 택해도 그냥 남은 인생 동안 주저앉고 싶은 곳들. 궁항의 반대편에는 마치 한라산같이 우뚝 솟은 작은 산 하나가 궁항을 지켜 준다.

어촌 몇 집 사이로 난 골목길로 들어가는 기분도 좋다. 어느 집 마당에 기묘한 모양의 나무를 기르는 모습도 보기 좋고, 집 앞에서 부부가 어구를 수리하며 보내는 정겨움의 모습도 보기 좋다. 산을 오르는 것도 성취감이 있지만, 길을 걸으며 이렇게 사람 사는 모습을 보며 다니는 것도 좋은 여행 방법이다. 마을 한 구석에 배에 달고 다니는 각종 깃발들이 무더기로 쌓여 떠날 날을 기다리고 있다. 어릴 적 설날 아침에 시골집에서 차례를 지내고 수인선 열차를 타고 소래 다리 위를 지날 때, 다리 밑에서 새해의 풍어를 기원하는 배들이 저런 오색 깃발을 달고 있었다. 그 모습이 아름다워 즉시 기차에서 내려 흑백 카메라로 그 광경들을 찍는 바람에, 하루에 4번밖에 운행하지 않는 다음 기차를 타고 늦게 오느라 집에 늦게 도착해 어머니에게 늦은 이유를 해명한 적이 있었다.

마을을 지나 다시 차가 다니는 길을 따라가다 보니 집 앞에 커다란 하트 모양을 만들어 놓은 것이 보기 좋았다. 멀리서 볼 때는 두터운 밧줄로 만든 줄 알았는데, 자세히 보니 작은 화분을 수없이 겹치게 만들어 이런 형태를 만든 것이다. 궁항에서 솔섬으로 향하는 길. 여전히 멋진 펜션들은 계속 지어지고 있고, 비수기에 비스듬하게 쉬고 있는 펜션의 의자를 세워 다리 난간에 발을 올리고는 최고로 느긋한 자세로 물 빠진 바다와 내가 갈 솔밭길을 바라보며 길을 즐긴다. 바다로 내려오니 또 어디로 갈까 망설여진다. 한가로이 바다를 바라보던 동네 청년 하나가 손길로 길을 알려 준다. 다시 흥얼거리며 바닷가 솔밭길을 걸어간다.

물 빠진 바닷가에 작은 배 몇 척이 세워져 있는데, 그 주위로 갈매기 떼들이 무리 지어 날고 있다. 왜 그럴까? 혹시 어부가 갈매기들을 위해 무언가 남겨 두었을까? 갈매기들의 끼룩 끼룩 소리가 구름 한 점 없는 허공에 가득하다. 굽이굽이 언덕을 돌아가니 다시 사람 흔적. 깨끗한 건물이 보여 지도를 보니 전북 학생 해양수련원이 있다. 아침에 나온 뒤로 여유 있게 용변을 보지 못했으니 여기서 일 좀 보자. 여기까지 오는 데 땀도 많이 흘렸다. 벌써 더워지는 계절이라 수통에 물도 보충한다. 이제까지 혼자 다니느라 내 사진도 못 찍었으니 대형 거울을 앞에 두고 내 모습도 찍어 보았다. 잘 단장된 수련원 아래로 내려가니 작은 오솔길 나무에 많은 사람들이 소망을 적은 나무토막을 걸어 놓았다.

시간이 어느 정도 되었나. 이제 슬슬 배가 고프기 시작한다. 먹을 것을 찾아야겠다. 솔섬으로 가는 길의 호젓한 마실길도 때로는 군부대 길로 막혀 있지만, 그래도 모두 군의 협조를 받아서인지 전혀 불편 없이 길이 마련돼 있다. 솔섬에서 다음 목적지는 모항 갯벌 체험장. 솔섬을 빠나와 굽이굽이 솔밭길, 보리밭길, 연산홍 꽃밭길을 지나간다. 그러다가 바닷가 길을 따라가고, 언덕길로 쉬엄쉬엄 오르다가 산새들이 지저귀는 언덕, 바다가 보이는 칼국수집에서 점심을 해결하고 내려온다. 그리고는 모항 갯벌체험장으로 가는데 멀리 갯벌에서 사람들이 조개를 캐고 있는 것이 보인다. 그 모습이 어부들은 아닌 것 같고 옷 모습이 도시 사람들이다. 그런데 신기하게 갯벌의 한가운데 족구장이 표시되어 있다. 설마 저곳에서 족구를? 이거야말로 기발한 착상이다. 온몸을 갯벌에 뒹굴며 마음껏 갯벌을 뛰놀며 즐겨라…. 나무 발판을 만들어 놓아 갯벌로 들어가기 쉽게 만들었다. 갯벌 앞에 대형 버스가 한 대 들어 오더니 젊은이들을 풀어 놓는다. 버스에서 내려오는 젊은이들의 입에서 탄성이 터진다. 오늘 실컷 놀아 보자는 떠들썩한 기분. 그들을 뒤로 하고 산길을 돌아 갯벌이 보이는 곳에 자리를 잡았다. 다리도 아프고 밥도 먹었으니 좀 쉬었다 갈까? 마침 어제 아침에 챙겨 나온 신문이 있어 길게 펴고 자리에 누웠다. 나 혼자 여행이니 이런 일이 가능하겠지…. .

멀리서 젊은이들의 웃는 소리가 들린다. 그 소리가 아늑해질 무렵, 나는 잠시 숲속 길에서 신선처럼 낮잠을 즐겼다. 30분 정도 잤을까? 다시 주섬주섬 가방을 챙겨들고 길을 떠난다. 청년들의 웃음소리도 희미하게 사라질 무렵 벚꽃 잎이 동동 떠 있는 작은 옹달샘을 지나니 마을이 나온다. 오랜 세월 전에 지은 듯한 기와집에는 아직 사람이 살고 있는 듯하지만, 어떤 집은 빈집인 채로 방치되어 있다. 오솔길이 끊임없이 이어지는 곳에서 다시 보이는 바다. 그새 물이 많이 들어왔다. 어제 이맘때쯤인가? 육지에서 가까운 바다와 조금 떨어진 바다의 색깔이 확연히 비교될 정도로 바다 위 한가운데 주단을 깔아 놓은 듯한 긴 선이 그어져 있다. 기암 괴석들이 양옆으로 펼쳐진다. 금방이라도 지진이 나면 아슬아슬하게 균형을 이루던 언덕 위의 커다란 바위들이 우르르 쏟아져 내려올 것 같다. 그리고 양옆으로 이어지는 대나무밭. 대나무가 너무 울창해 하늘이 안 보일 정도다. 문득 시야를 들어 먼 곳을 보니 산 하나가 완전히 대나무밭이다. 그 울창한 대나무밭 끝에 보이는 삼각형의 바다.

마치 신선의 나라에 온 것 같다. 어디선가 딸랑거리며 동자승이 소를 타고 대나무 피리를 불며 올 것 같고, 대나무 숲 끝의 정자에는 흰 수염의 도인들이 바둑을 두고 있을 것만 같은 선경. 그렇게 대나무밭을 통과하니 긴 둑이 먼 곳까지 뻗어 있다.

마동 방조제의 왼쪽에는 양식장으로 보이는 커다란 물웅덩이들과 사료를 주는 듯한 역삼각형의 흰색 통이 세워져 있다. 오른쪽은 황량한 갯벌. 너무 갯벌을 보아서인지 이젠 갯벌보다 다른 곳에 눈이 간다. 나와 같은 생각을 가진 사람이 이곳에 벤치를 만들었는지, 방조제 끝에 있는 나무 벤치 2개가 바다를 향하지 않고 양어장을 향해 있다. 다시 차가 다니는 도로로 올라왔다가 어느 마을로 들어간다. 이 마을은 집들이 유난히 깨끗하다. 아하! 이 마을은 KBS '6시 내 고향' 프로그램을 촬영한 곳이구나. 마치 유명한 식당이 어느 TV의 맛자랑 코너에 나왔다고 자랑하는 것처럼 마을 노인회관의 벽에 선명하게 TV 촬영한 장소라고 표시되어 있다. 마을의 낮은 언덕 위에 골격이 큰 나무가 크기를 자랑하고 있다. 그 옆에 깨끗한 집 한 채가 세워져 있는 걸로 보아 외지 사람들의 별장 같다. 마을을 다니다 보면 잘 가꾼 집은 외지 사람 소유이고, 허름한 집은 주민들 것이라고 생각하면 된다.

오늘 참 많이 걸었다. 아침 7시 40분부터 걷기 시작해 지금 시간이 5시가 되어 가니,

족히 8시간을 넘어 걸은 셈이다. 이젠 어디선가 잘 곳을 찾아야겠다. 마침 갈대가 줄지어 서 있는 운호 방조제의 저편 끝에 모텔 하나가 보인다. 주변에는 아무것도 없다. 식당도 없고⋯. 가끔 뱃일하는 어부들만 보이고 노인네들, 마을 주민들이 전깃줄 위의 제비처럼 앉아 햇빛을 쬐고 있다. 자⋯, 오늘은 이곳에서 하룻밤 자자. 모텔에서 운영하는 식당에서 저녁을 간단히 먹고 해지기 전에 동네 산책을 나가 어슬렁거리다가, 해가 멀리 산 너머로 숨어 들어갈 때쯤 숙소로 돌아와 파도 소리를 들으

며 호젓한 저녁을 즐겼다. 이튿날 어제 밤 일찍 잔 까닭에 일찍 눈이 떠진다. 어제 아침과는 다르게 오늘 아침 다리가 뻐근하다. 발에 물집도 잡힌 것 같다. 가지고 온 과일도 다 먹었으니 가방이 조금 가뿐해져야 하는데, 가방 무게가 그대로인 것을 보니 기력이 어제와 조금 다름을 느낀다. 그러나…, 걷다 보면 또 힘이 생기겠지.

아침은 일부러 다음 목적지인 곰소항을 찾아 먹기로 하고 인적 없는 마을 길을 빠져나온다. 갑자기 사나운 개가 짖어 대는 소리. 끈으로 묶여 있으면 그러려니 하는데 이 개는 풀어져 있다. 뒤를 따라오며 사정없이 짖는데, 어느 순간 공격해 올까 봐 등골이 오싹하다. 애써 태연한 체하며 뒤도 돌아보지 않고 마을길을 벗어나니 슬그머니 사라져 버렸다. 아마 나를 마을에서   아내기 위해 그렇게 짖어 댔나 보다. 마을 주민들께서는 마실길 개방은 고맙지만 개를 끈으로 묶어 주시길….

보리밭이 양옆으로 가득한 넓은 논길. 어떤 논에는 보리를 키우고 어떤 논은 봄 준비를 하는 듯 갈아 엎어져 있다. 또 어떤 논은 지난해 벼수확 후 갈아 엎은 뒤로 손을 안 대 피가 잔디처럼 무성하다. 어느 논에서는 주민들이 모여 모판을 다듬고 있다. 이젠 농촌 어디를 가도 이전처럼 구불구불한 논의 모습은 보기 힘들다. 모두가 사각형의 반듯한 논이라 기계농하기가 편하다. 곰소항으로 가는 길은 외줄기. 어디서 술 익는 냄새가 났으면 좋겠다. 주위를 둘러보니 이 넓은 벌판을 감싸고 있는 낮은 산들의 지세가 참으로 울퉁불퉁 제 각각이다. 거의 한 시간 정도 걸었는데 이정표에 곰소항 0.5km라고 표시되어 있어, 곧 밥을 먹겠구나 하는 희망으로 걷는다. 그런데 500미터는커녕 족히 몇 km를 걸은 것 같건만 아직도 곰소항에 도착하지 못했다.

이곳의 이정표에는 내소사 5km라고 표시되어 있다. 아무래도 내소사는 다음에 새만금 방조제 방문 때 가보아야겠다. 내소사를 갔다가 다시 이곳으로 걸어서 돌아오려면 무려 10km를 걸어야 하니 내 일정에 맞지 않는다. 곰소항에는 온통 젓갈 시장이다. 어디를 가나 젓갈 파는 곳. 사람들 많이 모인 그럴듯한 식당보다는 조금 허름한 식당에 들어가 메뉴를 본다. 아침으로 먹기에는 젓갈정식밖에 없다. 어부들이 이른 아침을 먹고 일어선 자리로 들어가 젓갈정식을 시킨가. 둥그런 칸막이형 접시에 젓갈이 무려 9가지나 들어 있다. 맛있게 아침을 먹고 나오며 젓갈 이름을 알려 달라 하니 오징어젓, 토하젓, 어리굴젓, 창란젓, 바지락젓, 꼴뚜기젓, 아가미젓, 가리비젓, 갈치속젓이었다고 소개해 준다. 그 외에 갯가재장이 맛있었고, 이곳 부안에 있는 식당 어디서나 볼 수 있는 말린 갈치 조림이 맛있다.

아침을 거하게 먹고 어시장 안으로 들어가 보니, 어시장 뒤편에 생선들을 널어 말리고 있다. 참으로 많은 종류의 생선들이 비스듬히 뉘어진 그늘에서 강한 햇빛을 받으며 일광욕 중. 조기, 박대기, 갈치, 아구, 바다장어, 우럭 등. 내가 이런 생선을 얼마나 좋아하는 줄 아실까? 어릴 때는 박대기 껍질을 끓여 연실을 매겼는데 요즘은 무엇으로 쓰냐고 물으니 우묵을 만든다고 한다. 아하, 내가 좋아하는 우묵이 박대기 껍질로 만드는구나. 이것저것 설명해 주던 아저씨가 고맙다고 인사하니, 알려 주었으면 조금 사가지 그냥 간다고 섭섭해 한다. 먼길 가는 나그네라 그러지 못해 미안하다고 말하고 항구를 벗어난다.

어촌 위로 제비가 쏜살같이 하늘을 난다. 어촌에서 자란 나도 어릴 적의 추억들과 함께 하늘을 날아간다. 어촌을 빠져나오니 이정표를 잃어버렸다. 지난번 지리산 둘레길 가서도 이런 도심지에서 이정표를 잃어버려 한참 헤맸었는데…. 인근 파출소에 들어가 마실길 가는 길을 물으니 잘 모르겠다며 어색한 표정을 짓는다. 그래서 다음 목적지인 곰소염전 가는 길을 묻는다. 방향을 가르쳐 주기에 다음부터는 마실길도 알려 달라고 당부하고 나왔다. 아직 어디에도 이정표가 없지만 방향을 잡고 가다 보면 나오겠지. 오른편 아주 넓은 주차장에 유채꽃이 가득 피어 있다. 그런데 가는 길이 여러 갈래. 안 되겠다 싶어서 마실길 안내 센터에 전화로 물어 보니 방향을 잡아 준다. 다행히 금방 이정표를 잡았으나 공원으로 올라가란다. 작은 공원으로 갈 때만 해도 이곳의 장관을 몰랐는데, 공원 옆으로 가다가 위로 올라가니 양 옆의 곰소염전이 펼쳐져 있다. 이 또한 장관이다. 일부러 이 모습을 보여주기 위해 언덕을 올라가라 했나 보다.

공원에서 내려오니 차가 쌩쌩 달리는 도로. 어디로 가야 하나. 마실길 이정표가 어디에도 보이지 않는다. 마침 커다란 도로 안내지도가 세워져 있다. 오늘의 최종 목적지인 부안 자연생태공원 가는 30번 도로는 해안을 빙 돌아가지만, 빨간 선으로 표시된 길은 해안을 통과해 가도록 되어 있다. 바닷길 갯벌을 걷거나 혹은 둑으로 가는구나 하고 마실길 안내 센터에 물어보니 구진마을을 거쳐 가란다. 앞으로 갈 길을 생각해 구진마을을 지나며 지나가는 마을사람에게 혹시 물을 살 수 있는 가게가 있느냐 물으니 없단다. 낭패다. 평화로운 마을길. 끝없는 논과 밭 마당이 넓은 집에는 인적이 없다. 가끔 낯선 나그네를 반기는 개들의 아우성이 있을 뿐. 천하대장군으로 만든 이정표 밑에 재미있는 글들이 쓰여 있다.

쏠찬히 거시기 하네…
잉. 질게 살면 안 되끄나…
까마귀가 성님 허것다.

마을길 중간쯤 이정표가 논길로 가라 한다. 끝없는 논길을 따라가다 보니 제방이 가로막는데 제방으로 올라가는 길이 없다. 그래도 억지로 제방 위로 올라가 보니 오른쪽으로 가야 할지 왼쪽으로 가야 할지, 끝없이 앞에 펼쳐진 갯벌 위에서 방향 감각을 잃었다. 그래도 지도상으로 왼쪽으로 가야 할 것 같다. 그런데 가도가도 마실길 이정표는 없다. 아무래도 잘못 들어선 것 같지만 왔던 길로 돌아가기에는 너무 멀다. 마실길 안내센터에 전화해 보니 아니나 다를까, 길을 잘못 들었다. 누군가 이정표를 돌려 놓은 것 같다고 했더니 나중에 와서 보겠단다. 그렇게 힘들게 제방 끝에 가니 마을이 보이고 작은 정자 하나. 논둑길, 제방길로 오지 않았으면 고즈넉한 마을 길을 통과해 즐겁게 올 수 있었을 텐데 너무 시간낭비를 해버렸다. 그러면 어떠랴, 다 같은 길인 걸.

아무래도 물이 모자랄 것 같아 마을에 있는 집들을 찾아가 문을 두드렸지만 모두 빈 집. 그러다 어느 한 집에서 청년이 나와 마당 냉장 창고에 있는 보리차를 덜어 준다. 고마운 인정. 솟대의 기러기 주둥이가 가리키는 방향으로 간다. 목적지인 생태공원을 가려면 다시 갯벌 맞은편에 있는 긴 제방을 걸어야 한다. 그러다가 이정표가 이상해 또 한참을 고민한다. 이곳은 마실길 관리 센터에서 관리가 소홀한 듯 쓰러진 이정표가 몇 군데 보인다. 사람들이 별로 안 다니는 길이라 걸어 다닌 흔적도 없다. 둑 위에 고양이 한 마리가 말라 죽어 있다. 그래도 그 사이로 작은 꽃들이 자라고 있으니, 나 자신도 어느 순간에는 자연의 성장을 위한 거름이 되겠지….

낚시꾼들이 보일 때쯤 내 여정은 거의 끝나 간다. 입술이 타고 있다. 발에 물집 잡힌 게 조금 아프다. 아무래도 이 여행이 끝나면 몸살 좀 앓을 것 같다. 긴 자연 그대로의 모습이 사라져 버리고, 폐기물 처리장이 나오고, 그곳을 지나니 다시 황량한 벌판이 펼쳐져 있다. 생태공원 500미터 전방. 멀리 생태공원에 커다란 바람개비가 돌고 있다.

이렇게 변산 마실길의 긴 여정을 마쳤다. 몸은 힘들지만 마음은 뿌듯하다. 앞으로 내 버킷 리스트 중의 하나인 산티아고 길을 가려면 이런 고생은 수없이 겪어야 한다. 그래도 그 길을 가고 싶다. 이런 짧은 여정은 단지 맛보기일 뿐이다. 자, 이곳에서 버스를 타러 나가려면 어찌해야 하나? 마침 떠나는 작업 차량을 얻어 타고 즐포 터미날로 나간다. 오랜 시간 버스를 기다려 다시 부안 터미날로 돌아와 시골 냄새 물씬 나는 장터를 구경한 후 식당에서 점심 한 끼를 간단히 때운다. 그리고 서울로 가는 버스에 올랐으나 몸이 피곤한데도 잠은 오지 않는다.

변산 마실길은 곰소까지만 가는 것으로도 충분히 매력이 있다. 곰소 항에서는 시외버스도 있으니 교통편도 좋지만, 부안 생태공원까지 가는 길은 돌아가는 버스편도 없고 조금 지루하다. 올해도 영원히 남을 추억 하나 만들었다는 성취감에 기분이 좋다.

길을 걸으면 내가 보인다

시흥 늠내길

늠내길

1코스 숲길 (2010. 10)

가까운 시흥에 있는 트레킹 코스 늠내길. 이름도 예쁘다. 안내서에는 '뻗어 나가는 땅'이라는 의미라고 한다. 코스마다 이름을 붙였다. 1코스는 숲길, 2코스는 갯골길, 3코스는 옛길, 그리고 4코스는 바람길로 불린다.

오늘 찾아간 길은 1코스 숲길이다. 집 앞에서 버스 한 번이면 30분 만에 바로 시청 앞 숲길 입구에 도착한다. 약 13km, 소요시간 5~6시간. 이 정도면 그다지 힘들지 않게 걸을 수 있는 코스다. 그다지 높지 않은 산봉우리들과 숲으로 이어지는 긴 길들. 부근에 큰 산이 없다 보니 걷는 것도 아기자기하다. 조금 힘들다 싶으면 바로 평지가 이어지고, 조금 편하게 걷다 보면 작은 언덕이 나온다. 늠내길은 디자인한 사람이 제법 신경 쓴 것 같다. 그리고 떠났던 곳으로 다시 돌아올 수 있다는 편한 점도 있는 데다, 더욱 정감 가는 것은 이곳이 바로 부모님의 고향이기 때문이다. 언덕에서 바라보면 바로 언덕 너머에 부모님의 산소가 있다. 지금도 절기마다, 혹은 외로울 때마다 찾아가는 길.

평소 그냥 차로 지나치기만 하던 도로 옆의 작은 산들을 걷는 코스다. 시청 앞에서 출발하여 옥녀봉, 작고개, 군자봉, 만남의 숲, 진덕사, 가래울마을, 수압봉, 선사 유적공원을 거쳐서 다시 시청앞. 옥녀봉까지 올라가는 길도 그다지 힘들지 않다. 봉이라기보다 작은 언덕. 그러나 평소 평지를 걷다가 갑자기 언덕을 오르니 좀 힘들긴 하다. 지난번 강화 나들길을 걸을 때보다 이곳을 걷는 사람들이 더 많다. 그땐 거의 우리 부부만 걷다시피 했는데…. 이곳은 제법 삼삼오오 걷는 이들이 보인다.

산으로 올라가니 지난 곤파스 태풍 때의 피해가 너무 처참하여 자꾸 발길을 멈추게 된다. 비록 두터운 뿌리를 가졌음에도 그 큰 나무들이 여지없이 뿌리 뽑혀 있다. 비스듬히 누운 나무들이 얼마나 많은지 자꾸 카메라를 들이댄다. 길을 막아선 나무들은 관리인들이 모두 전기톱으로 동강 내어 등반 길은 이상이 없다. 저 나무들은 이제 어쩐다? 내 걱정은 만약 쓰러진 나무들이 모두 말라 죽은 채로 있을 때, 어쩌다 산불이 나면 피해가 더 크겠다는 우려가 생긴다. 옥녀봉을 내려와 천천히 길을 내려가니 숲길로 들어선다. 기분 좋은 흙길. 아침 태양 빛이 상쾌하다. 가수 서유석이 부른 '타박네'라는 노래를 흥얼거리며 걷는다.

이 가사가 모두 기억나는 걸 보니 아직 충분히 젊구나. 비록 여느 계절처럼 꽃무리는 없지만, 그래도 가끔 노랗고 작은 꽃들이 보인다. 작고개 삼거리를 지나니 만들어 놓은 지 얼마 안 돼 보이는 나무 계단. 원래 가기 힘든 가파른 길에 인공적으로 길을 만들어 놓았다. 원래 둘레길의 취지가 이러면 안 되는데, 이 경우는 불가피했다고 이해하자. 이 길을 피해 갈 수 있는 우회로도 있긴 하다. 그러나 높아야 얼마나 높을까. 그냥 직진해 버린다.

군자봉 정상에 도착. 멀리 마을이 보인다. 아파트가 있는 마을과 아파트 옆에는 현대식 건물들. 대학 때만 해도 이곳에 올 때는 시골에 간다고 했는데, 아직도 시골이라고 할 수 있을까? 시골의 이미지는 이제 어디까지 시골이라 해야 하나? 군자봉 정상에서 여기저기 휴식을 취하는 몇 명의 무리들이 보인다. 남자들은 막걸리를 즐기고 여자들은 싸가지고 온 점심을 즐기는 듯하다. 나도 작은 참외 하나 먹고 기운을 얻었으니 다시 떠나자. 조금 내려가는데 남자 하나가 숲속에서 담배를 피우고 있다. 얘기해야 하나 말아야 하나. 내가 일행이 있다면 한 마디 해줄 용기가 있겠건만…. 난 오늘은 혼자다. 그냥 지나치자.

내 생전 담배를 두 가치 피워 보았는데 모두 군대시절. 한 번은 무척 추운 겨울에 훈련 받고 잠시 쉴 때, 졸병들이 담배 피면 덜 추울 거라고 해서 한 대 피우다가 결국 못 피었다. 또 한 번은 높은 고지에 '돌격 앞으로' 해서 힘들게 올라갔는데, 역시 또 졸병들이 담배 한 가치 건네면서 담배 한 대 피면 힘든 걸 잊을 거라고 하기에 한 대 피워 봤지만, 역시 또 심한 기침 끝에 포기. 그래서 난 아직도 담배를 거의 혐오하다시피 한다. 그런데 언덕 너머 저 봉우리 바로 밑에 평생 담배를 물고 사시던 아버님이 잠들고 계시다. 정작 어릴 때는 한 번도 아버님에게 담배 끊어야 한다는 말을 못 해보았다. 감히 어른에게 그런 말을 하는 것 자체가 아들의 도리가 아니라고 생각했으니까….

봉우리를 내려오다가 힘들 만할 때쯤이면 작은 쉼터를 하나 마련해 놓았다. 하긴 도시가 가까우니까 이런 쉼터 만들기도 어렵지는 않으리라. 산을 내려오니 큰 도로가 길을 막는다. 길 건너편에 주유소가 있고, 길은 이 도로를 건너야 한다. 일부러 산길 가는 사람들을 위해 보행자가 버튼을 눌러야 신호가 바뀌는 횡단보도를 만들어 놓았다. 길을 건너니 진덕사로 가는 평탄한 길. 혼자 길을 가는 중년남자가 있기에 다가선다. 나보고 많이 다니시는 분 같다며 말을 건넨다. 내가 그렇게 보였나? 천천히 걷겠다며 나보고 먼저 가란다. 절이 있다. 넓은 평탄한 길을 조금 걸으니 바로 진덕사. 낭랑한 불경 읽는 소리가 경내에 가득하다. 몇 명의 아줌마들이 있는 곳에 테이블이 있어 잠시 쉬는데 커피 한 잔 하시겠느냐 묻는다. 그래서 "Why Not이죠." 했더니 뜻을 모르는지 갸우뚱…. 그렇지 않아도 커피가 마시고 싶어 아까 주유소에서 혹시 커피 안 파느냐고 물었었는데…. 부처님께서 내 마음을 이 아줌마를 통해서 채워 주시네?

대웅전을 끼고 돌아 다시 가파른 산길을 오르지만, 그 가파름에 힘들다 싶으면 여지없이 평지가 이어진다. 마을이 저기 보이는데 눈 위에는 감나무가 나를 잡는다. 이미 많은 감을 따버렸는지, 남은 감이 별로 없다. 마을이 가깝고 도로가 가까우니 가는 길에 작은 제조업체들이 많이 보인다. 그 옆에 작은 현수막 하나. 늘내길을 걷는 이에게 음식비 10 % 할인해 드린다는 칼국수집 광고. 걷는 중에 혹시 점심을 해결하지 못 할까봐 빵을 하나 싸왔지만 먹기 싫었는데 마침 잘되었네. 시간을 보니 출출할 때다. 마음씨 좋게 생긴 칼국수집 아저씨가 6,000원짜리 칼국수를 5,400원에 할인해 준다.

자, 이제 힘을 얻었으니 또 걷자. 힘차게 발을 내딛는데 갑자기 발밑에 무언가 밟으면 안 될 것 같은 것이 있어 급히 발을 다른 곳에 딛는다. 내려다보니 몸체가 아주 예쁜 거미 한 마리. 예쁘게 생겼으니 독거미인가? 근접 촬영했는데 사진이 흔들렸다. 길옆의 거의 모든 나무들이 칙칙하게 죽어 있는데, 그 중 작은 나무 열매 하나가 마치 불량식품 같은 색깔로 시선을 끈다. 이게 뭐지? 산을 다니면 모든 것이 신기하다. 내가 모르는 자연들, 아니 인간이 신경 안 쓰는 자연들이 아직 살아 있음이 감사할 따름이다.

멀리 언덕 밑에 유럽풍의 작은 집 하나가 보인다. 눈길을 그곳에 두고 계속 걷는데 어? 길이 막혀 있다. 길은 분명 하나뿐이었는데…. 둘레에 늘내길 표시를 알리는 리본이 하나도 보이지 않는다. 그러고 보니 내 뒤를 따라오던 다른 사람도 보이지 않는다. 왔던 길을 다시 가다 보니 내가 예쁜 집에 한눈팔던 그곳에 언덕으로 올라가는 표시가 보인다. 다시 언덕을 오르는데 길옆에 새로 만들고 있는 듯한 굵은 동아줄로 등산을 편하게 만든 것이 보인다. 아마 겨울에 찾는 사람들을 위해 준비하는가 보다. 사람들이 잠시 쉴 만한 곳이면 여지 없이 비닐로 코팅되어 있는 시 한 편들이 나무에 걸려 있다. 잠시 쉬면서 시 한 편 읽어 보는 여유를 가지는 것도 좋지. 언덕을 올라가는데 길을 가로막는 나무 하나. 그 위로 MTB를 즐기는 젊은이들의 무리가 큰일날 뻔했다며 모두들 자전거를 손으로 옮기고 있다. 그리고는 다시 언덕길을 자전거 타고 내려가는 모습이 무척 부럽다.

태풍에 쓰러진 나무들이 너무 자주 보여 안타까움이 더한다. 어떤 나무들은 높은 나무에 걸쳐 있어 그냥 밑동만 잘라내 버린 채 공중에 떠 있는 것도 있다. 여기저기 산길을 찾는 이들을 위한 편의 시설들이 자주 보인다. 자연을 그대로 살린 평상. 이제 막 만든 듯 평상은 나무결이 하나도 상하지 않았다. 그리고 전망이 좋은 곳에 작은 정자 하나를 만들고 있다. 작업하는 이들에게 일일이 수고한다는 감사의 인사를 건넸다.

숲속을 따라 걷는 길. 안타깝게도 이곳도 가시박이풀들이 온 산하를 덮고 있고, 산성비로 인해 땅에 떨어져도 썩지 않는 솔잎들, 낙엽들. 선사 유적지 공원으로 가는 길이 끝나는 곳쯤, 어디선가 시끄러운 마이크 소리가 온 산을 흔들고 있다. 가을 운동회를 하는 듯. 그런데 너무 시끄럽다. 길이 끝나는 곳에 작은 마을이 있어야 할 것 같은데 커다란 아파트가 자리 잡고 있다. 아마 아파트 공사하다가 발견된 선사 유적지를 그대로 보존한 듯하나, 유적지라고 만든 것이 너무 조악한 데다 못 들어가게 막아 놓은 곳에서 쓰레기들이 뒹군다. 유적지를 내려오니 큰 도로가 나오고 길 표시가 끊어졌다. 내가 만약 늠내길을 디자인한 사람이라면 분명 큰 도로를 따라가 걷게 만들지는 않았으리라. 길가에서 일하는 이에게 물어 보니 아니나 다를까, 저 뒤로 해서 둑길을 따라가란다. 그런데 둑길로 향하는 길은 아파트 공사를 위해 터를 닦아 놓은 듯 황량한 벌판. 세상에…, 이런 길도 걸어 보네. 그래도 그 끝에 갈대에 묶어 놓은 작은 이정표가 너무 귀엽다. 그리고 그 너머에 오늘 여정의 종착지인 시흥시 청사가 보인다.

13km라는 짧지도 않은 길인데, 그다지 힘들지 않게 오늘의 길을 마쳤다. 다음에 기회 되면 나머지 길도 걸어 보아야겠다. 오늘 하루도 건강함을 주신 분께 감사, 감사.

2코스 갯골길 (2010. 11)

금요일 주말의 날씨를 확인해 보았다. 걷기에 적당한 기온과 적당한 날씨. 마침 『조선일보』 목요일 여행 특집란에 늘내길의 2코스 갯골길 기사가 실렸다. 이번 주는 이곳을 걸어 보자.

지난번처럼 집 앞에서 버스를 타니 시흥 시청 앞까지 50분. 비치되어 있는 약도를 보니 시청 앞에서 조금 내려가면 된다 하기에 당연히 지난번 1코스로 가는 줄 알고 한참 둑을 따라가다 보니 무언가 잘못되었음을 알았다. 시청에 전화를 걸어 위치를 다시 확인하고 왔던 길을 돌아가 원점에서부터 시작. 오늘 가야 할 길은 바로 반대편에 있었는데, 기존의 알고 있는 길 때문에 잘못된 길을 택했다. 갑자기 인생의 한 부분과 너무 닮아 있다는 생각에 나 자신의 과거들을 돌아 본다. 그런 일들이 몇 번 있었던 것 같다. 당연할 줄 알았던 것에 대한 실수가 얼마나 많았던지….

시청 뒤로 가는 길. 갈대와 억새 그리고 베어 버린 들깨 줄기, 시들어 버린 잔디가 깊은 가을을 걷는 데 운치를 더한다. 외국처럼 잘 다듬어진 길은 아니지만, 농부가 수확을 위해 걷던 길이라 더 정이 든다. 트랙터가 다니던 길. 갯벌에서 일하고 장화 신은 채로 올라와 흙이 지저분한 농로 시멘트 길이지만, 그 길에서 값진 노동을 위한 흔적을 본다. 안내 지도상으로 본 갯골길은 커다란 갯골을 한 바퀴 휘돌아 출발점으로 다시 돌아오는데 거리가 만만치 않다. 무려 16km. 족히 5시간 이상은 생각해야 한다. 쌀 연구회라는 곳을 첫째 이정표로 잡고 가니 깨끗한 건물에서 구수한 쌀 냄새가 내 코를 자극한다. 엉성한 글씨로 개인 이름이 적혀 있는 거의 1톤짜리로 보이는 커다란 마대에 담긴 쌀이 건물 앞에서 도정을 기다리고 있다.

길은 고속도로를 옆으로 두고 농촌의 시멘트 길을 걷는다. 걷다가 문득 보이는 이정표인 솟대. 어? 이거 괜찮네. 솟대 두 마리로 방향을 표시했다. 아주 간단한 자연의 도구를 이용하여 만든 솟대는 종일 오늘의 길 안내가 되어 주었다. 지리산 둘레길의 판에 박힌 나무말뚝 표시보다, 혹은 두 가지 색깔의 리본으로 만든 다른 늠내길 안내 표시보다 훨씬 더 정감 있다. 추수를 끝낸 논 바닥은 황량해 보이고, 군데군데 내년의 농사를 위해 논에 불을 놓아 시커멓게 재가 된 곳이 많이 보인다. 그리고 어느 곳에서는 이제 막 불을 놓고 주위를 돌아보는 농부의 모습도 보인다. 그런데 그 젊은 농부는 등산복을 입고 밭 한가운데서 손을 이용해 곡식을 탈곡하고 있다. 바람을 이용하여 알곡을 가리는 모습이 어찌나 이상하게 보이는지, 이전에 기계가 농사에 이용되지 않았을 때 저렇게 바람을 이용하여 낟알을 솎아 내었겠지? 길이 갈라지는 곳마다 솟대의 기러기 부리가 방향을 가리킨다. 넓은 벌판에 농부의 땀이 잠들고 있다. 내년 봄쯤에 그 땀이 작은 싹이 되어 다시 솟아오르리라. 두 번째 이정표는 갯골 생태공원. 논두렁을 지나니 갯골 생태공원으로 가는 잘 다듬어진 길이 있다. 한국 서해의 독특한 천연자원 갯벌. 이미 오래 전 어느 방송에서 '갯벌은 살아 있다'라는 다큐멘터리로 갯벌의 중요성을 일깨워 주었더니, 자연 생태계 보존에 절대 필요한 그 갯벌을 교육적 목적으로 보여주고자 시흥시가 마련한 공원이다. 요즘은 갯벌을 이용한 보령의 머드 여행 코스도 아주 좋은 반응을 얻고 있다.

아직은 이 공원을 한참 준비 중인 듯 여기저기 공사하는 모습이 보이지만, 가능한 한 갯벌은 있는 그대로 두고 주위에 시설을 만들고 있는 모습이 보인다. 둑으로 올라서니 갯벌에 이끼가 잔뜩 끼어, 새파란 갯벌이 마치 양탄자를 깔아 놓은 듯 보이고 주위의 갈대들과 멋진 하모니를 이룬다. 일주일에 한 번이라도 바다 내음을 맡지 않으면 삶이 허전하다. 하다못해 대형 마트의 생선 코너라도 가서 바다 냄새를 맡아야 하는 내 일상에 오늘 종일 갯벌 내음을 맡고 지내는 하루가 행복하다. 작은 전망대를 세워 갯벌을 보게 만들었고, 해풍을 막아 주는 소나무도 그럴듯하게 심어 보기 좋게 만들었다. 전망대 위에서 술 파티를 벌이는 어느 노무자들의 모습이 무척 눈에 거슬린다. 경치 좋은 곳이 있으면 눈으로 즐기기보다는 입이 즐거워야 하는 우리네 민족의 고질적인 문제 때문에 어느 공원을 가나 음식 쓰레기와 포장지로 지저분하게 변하는 환경을 만든다. 이러한 문화체질 개선은 개인 국민소득이 어느 정도 올라가야 바뀔 수 있을까?

무언가 남기기 좋아하는 우리 민족의 습성 때문에 마련한 낙서판. 어른용과 어린이용 게시판에 무수히 많은 글들이 어지럽게 쓰여 있다. 이런 모습들이 생태공원의 목적과 부합되는 것일까? 오래 전 아내와 같이 찾아본 미국의 나이아가라 폭포. 폭포 주변엔 음식점도 없고 하다못해 간식 거리도 팔지 않아서 비닐 포장지 하나조차도 폭포수 주변에서 찾을 수 없고, 모두가 조용히 폭포를 감상만 하게 하듯, 그렇게 조용하게 만들 수는 없을까? 인공적으로 만든 호젓한 길이 홀로 거니는 나그네를 바람에 날리는 낙엽보다 더 쓸쓸하게 만든다. 길 끝에 금속으로 만든 바람개비 숲을 만들고, 커다란 지구본을 작은 금속 조각들로 둘러싸 놓아, 바람이 불 때마다 자주 흔들리는 금속의 절그렁대는 소리로 바람의 소리를 표현하고 있다. 옆에 갯벌 위로 나무다리를 만들어 갯벌을 관찰하게 만들어 놓았다. 숭숭 뚫린 게 구멍들을 바로 앞에서 볼 수 있어 어린 아이들이 관심을 많이 가질 수 있겠다. 자줏빛 칠면초가 바다를 뒤덮고 있고, 갈대 잎들이 바람에 물결치고 있는 옆에 철새나 게들이 놀라지 않도록 전망대도 만들어 쳐다보게 하고….

지금은 가을이라 애들이 없지만, 평일에는 작은 게들처럼 아이들이 이 구멍 저 구멍에서 솟아나올 것만 같다. 갯벌 위로 놓인 다리를 돌아 나오니 반가운 건물이 보인다. 소금창고. 이곳 시흥은 오래 전부터 염전으로 유명한 곳이다. 어릴 때부터 시골 친척집으로 가기 위해서는 늘 협궤의 수인선 열차를 타고 갔다. 그러다 보면 제일 눈에 들어 오는 것이 저 소금창고였다. 오후 늦은 기차를 타면 염전 위로 길게 늘어진 붉은 노을이 염전 밭으로 길게 촛불을 드리울 때, 그 사이로 보이는 낡은 목재 소금창고가 아주 오래오래 기억에 남아 있다. 지금은 폐허로 변한 듯 보이지만 아직도 그 안에 온기가 남아 있을 것 같다. 비록 들어가지 못하게 무거운 자물쇠로 가득 채워 놓았지만, 건물 어디에 뚫린 구멍이라도 있으면 몰래 들어가고 싶은 충동을 느낀다. 소금창고 옆에는 아직도 소금을 제조하는 염전 작업장이 있어 방금 전까지도 마치 소금 작업한 듯한 모습이 보인다. 이전에는 저렇게 안 한 것 같은데, 깨끗한 천일염을 얻기 위해 염전에 작은 타일을 덮어 소금을 만든다. 바닥을 덮은 지붕 밑을 들여다보니 바닷물을 끌어들여 잠시 보관해 놓았다. 끌어들인 바닷물을 염전에 놓고 햇빛과 바람으로 물기를 증발시키면 지저분해 보이는 갯벌 바닷물에서 하얀 결정체의 소금을 얻게 된다. 소금이 없으면 사람이 살 수 있었을까? 인류 역사에서 소금은 태양빛만큼이나 가장 귀한 역할을 해냈다. 음식의 맛을 내는 것을 생각함은 물론 소금으로 음식을 오래 보관하여 유목민의 생활이 가능하게 되었다. 인체도 소금이 없다면 제 기능을 발휘하지 못한다.

오래 머무르고픈 염전을 지나 다음 이정표인 섬산으로 가는 길. 멀리 멀리 편편한 길이 뻗어 있다. 아마 이 길은 소금을 나르기 위해 만들어진 도로 같다. 가끔 사이클링을 즐기는 사람들이 빠르게 지나가고, 어디선가 모터 소리가 들린다. 하늘에서 소리가 들리네. 모터를 이용해서 비행하는 낙하산이 하늘을 유영하고 있다. 이곳 시흥 벌판은 워낙 넓어 이런 활공 스포츠에 아주 적합하다 이곳에는 경비행기를 교육시키는 비행 코스도 있고, 지금도 넓은 하늘에 제비처럼 쏜살같이 날아 다니는, 무선으로 조종하는 모형 비행기가 아찔한 속도로 급강하하며 보는 이로 하여금 조마조마하게 한다. 멀리 벌판에 젊은이들 몇 명이 모여서 모형 비행기 조종을 하고 있는 것이 보인다. 끝없이 긴 흙길이 이어지고 양 옆으로 펼쳐진 벌판에 갈대가 무성하다. 수없이 많은 곳에 염전을 위한 낮은 지붕이 벌판을 덮고 있다. 길 끝에 작은 이정표 하나. 아카시아 길. 일부러 아카시아 나무가 많은 길에 숲길을 만들어 놓았다.

시간을 보니 12시. 출출하다. 아카시아 숲길 가운데쯤 새똥이 하얗게 말라 붙은 벤치에 앉아 가지고 온 떡과 과일로 점심을 때운다. 아카시아 길을 지나니 끝없는 갈대밭. 그리고 다시 한참을 걸어가니 길이 끊겨 있다. 앞에는 빠르게 차가 지나가는 커다란 방산대교. 지도를 보니 걸어서 방산대교를 지나가도록 되어 있다. 오늘 코스 중 유난히 재미 없는 길. 방산대교로 올라가는 계단 옆에 모과가 주렁주렁 열린 허름한 선술집이 있어 막걸리 한 잔 하고 싶었지만 아직도 갈 길이 한참이라 포기한다. 대교로 올라가 작은 인도로 가니 다리 밑으로 한없이 뻗은 갯골들이 우람해 보인다. 저 멀리 소래 포구 선착장이 보인다. 다리를 건너자마자 다시 갯골 건너편 다리 아래로 내려오니 산더미같이 쌓아 올린 그물들이 보인다. 어린 시절 바닷가에 살았던 나는 유난히 이 그물에 대한 추억이 많다.

갯골 건너편으로 이어지는 길은 개인 소유지라며 일반인의 접근을 막아 놓았지만, 일부러 갯골길 트레킹을 위해 개방한 듯하다. 곧은 길. 바로 갯골 건너편에는 내가 걸어온 길에 사이클링을 즐기는 사람들이 나와 역방향으로 평행으로 달리고 있다. 얼핏 지나다가 말똥을 본 것 같은데, 처음엔 저게 무슨 똥일까 하고 가다가 긴 둑 위에 어떤 이가 말을 타고 가는 걸 보고 말똥임을 알았다. 그렇게 주욱 이어진 길이 어느 순간부터 솟대가 갈대가 우거진 숲길로 인도한다. 그런데 이 길이 장난이 아니네. 비록 우거진 갈대 숲속에 일부러 트레킹하는 사람들이 편한 길을 갈 수 있도록 길을 다듬어 놓았다. 연인이 걸으면 감탄하며 걸을 수 있는 길. 갈대 숲으로 난 길에 바닥도 일부러 갈대 부스러기들로 덮어 놓아 부드러움을 더하게 한다. 거기에 가끔 하늘 높이 솟아 있는 솟대들이 더 정취 있게 만든다.

가끔 갈대숲을 지나 갯벌로 나가 낚시하는 이들이 앉았던 생선궤짝 위에 빠르게 흘러 들어오는 바닷물을 보고 물 한 잔 마시기도 하고…. 갯벌 옆 숲의 언저리는 그래도 단단한 흙이지만, 조금만 더 들어가면 신발이 푹푹 빠질 것 같은 갯벌로 보여 감히 더 나아가질 못한다. 그러나 그 숲길도 때론 갯벌 때문에 발을 디딜 형편이 안 되는 곳은 일부러 흙을 덮어 놓는 작업을 하고 있다. 어느 날 기회가 된다면 사랑하는 이와 이 길을 천천히 걷고 싶다. 보온병에 커피를 담아와 갯벌에 앉아 종이컵에 커피를 마셔 가며 노을을 바라보고 싶고, 갈대숲에 들어가 하늘을 보며 눕고 싶다.

홀로 바닷가에서 낚시를 즐기는 이도 이 가을을 즐긴다. 그가 이 얕은 갯골에서 무슨 월척을 기대할까마는, 그래도 그는 나름대로 멋진 개인의 시간을 소중하게 생각하겠지? 갯골이 구불구불 들어와 진행하기 힘든 곳에 나무다리를 놓아 나그네의 길을 편하게 만들고, 갈대가 길을 막는 곳에서는 갈대를 대나무로 지탱시켜 돌아가지 않게 만들어 놓았다.

얼마나 많이 걸었을까? 이 멋진 길이 끝날 때쯤 바로 건너편에 오전에 지나친 생태공원이 보인다. 오다 보니 이렇게 먼 길 걷기 힘든 사람을 위해 중간에 다리를 놓아 지름길도 만들어 놓았다. 생태공원을 지나 이정표는 일부러 논둑 길로 안내한다. 내년을 위해 남편이 논에 불을 지피고 있는 동안, 아내는 연기 속에서 새참을 즐기고 있다. 조금 더 지나가니 넓게 펼쳐진 연꽃밭들. 여름내 자란 연꽃의 뿌리를 다듬는 농부들이 열심히 연꽃밭을 뒤집으며 뿌리를 캐내고 있다. 연근은 내가 살면서 절대 필요한 반찬 중의 하나였다. 피곤하면 유난히 코피가 많이 나던 시절. 지혈제의 성분인 비타민 K 성분이 많은 구멍 많은 연근은 늘 가정의 상비약이었다. 이 연근은 내게 참 좋은 자연 치료제였다.

자, 이제 오늘의 여정을 끝낸다. 거의 언덕이라고는 없는 아주 먼 갯골 길, 논밭길을 걸어 원점으로 돌아왔다. 오늘도 나는 걷는다. 하늘로 향한 솟대의 나무 기러기처럼 묵묵히 자연이 만들어 준 길을 향해 뚜벅뚜벅 걸으며 자연과 닮아지고 싶다. 멀리 고속도로 위의 빠르게 지나가는 문명의 이기보다는, 조금 느려도 하나님께서 주신 맑은 공기와 나무와 물과 바람과 별을 벗삼아 남은 인생을 지내고 싶다.

강원도 바우길 5코스 (2011. 8)

　아내와의 여름 휴가를 강원도 미시령 근처의 콘도에 3박 4일 여정으로 잡아 놓았다. 할 수 있으면 2개의 강원도 바우길 코스를 걷기 위해…. 그런데, 휴가 첫 날 중부지방에 폭우가 쏟아지더니, 춘천에서는 봉사활동을 하던 대학생들이 10명 넘게 죽고, 서울 우면산에서는 산사태가 나서 많은 사람들이 인명과 재산 피해를 막대하게 입을 정도로 심각한 상황이 벌어졌다. 그러다 보니 여기저기 교통이 통제되고, 휴가를 떠나야 할지 말아야 할지 전전긍긍.

　인터넷으로 조회해 보니 강원도로 가는 영동 고속도로는 다행히 막힘이 없다. 아내의 걱정에 오전 내내 기다리다가, 더 지체되면 오늘 떠나지 못할 것 같아 무리를 해서라도 떠났더니, 비는 많이 왔지만 길도 막히지 않고 편하게 설악산에 도착했다. 비가 너무 많이 쏟아져 바우길 중에 제일 좋다는 대관령 옛길은 포기. 금요일은 마침 비가 오지 않아 편한 해변가 도로인 5구간 약 17km를 걷기로 했다. 사천해변까지 차를 가지고 가서 주차하고 해변 주차장 안내원에게 바우길을 물으니 방향을 가르쳐 준다. 그 말을 믿고 조금 더 가니 반가운 바우길 표시. 길을 걷는 사람들은 이정표가 큰 힘이 된다. 그렇게 이정표를 따라가니 작은 사당도 하나 있고, 사진을 찍으며 걸어가는데 길이 갈라지는 곳에서 이정표가 안 보인다. 이럴 리가 없는데, 하고 안내 센터에 전화해 보니, 내가 가는 곳은 5구간이 아니고 12구간이란다. 아차 그렇구나…. 왜 바우길이 양쪽으로 이어지는 것을 생각하지 못했을까? 원래 계획했던 길이 아니라 아내에게 미안하지만 원점으로 되돌아 걸었다.

이제 제대로 방향 잡고 걸어간다. 어제 비 오는 설악산을 걷느라 아내는 운동화가 젖었다고 굽 낮은 구두를 신은 모습을 보니 심히 걱정된다. 사천 백사장엔 무수히 많은 사람들이 텐트를 치고, 바닷가엔 애들과 부모들이 시원한 옷과 슬리퍼 차림으로 깔깔거리며 놀고 있다. 그 사이를 등산화를 신고 배낭을 메고 걷는 내 모습이 언밸런스하지만 이게 내 인생이다. 여느 바닷가나 다 그렇지만, 이곳도 끝이 없는 소나무밭이 바닷가와 평행하게 달리고 있다. 나는 소나무밭의 푹신한 흙길을 걷고, 아내는 신발이 불편하다고 폐타이어로 만든 도로의 푹신한 길을 걸었다. 소나무밭을 지나 오니 이정표는 모래밭으로 향해 있어 나는 모래와 수풀의 경계를 걷지만, 아내는 조금 떨어진 도로 옆 인도로 갈 수밖에 없어 한동안 서로 멀리 바라보고 걸어야 했다.

그렇게 솔밭과 모래밭을 한참 걸어가니 순포 해변. TV예능 프로그램인 1박 2일 촬영지라는 현수막이 걸려 있으나 사람들은 한산하다. 촬영한 것은 좋은데, 이런 걸 알리느라고 깨끗해야만 할 바닷가가 각종 현수막으로 어지럽다. 그리고 이렇게 한 번 방영되면 오랜 기간 동안 선전하느라, 푸르름이 자랑이어야 할 자연 공간이 제대로 관리 안 하는 먼지 묻은 인쇄물들로 지저분해진다. 앉아 쉴 곳이 없어 남의 집 앞에 있는 평상에서 잠시 쉬며 간식을 나누어 먹고, 나는 줄곧 해변으로 걷고 아내는 시멘트 길로 걸었다. 같이 걷자고 나온 길인데 서로 떨어져 가는 우리 부부의 모습이 이상하지만 어쩔 수 없다. 자기 좋은 곳으로 가는 것이니까….

동해안 바닷가가 모두 그렇지만, 가는 곳마다 해변의 이름이 달라 우리가 익히 아는 몇 군데 외에 생전 처음 보는 이름들도 있다. 사근진 해수욕장. 도로 건너편에 작은 인공폭포가 보이고 해변가에 나무 길을 만들어 놓았지만, 벤치는 이미 젊은이들이 선점해 버려 바닥에 앉아 쉴 수밖에 없었다. 해안 경비 목적으로 만들어 놓은 철조망을 지나고, 금방이라도 무너질 것 같은 간이 철망 다리도 건너고, 소나무가 잘 자라도록 일부러 듬성듬성 잘라 버린 소나무밭에 솔잎이 떨어져 또 주위에 무수히 많은 작은 소나무들이 자라고 있는 생명의 신비가 가득한 숲. 그 숲을 지나니 그 유명한 경포해변. 유난히 사람들이 많이 몰리는 곳이라 소나무에 피해를 줄까 봐 발로 건드리지 말라고 그랬는지, 소나무들 사이로 끝없이 나무 발판을 잘 만들어 놓았다. 룰루 랄라 길을 걷는다. 도로변에는 차들이 즐비하게 주차되어 있고, 그 유명한 경포대 호수가 저 앞에 있다. 자, 이제 경포호수를 돌아볼까? 오늘은 다른 길보다 이 길을 걷는 것이 가장 의미가 있을 거야.

그런데 갑자스런 아내의 제안. "우리 자전거 타자. 둘이 같이 페달을 밟는 이인승 자전거." 나는 자전거를 별로 좋아하지 않지만 여기까지 묵묵히 따라온 아내가 고마워 선선히 그러마 했다. 자전거를 시간당 2만 원에 대여하니 경포호수 한 바퀴 도는 데 약 40분 걸린단다. 자, 떠나 보자. 힘차게 페달을 밟아 보지만 그렇게 속도가 붙지는 않는다. 일부러 빨리 가지 않게 만들었나 보다. 어차피 한 시간 타는 거니 일부러 가다 길가 흔들의자에 앉아 쉬기도 하며 느긋하게 경포대 호수를 돌았다. 평소 그렇게 넓어 보이지 않았는데, 이렇게 한 바퀴 돌아 보니 호수가 무척 넓다. 자전거 타는 것이 걷는 것보다 더 힘들었으니 경포호수는 걸은 걸로 하자. 지루한 자전거 일주 후 경포대 바닷가에서 간단히 점심 식사. 다시 바닷가 쪽으로 나가 현대호텔을 끼고 돌아가니 도착하는 강문 해변에 해변가 횟집의 수족관에 있는 싱싱한 생선들이 구미를 당긴다. 이따 만약에 회를 먹게 되면 여기 와서 먹어야지.

강문 해변 횟집 중에 여기가 바우길 5구간 중간 지점이라고 쓰여 있는 곳이 있어 물어보니 앞으로 한 30분만 가면 된단다. 에이, 설마. 내가 알고 있는 바대로라면 거리상 앞으로 2시간은 더 가야 한다. 강문 해변의 끝에서부터 이어지는 끝없는 소나무밭. 가끔 바이크를 즐기는 사람들의 무리가 지나가고, 병든 소나무 하나 없는 울창한 숲속 높은 곳에 가끔 바우길 표시가 있다. 그 숲속에 아주 색깔이 예쁜 버섯들이 군데군데 자라고 있다. 색깔이 아름다우면 독버섯이라 했던가? 아니면 녹색의 대지 속에 스며들어 더 미워 보이는 건가? 그 가운데 군부대 송정 초소로 들어가는 곳 팻말에도 재미있는 말을 써 놓았다. "무엇인지 / 확실히 / 보여드리겠습니다."라는 구호를 비롯하여 기타 등등의 자신감에 찬 글구들….

소나무를 보호하기 위해 도로 옆 소나무를 베지 않고 인도를 만들어 놓은 것을 보니 흐뭇해 보인다. 아내는 발이 아픈지 도무지 신발을 못 신겠다며 신발 벗고 양말만 신은 채로 걷는다. 힘들 텐데 군소리 하지 않고 따라온다. 남들은 이 나이에 여름휴가라면 시원한 펜션 찾아가서 편히 쉬다 올 텐데, 그런 편안함을 별로 좋아하지 않고 고생하는 것을 좋아하는 극성 떠는 남편 만나 심히 고생하고 있다. 그 솔밭 끝에 있는 안목항. 이곳은 거의 카페 촌이다. 바닷가 상가 촌은 한 집 건너 카페 한 집 건너 횟집이다. 조금 있어 보이는 젊은이들이 카페에서 데이트를 즐기고 주차되어 있는 차량들도 고급이다. 이전에 바닷가 상가들은 모두 간이건물로 허름해야만 하는 줄 알았는데, 이젠 고급 풍의 쉼터도 필요하다는 인식의 변화가 생겼다.

원래 코스는 안목항을 지나 강릉항 옆에 있는 죽도봉이라는 낮은 봉우리로 올라가게 되어 있는데, 아내의 형편상 우회해서 가기로 했다. 우회해서 돌아가니 바로 잘 만들어진 솔바람다리. 다리 건너편이 5구간의 종착점인 남항진. 다리 밑에 낚시를 즐기는 사람 무리를 지나 디자인 감각이 있는 다리 위로 올라가니 시원한 바람이 불어온다. 이제까지 걸어오느라 수고한 아내를 살짝 안아 주고 남항진으로 내려와 되돌아가는 버스 타는 곳을 물으니 그곳으로 가는 버스 편이 없다 한다. 마침 편의점 배달용 승합 버스가 나가는 것이 있기에 버스 타는 곳까지 태워 줄 수 있느냐고 하자 뒷자리에 가득 찬 물건을 잠시 옆으로 옮기고 자리를 마련해 준다. 그리고 기사가 가는 방향과 버스 정류장이 있는 방향이 반대편인데, 큰길이 나왔을 때쯤 기사가 신호를 기다리며 한참 생각하다가, 우리를 생각해서 자기가 돌아가겠다며 우리를 버스 정류장까지 데려다 준다. 고마운 인정. 길을 걸으면 왜 그리 고마운 사람들이 많은지. 우리가 측은해 보여서일까?

버스를 타고 다시 사천해변까지 가려 했는데 택시비도 그리 비싸지 않아 순식간에 시작 지점인 사천해변으로 돌아오니 첫 번 바우길 걷기 끝. 다음에 기회가 되면 꼭 대관령 옛길을 비롯한 산 길들을 걸어 보리라.

길을 걸으면 내가 보인다

김포 평화누리길

김포 평화누리길 1코스 (2012. 6)

　아침에 눈을 떴을 때 왜 밖이 훤한데 알람이 안 울릴까 하고 자명종 시계용으로 사용하는 구형 핸드폰을 보니 꺼져 있다. 깜짝 놀라 핸드폰 전원을 넣어 시간을 보니 6시 50분. 어이쿠, 회사 늦었다. 5시 45분에 일어나야 하는데…. 이런 일이 없었는데 왜 그랬을까? 하고 허둥지둥 일어나려다 보니 아차, 오늘 현충일이지…. 오늘은 그간 가보지 못한 곳을 계획해 보았다. 자주 찾는 강화 나들길 가는 길에 있는 김포 평화누리길. 평화누리길은 김포, 고양, 파주 그리고 연천에 각각 나뉘어져 있다. 각 도시마다 3개의 코스가 있고, 비록 길이 이어지지는 않지만 모두 북녘 땅이 가까운 곳으로 디자인해 놓아 곳에 따라 북한땅을 바로 지척에 놓고 보기도 한다.

　초지대교 앞의 대명리. 내가 좋아하는 포구 대명리. 간장게장을 담그기 위해 꽃게를 사러 소래포구로 가면 장사꾼들의 속임수 때문에 산 게와 죽은 게를 같이 사야 하는데, 이곳 대명리는 산 게만 골라서 살 수 있을 정도로 양심적이라서 해산물을 살 때는 주로 대명리로 가는 편이다. 평화누리길의 시발점이 대명리부터 시작하여 첫째 코스가 문수산성까지이고, 2코스가 애기봉까지 가게 된다. 거리상으로는 첫째 코스가 약 17km, 2코스가 약 8km…. 잘하면 2코스까지 갈 수 있을 것 같다.

트럭을 개조하여 생활 잡동사니를 팔고 다니는 차량이 특이하게도 항아리까지 맨 위 칸에 놓고 있다. 역시 이런 것들을 보려면 여행을 떠나야 한다. 트레킹화의 끈을 질끈 동여매고 시발점을 찾아가니 퇴역한 비행기와 장갑차 그리고 군함이 있는 함상공원 바로 옆에 마치 입장료 받고 들어가야 할 것 같은 평화누리길의 입구가 그럴 듯하게 간판을 내걸고 있다. 이렇게 군사 무기가 있어야 하고, 아무나 들어갈 수 없게 통제되어야 하고, 좁은 길을 통해서만 가야 하고, 철조망으로 막아 놓아야만 평화가 제대로 지켜지는 걸까? 평화는 구걸이나 방종이나 무방비로 절대 지켜질 수 없다. 요즘같이 종북 세력이 당당하게 국회의원이 되고 권력 있고 지식이 있는 사람들이 자유주의와 민주주의를 비난하는 말을 소리 높여 외쳐도 이 땅의 자유가 쉽게 무너지지 않은 것은, 저런 무기와 철조망이 군건하게 경계선을 지키고 있고, 피 끓는 젊은 날을 몇 년 동안 철조망 앞에서 보내야 하는 군인들이 있기 때문에 가능한 일이 아닐까?

열린 문으로 들어가니 마치 영화 '인디아나 존스'처럼 다른 세상으로 들어가는 좁은 길에 커다란 바위가 금방이라도 옆으로 무너질 것처럼 비스듬하게 자리 잡고 있다. 절대 무너지지 않을 것 같은 검은색의 철조망. 그 너머에 황토색의 염하강이 흐른다. 염하강은 김포와 강화도 사이에 있는 바다지만 오래 전부터 염하강이라 불렸다. 삭막하기만 할 것 같은 철조망 앞에 몇 개의 조각품이 진열되어 있다. 아이들이 만든 '꿈꾸는 염하강'이라는 작품명으로 소망을 적은 조약돌을 달아 놓아 작은 미술품으로 만들고, 스테인리스로 만든 커다란 혼 옆에 '길은 끝이 없구나…'라고 써 놓았다. 그래, 길은 끝이 없구나. 길에 대한 나의 욕심도 끝이 없어. 밤이면 보초를 서는 초소가 철조망 옆에 딱 붙어서 절대 안 떨어질 것같이 튼튼하게 축조되어 있다. 철조망 바로 옆으로 걸어가도 되는데, 망을 지탱하는 버팀목이 좁아 배낭을 메고 통과하기에는 좁을 것 같아 어쩔 수 없이 둑 옆의 길을 걷는다. 지난번 강화 민통선 안의 철조망을 걸을 때는 둑이 높아 바다가 보이지 않았는데, 이곳은 둑이 그다지 높지 않아 바다가 한눈에 다 보인다.

조금 걸으니 덕포진. 오랜 세월 전에 사용했던 포대이지만 잘 정비해 놓았다. 그 덕포진에 아이들을 데리고 나온 엄마들이 쉬고 있다. 그리고 어떤 가족은 소나무숲 공간에 그물형의 텐트를 치고, 그 옆 평상에 온갖 먹을 것들을 준비해 제대로 된 소풍을 즐기고 있다. 길가에 눈에 뜨이는 묘지 하나. 왕의 묘지는 아닌 듯 소박해 보이기에 살펴보니 아름다운 사연이 있는 이의 무덤이다. 고려시대 고종이 피난을 가는 중 강화 앞바다를 지나기 위해 그 지역에 있는 선돌이라는 뱃사공을 불렀다. 그런데 그 뱃사공이 자꾸 다른 길로 노를 저어가기에 물으니, 앞에 급류가 있어 돌아가야 해서 다른 물길로 가고 있다고 한다. 마음이 급한 왕의 일행들은 사공이 농간을 부리는 줄 알고 처형했다. 그런데 사공이 자기는 죽어도 물에 바가지 하나를 띄워 놓고 따라가라고 유언을 했다. 그래서 사공의 말대로 가다 보니 급류를 피할 수 있게 되어, 후에 이 선돌에게 공의 직위를 주어 위로했다는 영화 이야기 같은 전설이 그 묘지에 담겨 있다. 자기가 죽으면서도 자신의 이야기가 맞다는 것을 지혜롭게 증명하고, 또한 인명을 살리기 위해 살 길을 가르쳐 주는 정의로운 사람이 여기 누워 있다.

철조망을 따라 걷는다. 군데군데 보초를 서는 콘크리트 초소가 있는데, 그 초소는 지하로 이어져 있다. 그러나 낮이라 그런지 모든 초소가 비어 있다. 내가 군 시절 산꼭대기에 저런 콘크리트 초소를 짓기 위해 얼마나 힘든 한여름을 보냈었던지…. 덕포진에서 쉬던 엄마와 여자 아이들이 뒤를 따라온다. 아이들에게 이런 길을 같이 걷자고 하는 엄마들이 자랑스럽다. 그들의 재잘거림을 뒤로 하고 걷다 보니 숲길 철조망이 지나고 마을을 끼고 있는 철조망이 나온다. 그리고 봄철 모를 심고 이제 자리 잡은 모들이 질서 정연하게 멀리 보이는 작은 산 밑에까지 끊임없이 펼쳐져 있다.

평화누리길 가는 곳에는 여러 가지 갈림길이 나오지만, 이정표가 잘 되어 있어 길을 찾는 데 문제는 없었다. 햇빛이 뜨거워진다. 오늘은 거의 여름 날씨라 했다. 머리에 땀이 흐르고 목이 탄다. 마침 어느 집 앞에 작은 쉼터가 있어 앉으려 하니 어디선가 개 짖는 소리가 들려 마당을 보았다. 커다란 콜리 한 마리가 철조망 안에서 내 눈을 한 번 마주치며 으르렁대고는 다시 낮잠으로 빠져든다. 평화누리길의 이정표에는 두 가지 길이 표시되어 있다. 걷는 길과 MTB 길. 이곳을 찾는 MTB 동호회들이 많은지, 길을 걷다가 몇 번 멋진 유니폼을 입은 MTB 동호회들이 줄을 지어 내 앞을 스쳐갔다. 한적한 길이다 보니 스쳐 지나갈 때 인사하게 되고 모두 정답게 받아 준다. 바다가 보이는 작은 텃밭 앞에 텐트 크기 정도의 노랗고 빨간 색깔의 작은 집 두 채가 붙어 있다. 아마 누군가 가끔 바다를 보기 위해 지어 놓은 듯하다. 저런 작은 집도 괜찮네. 굳이 커다란 집을 지을 필요 없이 한두 명 잠만 잘 수 있는 공간이 있으면 가끔 찾아와 바다 내음을 맡으며 잠을 잘 수 있겠다. 그리고 그 집으로 가는 길에 사람이 없다는 것을 표시한 듯 긴 나무 막대를 걸쳐 놓았다.

사람만 바다로 나가고 싶어 하는 것이 아니라 길옆의 넝쿨도 바다로 나가고 싶어 자꾸 줄기를 뻗어 간다. 가끔 보이는 집들이 잘 정비되어 있고, 담쟁이 넝쿨이 돌담을 덮어 버린 담 밑에 섬초롱꽃과 장미와 달맞이꽃이 내 시선을 끌고 있다. 예쁜 것들…. 산을 내려와 논길 벌판을 걷는다. 끝없이 이어지는 논들. 그리고 한가하게 먹이를 찾고 있는 백로들.

평화는 철조망에 있지 않고 논 벌판에 있구나. 요즘은 이앙기로 벼를 심어 벼 사이의 간격이 일정하고 줄도 잘 맞추어져 있어 보기 좋지만, 가끔 논 입구나 구석 등 이앙기가 닿지 못하는 곳에는 아직 뿌리를 내리지 못한 벼들이 물에 둥둥 떠 있어 안타깝다. 조금 부지런한 농부의 논이라면 마무리를 손으로 했을 텐데… .

계속 철조망 옆만 걸을 줄 알았는데 이정표가 산길로 향해 있다. 산길로 향하는 마을의 아주 허름한 집 마당에 신발 몇 켤레가 보인다. 이런 집에 사람이 살고 있네. 마당에 묶여 있는 하얀 개가 낯선 이의 등장에도 짓지 않고 멀뚱멀뚱 쳐다만 보고 있다. 지저분한 마당. 이런 모습이 유럽의 농촌과 우리 농촌의 다른 점이다. 유럽은 어느 시골집이건 집 주위가 절대 깨끗하다. 집 주위의 잔디도 잘 다듬어져 있다. 그래서 늘 보기 좋은데, 우리 농촌은 적어도 자기 공간이라면 아무렇게나 어질러 놓아 어느 집이나 지저분해 보인다. 농기구들도 집 옆에 어지럽게 보관하고, 사용한 농기계들도 대개 씻지 않은 채 그대로 집 옆에 방치해 둔다.

산길을 가는데 문득 앞에 커다란 묘지 군이 보인다. 아마 돈 많은 사람이 이 언덕을 통째로 사들여 가족 묘를 만드는 듯하다. 불도저가 만든 길로 이정표가 표시되어 있어 따라가다가 그만 길이 사라져 버린다. 어디서 실수했을까? 오던 길로 되돌아가니 내가 작업하는 사람들에게 눈길을 주다가 그만 옆으로 가라는 리본을 보지 못했다. 서서히 언덕이 힘들어진다. 머리에서 땀이 많이 나는 듯 머리에 동여맨 손수건이 축축하다. 갈증이 나기에 싸가지고 온 한라봉을 하나 먹고 길을 찾는데 이정표가 이상하다. 왔던 길과 거의 같은 7시 방향으로 가라 하네. 어디로 가야 하나? 길 중앙에서 망설이고 있는데 맞은편에서 오던 MTB 일행이 7시 방향 길이라며 손짓으로 알려주고는 황급히 스쳐 지나간다. 다시 숲길로 이어진다. 여기 숲길은 강화 나들길의 숲길과는 사뭇 다르다. 숲사이의 길이 모두 차가 한 대 정도 다닐 수 있는 넓은 흙길이다. 요즘 비가 뜸해서 그런지 길에서 먼지가 팍팍 일고, 어쩌다 트럭 한 대가 지나가면 먼지가 뽀얗게 구름이 되어 일어난다. 길을 가다 어느 묘지 앞에서 잎이 무척 큰 식물을 보았는데, 나무는 아닌 것이 마치 나무처럼 튼튼한 녹색 기둥을 가지고 있다. 이게 뭘까? 마치 외계에서 온 식물 같다. 거의 2시간을 걷고 배도 고픈데 점심을 사먹을 곳이 없다. 아까 김포에서 버스를 갈아탈 때 혹시나 해서 정류장 앞 김밥 집에서 사둔 김밥 한 줄이 상당히 요긴하게 내 허기를 채워 준다.

쇄암리를 지나쳐 가다 보니 염하강 건너편에 바로 며칠 전 걸었던 강화 나들길 6코스 종착지인 광성보가 보인다. 이곳에서 크게 외치면 저쪽에 있는 사람들이 들을 수 있을 것만 같다. 지금쯤 나들길 길벗들은 아까 내가 시작한 초지대교 건너편의 초지진에서 시작하여 본오리 돈대까지 가는 8코스를 나와는 반대 방향을 향해 가고 있을 것이다. 이곳 평화누리길도 이용하는 사람들의 편의를 위해 애쓴 흔적이 보인다. 금방 만들어 놓은 듯한 벤치들이 너무 깨끗하여 일부러 앉아 보았다. 숲길을 내려와 다시 이어지는 철조망 옆 숲에 팻말이 하나 있어 들어가 보니, 이 작전용 도로를 해병대원들이 만들었기 때문에 '청룡대로'로 칭한다고…. 하긴 공사장비 없이 이렇게 길을 만들기 위해선 많은 삽질이 있었겠다. 이게 대로에 속하는지는 모르지만 그들은 큰일을 했으니 대로라 칭할 만하다. 가끔 어디선가 한 방씩 총성이 울리고, 가끔 어디선가 소쩍새가 운다

여기까지 걸어와서야 처음으로 길을 걷는 남녀를 만났다. 그들도 나처럼 뙤약볕을 온몸으로 받으며 내가 온 길을 가야 한다. 거리상으로는 거의 반쯤 온 것 같다. 까치들이 철조망 위에 집을 지어 살벌한 금속선이 따뜻하게 보인다. 철조망 옆 넓은 공간에 해병대들이 상륙할 때 사용하는 보트와 연육교를 만들 때 사용하는 주홍빛 구조물이 쌓여 있다. 이제부터는 거의 시멘트 길을 가야 한다. 비록 아스팔트 길은 아니지만 흙

길보다 열기를 더 발산하기에 더욱 더위를 강하게 느낀다. 평화누리길의 이정표가 원머리 나루터를 알려 주어 그곳에 가면 혹시나 먹을 것이 있을까 했는데, 인근의 '할머니 매점'이라고 표시되어 있는 곳도 문이 닫혀 있고, 나루터에는 빈 배만 조금 기울어진 채 휴식을 취하고 있다. 무언가 요기를 할 수 있는 식당은 하나도 없다. 멀리 낚시꾼들만 선착장 끝에 모여 있고, 출항을 위해 그물을 다듬는 아낙네들만 묵묵히 일을 하고 있다. 그런데 문득 이상한 차가 앞에 지나간다. 아하, 골프 카트네…. 이 근처 김포CC가 있지. 어부들의 옷차림하고는 전혀 다른 옷차림의 중년들이 작은 카트를 몰고 바다 옆 도로를 지나 다시 골프장으로 들어간다. 신발 바닥에 열이 많이 나는 것 같아 골프장 앞에 있는 정자에서 잠시 쉬는데, 정자 옆에 누가 버렸는지 온갖 쓰레기들이 잔뜩 널려져 있다. 아무래도 쓰레기들의 성분을 보니 이곳 사람들은 아닌 것 같다. 나쁜 사람들, 아주 나쁜 사람들….

이제까지 자연 그대로의 숲을 보면서 오다가 갑자기 너무도 잘 다듬어진 잔디와 소나무들을 보니 다른 세상에 온 듯하다. 좀 전에는 허름한 옷차림의 어부들이 그물 작업을 하며 "끌어, 끌어." 하는 소리가 들렸는데, 이젠 골프장에서 원색의 골프복을 입은 사람들이 "브라보, 굿 샷!" 하는 외침이 들린다. 가끔 골프 카트가 지나가는 골프장을 끼고 돌아 문수산성 가는 언덕길로 올라가다가 마주 오는 남녀를 보니 남자의 손에 연기 나는 담배가 들려 있다. 남자가 모자를 벗고 인사를 하는데 대머리네…. 얼굴은 젊어 보이는데 머리칼을 민 건가? 애기봉에서부터 걸어왔단다. 그럼 앞으로 갈 길이 한참인데 걱정 되네. 잘 가라고 응원하며 가다가, 등뒤에서 "길 가면서 담배 피지 맙시다." 하고 외치니 미안한지 담배 불을 끈다. 기특한 사람들.

문수산성으로 가는 길이라 해서 계속 언덕으로 이어질 줄 알았는데, 다행히 골프장 입구 쪽부터는 내리막길이다. 배가 많이 고파서 혹시 골프장 내 식당을 이용할 수 있는지 물어 볼까 하다가, 구차해 보일 것 같아 골프장 앞 벤치에서 잠시 쉬고 내려간다. 그런데 잘 다듬어진 아스팔트 길 저편에 여자아이 세 명과 엄마인 듯한 아줌마가 등산복이 아닌 편한 복장으로 올라온다. 아줌마는 나에게 대명항에서부터 오느냐고 묻고는 "산길로 가지 않고 철조망 길로 가면 빠르다."고 알려 준다. 그래서 나도 "일부러 산길로 걷는 재미도 있다."고 답하고 애들에게 말을 거니, 애들은 그다지 힘들어하지 않는 표정이다. 오는 도중에 혹시 식당 있느냐 물으니 장어집밖에 없단다. 애들과 헤어지며 가는 뒤에서 "얘들아, 힘들어도 즐겁게 걸어라." 하고 크게 외쳐 주었다. 그리고 저렇게 애들을 데리고 혼자 힘든 길을 다니는 엄마가 무척 부러웠다.

골프장 입구 길이 끝나는 지점에서 다시 길이 7시 방향으로 가게 되어 있다. 왼편에 넓은 논이 있고, 오른쪽엔 넓은 수로가 흐른다. 이쪽에 유난히 백로가 많이 날고 농로는 곧게 뻗어 있다. 수로에 남자 어린이 세 명이 아빠랑 낚시를 즐기고 있는 모습이 재미있어 찰칵. 카메라 소리를 들었는지 아이가 쳐다본다. 인사를 해주고 고기 좀 잡았느냐고 물어 보니 한 마리도 못 잡았다고 고개를 흔들지만 얼굴엔 웃음이 가득하다.

이제 거의 길이 끝난다. 곧은 수로 저편에 목적지가 있는 듯하다. 이정표는 1.5km. 뭐…, 이 정도야. 뛰어서도 가겠다. 그러나 햇빛 피할 곳 없는 곳을 많이 걸어왔기에 너무 지쳐 있다. 배도 고프다. 멀리 도로에 음식점 간판이 보이자 눈이 확 뜨인다. 대형 글씨로 쓰여 있는 간판. 장어와 소머리 국밥. 혼자 논둑길에서 크게 외치며 걸었다. "소머리 국밥 먹고 싶어. 소머리 국밥 먹고 싶어…" 시간을 보니 3시가 다 되어 간다. 12시경에 김밥 한 줄 먹고 3시간 걸었으니 배가 고플 만도 하지. 1코스 예정 시간인 4시간 반을 걸었다. 대개 안내서에 표시되어 있는 소요 시간보다 실제로는 적게 소요되는데, 왜 이리 내가 늦었을까? 많이 쉬지도 않았는데.

1코스의 끝은 강화대교 밑을 지나자마자 문수산성으로 가는 입구가 종점이겠지만, 어차피 도로로 다시 올라와야 하니 여기서 오늘은 끝내자. 날씨만 덥지 않으면 2코스까지 걸어 보고자 하건만, 오늘은 길도 시멘트 길이라 다리가 불편한 데다 너무 허기져 더 걷기가 힘들다. 다음에 날씨가 선선해지면 2코스와 3코스를 하루에 걸어야겠다. 1코스는 예상과는 달리 길이 너무 단순했다. 강화대교 밑에서 애기봉까지 가는 2코스는 혹시 내가 좋아하는 숲길이 아닐까? 도로로 올라와 소머리국밥 간판을 찾는데 조금 멀리 떨어져 있는 것 같아, 인근의 가마솥 곰탕 집에 가서 식사를 한다. 시장이 반찬일까? 진한 곰탕도 맛있고 깍두기와 김치도 너무 맛있다. 길에 나와 보니 내가 늘 버스 타고 지나가던 강화대교가 바로 눈앞에 있다. 내 다시 와서 여기서부터 2코스를 걸으련다. 그리고 계속해서 고양 평화누리길, 파주 평화누리길, 연천 평화누리길로 이어가야지. 뿌듯한 하루…. 비록 혼자 간다고 아내에게 구박을 먹었지만 나에겐 이처럼 즐거운 시간이 없다.

독자들의 **댓글모음**

▶ 좋은 책 한 권의 독후감을 읽은 듯합니다. 빗속을 걸으면서 언제 그렇게 세심하게 살펴보셨는지 신기합니다. [강도사랑]

▶ 먼저 걸으신 그 코스를 이 가을 초엽에 가만가만 걷고 싶네요. [다니엘]

▶ 홀로 걷는 자유로운 영혼이시여. [야생의 춤]

▶ 지난 하루를 떠오르게 하는 기분. 좋은 글 감사합니다. [샬롬]

▶ 햇살 따가운 날에 숲속과 비 내리는 날에 숲속. 다 좋군요. [딱따구리]

▶ 하루의 여정이 수채화처럼 보이는 걷기 후기, 글과 사진 참 좋습니다. [물보라]

▶ 심신의 건강과 함께 깃든다는 열정이 님께 내려앉았군요. 그 빠숑을 마냥 부러워합니다. [타박네]

▶ 우리들 이야기는 삶의 이야기가 아니라 자연의 이야기만 나눈다는 글귀에 많이 공감했습니다. [길에서 길을 묻다]

▶ 줄마다 행마다 추억들이 담겨 있어 더욱 재미있게 읽었습니다. [포플러]

▶ 천천히 읽고 또 읽어 보았습니다. 글만 읽어도 풍경이 아스라히 그려집니다. [몽피]

▷ 새롭게 다시 걸어 보는 착각이 들 정도로 표현의 달인이십니다. [강화지기]

▷ 낙엽 밟는 바스락 소리가 들리는 듯합니다. 길과 사람과 자연, 그리고 나들 길에서 행복을 찾으신 것 같아요. [이룰빛날]

▷ 술술술~~~~ 마치 제가 다녀온 듯 저만의 영상 필름을 돌렸습니다. [솔개]

▷ 글을 읽는 분들도 나들길과 함께였다는 것을 느꼈으리라고 봅니다. [염하가람]

▷ 다시 한번 다녀온 듯 자세한 글 그리고 사진도 참 섬세한 느낌을 주네요.
[오솔길따라]

▷ 소탈한 웃음, 늘 흥얼거리는 노래 소리, 그 순수함을 간직하고 사는 모습 이 멋지고 닮고 싶습니다. [소라새]

▷ 그 성취를 위한 열정이 너무 부러워 침을 꼴깍거리며 글을 읽었습니다.
[타박네]

▷ 모델이 너무 좋아 자연이 잘 어울립니다. 좋은 추억 가슴에 담으시고 행복 한 날 되시길…. [손장군]

▷ 행복이 여기까지 전염될 것 같아요. [꽃대궐]

▷ 글로써 2박 3일을 같이 꼬박 걷고 나니 다리 아픈 것은 모르겠는데, 마음 이 가득합니다. [CHD]

▷ 내 몸 스스로가 직접 걷는 느낌이 확! 나는 글입니다. [콘골트]

▶ 함께 여행을 다녀온 느낌입니다. 음식도 같이 먹고요. [하이디]

▶ 덕분에 강화도의 구석구석을 봅니다. [소눈]

▶ 글과 사진이 사람을 끌고 가는 것 같습니다. [애써조]

▶ 서해안의 바다 냄새가 여기까지 느껴지네요. [향운]

▶ 나중에 먼 훗날 나이 들어 저도 님처럼 친구에게 이런 즐거움을 주고 싶네요. [헤롱이]

▶ 그냥 무심코 지나칠 수 있는 풍경들을 글에 듬뿍 담아 오셔서 저도 함께 해보고 싶을 정도입니다. [라일락]

▶ 강화도는 여러 번 가보았지만 님의 글을 보니 다른 강화를 보는 듯합니다. [마틸다]

▶ 자세히 묘사해서 내가 걷고 있다는 착각이 들 정도입니다. [비비안유]

▶ 찌든 사회생활을 탈피하여 이곳 저곳을 다니는 님이 부럽습니다. [폭풍]

▶ 내 고향이 강화인데, 고향에 대한 정기와 풍경을 다시 한 번 느낀다. [충구]

가을나들기

www.trekking.go.kr

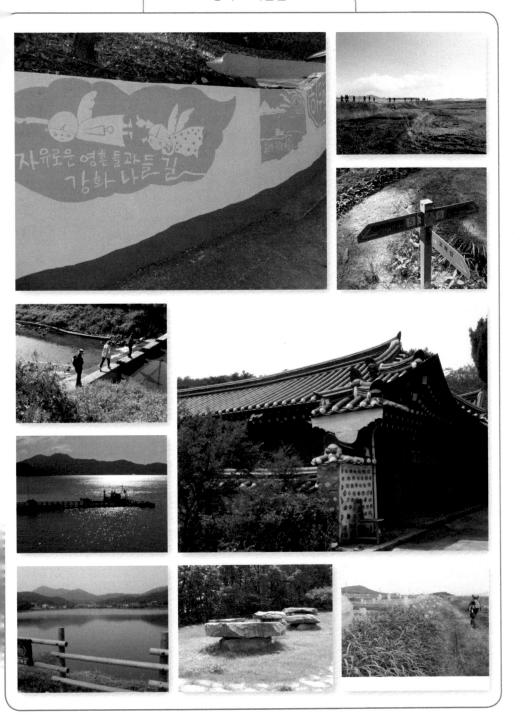

253

261

263